rüffer & rub literatur

Karl Rühmann

Matija
Katun
und seine
Söhne

Roman

Der Autor und der Verlag bedanken sich für
die großzügige Unterstützung bei

Der Autor dankt der Stadt Zürich für das Werkjahr-Stipendium,
mit dem sie die Arbeit an diesem Buch gefördert hat.

Der Autor dankt ProHelvetia für ihre Unterstützung bei den
Recherchen zu diesem Buch.

Der rüffer & rub Sachbuchverlag wird vom Bundesamt für Kultur
mit einem Strukturbeitrag für die Jahre 2021–2025 unterstützt.

rüffer & rub literatur

Erste Auflage Frühjahr 2025
Alle Rechte vorbehalten
© 2025 by rüffer & rub Sachbuchverlag GmbH, Zürich
www.rueferundrub.ch

Verlag/Hersteller: rüffer & rub Sachbuchverlag GmbH,
Alderstrasse 21, 8008 Zürich/Schweiz, info@ruefferundrub.ch
Fullfillment-Dienstleister/Händler: Brockhaus / Commission,
Kreidlerstraße 9, 70806 Kornwestheim/Deutschland, gpsr@brocom.de

Bildnachweis:
Umschlag (Bild), Vor-, Nachsatz, S. 2f., 6: © Priscilla du Preez |
unsplash.com
Umschlag (Manuskript), S. 3: © DNY59 | istockphoto.com
Autorenporträt: © Franz Noser

Schrift: Filo Pro
Druck und Bindung: GRASPO CZ, a.s.
Papier: Munken print white, 80 g/m², 1.5

ISBN 978-3-907351-36-9

Der Kaffee schmeckte wunderbar.

Auch das gefiel mir an Istrien: Man bekam überall guten Kaffee, selbst in Promenadencafés wie dem »Strauss«. Ich wollte schon den Kellner rufen und eine zweite Tasse bestellen, aber dann sah ich, dass die erste noch halb voll war. Schon wieder? Der Ärger rollte wie eine Welle heran und verlief sich im Sand, sobald mir einfiel, dass ich ihn aufs Papier bringen könnte. Vielleicht so: Die Freude am Jetzt kann im Schatten der Zukunft nicht gedeihen. Eine Spur schwülstig vielleicht, aber der Gedanke gefiel mir. Vielleicht würde er sich irgendwo verwenden lassen. Mein Notizblock lag offen neben der Tasse.

Aber wo war mein Kugelschreiber?

»Kann ich helfen?«

Ich blickte mich um. Eine Frau am Nebentisch – sonnengebräunt, dunkle Haare, helle Augen, auffällige Ohrringe, die Sonnenbrille in die Haare geschoben – hielt einen Bleistift hoch.

»Kann ich helfen?«, wiederholte sie mit einem Lächeln.

»Sie können, vielen Dank«, sagte ich und nahm den Bleistift entgegen.

*

Die Frau hatte mit leichtem Akzent gesprochen, ihr L ließ vermuten, dass sie einheimisch war; im Norden sind es die Vokale, im Süden die Konsonanten. Diesen Gedanken hatte ich bereits im vorigen Sommer aufgeschrieben und vermutlich auch unterstrichen.

»Sind Sie Journalist?«, fragte sie.

»Schriftsteller.« Ich versuchte so beiläufig wie möglich zu klingen, damit sie die Auskunft für Tiefstapelei hielt.

»Wie aufregend.«

Ich winkte ab.

»Kenne ich etwas von Ihnen?«, fragte sie.

Ich gab auf: »Ach, wissen Sie, streng genommen kenne nicht einmal ich etwas von mir. Ich bin noch auf der Suche nach einem Verlag.«

»Kann man davon leben?«

Wieder dieses L.

»Das kann man. Allerdings nur, wenn man nebenbei einen Brotjob hat.«

»Brotjob?« Sie lachte. »Wir haben so etwas nicht.«

»Ich hoffe, Sie meinen das Wort«, sagte ich.

»Eigentlich schon. Aber wenn ich es mir recht überlege...«

Sie zeigte auf den freien Stuhl an meinem Tisch. Ich nickte, sie kam herüber.

»Was ist denn Ihr... Brotjob?«

»Ich bin Lehrer an einem Gymnasium in Zürich«, gestand ich.

»Und was lehren Sie?«

»Französisch und Deutsch. Aber in meiner Liga sagt man eher unterrichten.«

»So? Da habe ich etwas gelernt.«

Ich suchte nach Spuren von Spott, fand aber keine.

»Ich heiße übrigens Ingmar«, sagte ich.

»Nada.« Sie reichte mir die Hand. »Ingmar? Wie dieser Regisseur? Ist das nicht eine ... wie sagt man? Burde?«

»Bürde«, korrigierte ich. Und ja, man könne das vielleicht so sehen, auch wenn ich nicht sicher sei, ob meine schwedische Mutter bei der Namenswahl wirklich an Bergman gedacht habe. »Gibt es auch eine berühmte Nada?«

Sie schüttelte den Kopf. »Nada heißt Hoffnung. Unser Wort für Enttäuschung taugt nicht als Vorname, sonst ... Mein Vater hatte sich einen Sohn gewünscht.«

Ich sah mich nach einem Themenwechsel um: »Und dein Brotjob? Ich darf doch Du sagen, oder?«

»Ich habe einen kleinen Bio-Laden. Weiter unten. Beim Hafen, ›O sole bio‹ – Öl, Schnaps, Salben, Marmelade, Lavendelseife, Wein. Solche Sachen.«

Ich nickte anerkennend. Ob sie das alles selbst produziere. Die Frage war dumm, das merkte und bereute ich sofort.

»Gott, nein«, sagte sie. »Ich habe meine Lieferanten. In den Dorfen in der Umgebung.«

»Dörfern«, sagte ich. Sie möge mir meine berufsbedingte Macke verzeihen.

»Nein, nein«, sagte sie, »ich lerne gern. Wie gesagt, ich schaffe alles von den Bauernhöfen.«

»Be-schaffe. Die Vorsilbe be- macht aus einem intransitiven Verb ein...« Es gelang mir gerade noch, mir auf die Unterlippe zu beißen.

»Transitives?«, ergänzte Nada. »Das ist interessant.«

»Du kennst dich aus«, sagte ich.

»Meine Deutschlehrerin war streng.«

»Wie wäre es mit einem Eis?« Ich winkte dem Kellner.

*

Ich wollte mir »O sole bio« noch am selben Nachmittag ansehen, aber Nada sagte, der Laden sei erst morgen wieder offen. Heute möchte sie ein paar Lieferanten in der Umgebung besuchen. Ob ich mitkommen wollte?

Ich wollte.

»Wohnst du in einem Hotel?«

»Im ›Domino‹.«

»Ich hole dich ab. Mit meinem Fidelio. 14 Uhr?«

»Fidelio?«

»Mein Fiat Cinquecento. Du wirst ihn mögen.«

*

Die Straße war schmal, Nada fuhr schnell und hatte offenbar Spaß daran. Ich teilte ihren Spaß nicht, sondern hing am Handgriff über der Beifahrertür, mied den Blick nach vorne, schaute abwechselnd aus dem Fenster oder fokussierte mich auf Nadas baumelnden Ohrring. Sie drehte am Radio herum, bis sie einen italienischen Sender fand.

»Wir machen eine Rundreise«, schrie sie, um die Musik zu übertönen. »Zuerst nach Žejane. Und dann nach ...« Sie zählte noch ein paar Ortsnamen auf, die ich nicht verstand. Nach ungefähr zehn Kurven stellte sie die Musik leiser.

»Macht dir deine Arbeit Spaß?«

Die Arbeit sei okay, sagte ich. »Manchmal würde ich mir allerdings interessiertere Schülerinnen und Schüler wünschen. Und eine bessere Stimmung im Team.«

»Ich war in der Schule auch nicht interessiert«, sagte sie. »Ich könnte jetzt besser Deutsch, wenn ich ... Wie sagt man?«

»Wenn du besser aufgepasst hättest? Konjunktiv 2.«

Sie nickte, ich fuhr fort: »Aber dein Deutsch ist ... ich meine, deine Lehrerin im Abendkurs war offenbar nicht nur streng, sondern auch gut.«

Nada lächelte und schlug das Lenkrad nach rechts, um einem Kleinlaster auszuweichen.

»Ich lerne jetzt alleine. Mit Kinderbüchern. Die sind lustig. Und nicht so kompliziert.«

Ich sagte, ich hätte auch versucht, Kroatisch mit Kinderbüchern und Comics zu lernen. Leider sei ich nicht sehr weit gekommen.

»Verständlich. Zu viele Fälle und Ausnahmen.«

Nada verzog den Mund zu einem stolzen Grinsen.

»Dazu kommt ...«, begann ich.

»Dein Buch?«

»Genau«, sagte ich, dankbar, dass sie darauf gekommen war. »Zuerst habe ich eine Sammlung von Kurzgeschichten geschrieben. Dann einen Roman. Ich habe viel Zeit investiert. Jahre. Inzwischen frage ich mich, wozu.«

»Denkst du, dass ich die Kurzgeschichten lesen könnte? Oder den Roman? Ist er für mich zu kompliziert?«

»Er ist eher zu einfach«, sagte ich. »Genau darum will ihn niemand.«

»*Das* finde ich nun sehr kompliziert«, sagte Nada und drehte die Musik wieder etwas lauter. »Con gli occhi bassi stavo in fila con i disillusi«, lispelte Jovanotti. Nada sang halblaut mit. Ihr Italienisch war gut, ich verspürte einen Anflug von Neid. Vielleicht war es aber nur meine Angst, die Straße war inzwischen noch schmaler geworden.

Zwei Lieder später bog Nada nach links ab. »Wir sind gleich da. In Žejane lebt ein alter Bekannter. Er liefert meinen Schnaps. Aus Wacholderbeeren. Ich muss ihn fragen, wie viel er im Herbst ... braten wird.«

Ich kämpfte kurz und verlor: »Man brät Würste oder Kartoffeln. Den Schnaps brennt man.«

»Und den Kaffee?«

»Die Bohnen röstet man.« Ich kam in Fahrt. »Danach kocht oder brüht man ihn. Oder man macht ihn einfach oder bereitet ihn zu ...«

Zum Glück waren wir inzwischen am Ziel, sonst hätte ich wohl alle Hemmungen verloren.

*

Nada hielt vor einem niedrigen, weiß getünchten Haus. Wir gingen daran vorbei in den Innenhof. Dort saß ein älterer Mann auf einer Bank. Er trug ein helles Hemd und eine blaue Latzhose und las in einer Zeitung. Als er uns sah, legte er die Zeitung rasch auf die Bank, nahm seine Brille ab und eilte uns mit einem breiten Lächeln entgegen. Nada umarmte ihn. Sie zeigte auf mich und sagte etwas, ich erkannte meinen Namen und das einheimische Wort für Schweiz.

»Das ist Pepo«, sagte sie. »Mein Schnapslieferant.«

Ich hätte gern ein paar kroatische Freundlichkeiten von mir gegeben, aber es wollte mir keine einzige Phrase einfallen, die ich für den Touristenalltag gelernt hatte. Also nickte ich nur und lächelte schüchtern, während Pepo mir die Hand schüttelte und sehr engagiert auf mich einredete. Nada stand hinter ihm und grinste. Eine kleine, schwarz gekleidete Frau trat aus dem Haus.

»Das ist Kata. Und das ist Ingmar«, sagte Nada.

Kata küsste nicht nur Nada, sondern auch mich auf beide Wangen. Das überforderte mich ein wenig, ich war erleichtert, als Kata wieder im Haus verschwand. Wir setzten uns, Pepo rief etwas zur Tür hin. Kata kam heraus, dieses Mal mit einem Tablett, darauf eine Plastikflasche und vier winzige Gläser. Ich sah auf das Etikett: »Jana«. War das nicht das hiesige Mineralwasser? Etikettenschwindel, vermutete ich, Pepo wollte uns wohl sein Selbstgebranntes vorführen. Kata zeigte auf mich und sagte etwas.

»Sie fragt, ob du Jana magst«, sagte Nada.

»Klar«, sagte ich. »Außerdem muss ich ja prüfen, ob du das richtige Mineralwasser kaufst.«

Nada übersetzte, und ich hoffte inständig, dass alle meinen Scherz verstehen würden. Als sie lachten und Pepo mir sogar einen Klaps auf den Rücken gab, fiel mir ein Stein vom Herzen. Wir prosteten einander zu. Kata bemühte sich um ein direktes Gespräch mit mir, allerdings sprach sie weder deutlich noch langsam, sondern bloß immer lauter. Ich nickte und lächelte genauso, wie ich mir vorkam: wie ein Idiot. Nada entging das nicht, das sah ich ihr an. Doch sie fand meine Not unterhaltsam und schritt nicht ein.

*

Eine ältere, ebenfalls schwarz gekleidete Frau tauchte in der Hofeinfahrt auf. Im Gegensatz zu Kata trug sie kein Kopftuch, ihre weißen Haare fielen ihr auf die Schultern. Pepo rief ihr einen Gruß zu und lud sie ein, sich zu uns zu setzen. Die Frau sagte etwas und zeigte auf mich. Nada raunte mir zu, das sei die Nachbarin von gegenüber, lustig, aber auch etwas… Sie suchte ein Wort.

»Sonderbar?«, schlug ich flüsternd vor.

»Sonderbar.«

Kata holte ein weiteres Gläschen und schenkte noch eine Runde ein. Nada lehnte zu meiner Erleichterung ab. Die Nachbarin begann eine offenbar sehr lustige Geschichte zu erzählen, denn Pepo und Kata lachten schallend. Ich versuchte gar nicht erst, die Geschichte zu verstehen. Doch der Effekt auf Pepo und Kata machte mich neugierig. Ich wandte mich an Nada.

»Was erzählt sie? Was ist so lustig?«

»Keine Ahnung«, flüsterte Nada. »Vielleicht von ihrem Schwiegersohn, der hat Angst vor Eseln. Oder von ihrem Traktor, der nur an geraden Tagen ... anhüpft. Oder wie sagt man?«

»Anspringt?«

»Anspringt. Der ist nämlich alt, und man muss...«

Ich fiel ihr ins Wort: »Warum verstehst du nicht, was sie erzählt? Spricht sie einen anderen Dialekt?«

»Nein, nein«, sagte Nada. »Eine andere Sprache. Ich erkläre es dir später.«

Kata hatte einen Kuchen gebracht und lud nun alle ein, sich zu bedienen. Nada schnitt ein Stück ab und reichte es mir. »Eine Spezialität«, sagte sie. »Ich habe im Laden ein Rezeptbuch auf Deutsch. Wenn dir der Kuchen schmeckt, schenke ich dir das Buch.«

*

Als wir auf die Straße einbogen, fragte Nada, wie mir der Kuchen geschmeckt habe. Mir war übel. Ich sagte, er sei großartig gewesen. Süß, aber zart und feucht.

»Du kriegst das Rezeptbuch«, sagte sie. »Was sagst du zum Schnaps?«

»Stark. Und aromatisch.«

»Beim Schnaps ist das Aroma das Wichtigste. Aber es kommt sehr darauf an, wie viel Zucker man beigibt.« Sie verzog den Mund. »Pepo hat schon bessere gebrannt.«

»Oder gebraten?«, sagte ich. Nada streckte mir die Zunge heraus.

»Sag mal, die Nachbarin …«, begann ich.

»Marija?«

»Was war das für eine Sprache? Wieso hast du sie nicht verstanden? War das ein italienischer Dialekt?«

»Nein, nein«, lachte Nada. »Kein Italienisch. Das war eine ganz andere Sprache.«

»Wie heißt sie?«

»Marija. Das habe ich doch gerade …«

»Nein, nein, die Sprache.«

»Ach so. Die Leute nennen sie einfach Žejanski. Also Žejanisch. Aber ich glaube, man sagt sonst Istrien-Rumänisch. Oder Istrorumänisch.«

»Rumänisch? Wie kommt Rumänisch in diese Gegend?«

»Ich kann mich da nicht aus«, sagte sie.

»Kenne.«

»Es waren … wie sagt man? Leute, die weggehen aus ihrem Land.«

»Auswanderer?«, schlug ich vor.

»Auswanderer. Vor Jahrhunderten.«

»Und von wo waren die ausgewandert? Rumänien?«

»Das weiß ich nicht. Man nennt sie hier auch Ćići. Oder Vlasi. Vlachen auf Deutsch, glaube ich.«

»Und die sprechen immer noch ihre Sprache von damals?«

Nada nickte. »Südlich von Žejane gibt es noch ein paar Dörfer, in denen man so spricht. Aber eine andere Variante.«

»Es gibt sogar Varianten? Unglaublich.«

»Alle sind zweisprachig. Kata und Pepo und Marija auch.«

Ich fragte, ob die Sprache vom Staat gefördert werde, wie das Rätoromanische in der Schweiz.

»Ich weiß nicht wegen Rätoromanisch«, sagte Nada. »Ich glaube nicht, dass unser Staat so etwas macht. Aber wenn es dich interessiert, weiß ich jemand, der sich da auska… auskennt.«

»Wer?«

»Eine Museumsleiterin in Šušnjevica. Und ein Journalist in Rijeka. Zora kennt ihn gut. Sie werden wir gleich besuchen.«

Ich fragte, ob diese Zora Sprachwissenschaftlerin sei.

Nada lachte. »Zora? Nein, nein, sie und ihre Söhne machen ein wunderliches Olivenöl.«

»Wunderbares«, sagte ich und blickte geradeaus. Ich ging mir inzwischen gehörig auf die Nerven.

Nada gab Gas.

»Das ist alles sehr seltsam«, sagte ich.

»Bei uns ist das normal.« Ich war mir nicht sicher, ob Nada das spöttisch oder stolz meinte. Sie drehte die Musik lauter. Ich ließ das Fenster runter und hielt das Gesicht in den Fahrtwind.

*

Eine Viertelstunde später tauchte das Ortsschild Lupoglav auf. Ich las den Ortsnamen laut vor und fragte Nada, ob ich ihn gut hingekriegt hatte.

»Ziemlich«, sagte sie. »Nur dein L klingt anders.«

Wir hielten vor einem zweistöckigen Haus. Nada hupte, in der Tür erschien eine große Frau. Sie hatte ein ärmelloses Sommerkleid an, mir fielen sofort ihre mächtigen Oberarme auf. Auch ihre Hände waren Respekt einflößend.

»Das ist Zora, die Königin der Olivenbäume«, sagte Nada. Sie zeigte auf mich: »Ingmar, pisac i profesor.« Ich erkannte das kroatische Wort für »Schriftsteller« und war Nada dankbar für die Reihenfolge, in der sie meine Berufe genannt hatte. Zora zerdrückte kurz und herzlich meine Hand, danach setzten wir uns in ihre Küche und bekamen unseren

Kaffee in winzigen Tassen serviert, dazu runde Kekse mit einem Loch in der Mitte. Zora und Nada redeten durcheinander und lachten. Ich bemühte mich, der Konversation zu folgen, mit durchaus mäßigem Erfolg. Immerhin gelang es mir, in die Plauderei die Frage an Zora hineinzuquetschen, ob sie Istrorumänisch könne. Sie schaute mich verständnislos an. Nada beeilte sich zu erklären, dass wir vorhin Kata und Pepo besucht hatten.

»Ach so, alles klar«, sagte Zora. Sie schüttelte den Kopf. »Das heißt Žejanisch. Žejanski«, sagte sie und schenkte Kaffee nach.

Ich fragte, ob es sich wirklich um einen rumänischen Dialekt handelte.

»Nein, kein Rumänisch«, übersetzte Nada. Das Wort Istrorumänisch hätten irgendwelche Professoren erfunden, die Leute hier würden die Sprachen anders nennen.

Zora machte eine Handbewegung nach dem Süden: »In Šušnjevica Leute sagen Vlachisch oder Šuš... Wie sagt man?«

»Vermutlich Šušnjevisch«, sagte ich. »Das Wort klingt etwas sperrig, das gebe ich zu.«

Zora lachte. »Žejanski, Vlaški... Du wieder komme und lerne die...« Sie sah hilfesuchend zu Nada.

»Den Unterschied? Razlika?«, schlug ich vor.

»Bravo«, sagte Zora und schlug mir auf den Rücken. Zum Glück hatte ich meine Kaffeetasse vorhin auf den Tisch gestellt.

Ich fragte, wie es um den Erhalt der Sprache oder der Varianten stand.

»Schlecht«, sagte Zora auf Deutsch, nachdem Nada meine Frage übersetzt hatte. »Wenig Leute. Und alt.«

Nada erklärte, es gebe keine istrorumänischen Behörden und keine amtlichen Dokumente. Junge Menschen würden mit ihren Eltern nur noch Kroatisch sprechen. »Anders als bei euch in der Schweiz dieses ...« Sie trommelte mit den Fingern auf den Tisch. »Wie heißt die kleine Sprache?«

»Rätoromanisch«, sagte ich.

»Rätoromanisch, Istrorumänisch ... Irgendwie ähnlich. Aber dann doch wieder nicht.«

Beim Abschied bestand Zora darauf, mir eine Flasche Olivenöl zu schenken. Ich hob abwehrend die Hände.

»Nimm die Flasche und mach es nicht kompliziert. Das ist hier üblich«, zischte Nada und drückte die Flasche gegen meine Brust.

»Hvala«, sagte ich. Die beiden Frauen nickten anerkennend, Nada lächelte ein wenig spöttisch, wie mir schien. Zora knuffte mich in den Oberarm und sagte etwas, aber dieses Mal konnte ich nur hilflos lächeln.

»Woran denkst du?«, fragte Nada, als wir wieder im Fidelio saßen. »Du bist so still.«

»Ich denke an Zoras Einladung«, sagte ich.

»Komme und lerne?«

»Komme und lerne.«

»Natürlich kommst du wieder hierher. Das heute war nur der Anfang«, sagte Nada und gab das Wort an Zucchero weiter. Ich überprüfte diskret den Sicherheitsgurt.

*

Im nächsten Dorf tischte man uns Brot, Käse und Oliven auf, dazu Bevanda, den beliebten mit Wasser verdünnten Wein. Wir packten ein paar Flaschen Rot- und Weißwein ins Auto und fuhren auf einer sehr schmalen Straße weiter in Richtung Süden.

»Nur noch ein Besuch, dann sind wir fertig«, sagte Nada. »Ein junges Paar. Sie machen Kräutersalben und Seifen.«

»Wie weit?«

»30 Kurven.«

*

Der Kofferraum meines Autos war randvoll. Ich hatte Wein, Olivenöl, Rosmarin, Schnaps geladen, dazu Lavendelseifen und Zitronengrassalben. Einiges hatte ich gekauft, den Rest hatte mir Nada aufgedrängt, trotz meiner halbherzigen Beteuerungen, dass das alles nicht nötig gewesen wäre. Auch mein Notizblock war voll: žejanische Wörter und Sätze, so aufgeschrieben, wie sie in meinen Ohren geklungen hatten.

»Bring das nächste Mal ein dickeres Notizheft mit«, sagte Nada.

Ich versprach es.

»He, Ingmar! Noch etwas!«, rief sie, während ich bereits vom Parkplatz auf die Straße rollte. »Schick mir deine zu einfachen Geschichten. Und den Roman auch.«

*

»Sehr geehrter Herr Saidl, besten Dank für Ihr Manuskript ›Sprosse um Sprosse ins Nichts‹. Wir haben es mit Interesse gelesen. Leider sind wir zum Schluss gekommen, dass es ...«

Ich warf den Brief in hohem Bogen in den Papierkorb. Meine Trefferquote war mittlerweile beeindruckend. Kein Wunder, das war die sechste Ablehnung alleine seit meiner Rückkehr aus Istrien. An der Pinnwand über dem Schreibtisch hing ein A4-Blatt, auf dem ich die Ablehnungen notierte. Mit der heutigen waren es 38. Eine Ablehnung je Lebensjahr, das müsste man eigentlich feiern.

Meine Textsammlung unter dem Arbeitstitel »Handzeichen« wollte niemand. Man sagte mir, Kurzgeschichten hätten es auf dem deutschsprachigen Markt schwer. Darauf schrieb ich einen Roman und startete einen neuen Versuch. Die ersten fünf oder sechs Enttäuschungen entfielen auf Verlage, deren Bücher in Buchhandlungen mit dem Cover nach vorne präsentiert wurden und die in den Bestsellerlisten die obersten Plätze belegten. Vor der ersten Ablehnung war ich versucht gewesen, mich an einen Verlag zu wenden, der eben nicht auf solchen Listen zu finden war. Die Bestsellerverlage würden die echte Qualität gar nicht gebührend schätzen, so dachte ich in meinem Übermut. Ich wählte Verlage aus, die weniger prominent waren, die dafür – gemäß Eigenwerbung – ihre Titel »mit Sorgfalt und Liebe zum guten Buch, abseits der festgetretenen Pfade« suchten. Später überlegte ich es mir doch anders und schickte mein Manuskript an einen der Großen. Der sollte doch eine Chance bekommen, sein kommerziell ausgerichtetes Programm qualitativ aufzupeppen, so mein Plan, und ich weiß noch, wie ich beinahe gerührt von meiner eigenen Großmut war. Mein Roman, davon war ich überzeugt, war provokativ genug, um von der Literaturkritik gefeiert zu werden, ohne zugleich das Publikum über Gebühr abzuschrecken.

Und nun hatte ich also die Ablehnung Nummer 38 in den Papierkorb geworfen. Der Absender war ein kleiner Verlag, er brachte nur zwei Bücher im Jahr heraus, dazu Kalender und Schreibkarten. Sein Bestseller war ein Bändchen mit Sprachwitzen in der Art von »Der Eintagsfliege schlimmste Sorgen waren weg am nächsten Morgen« oder »Giraffen sind nichts als Affen, die es nicht auf Bäume schaffen«.

Sollte ich das Manuskript überarbeiten, ein paar Stellen glätten, die mir nun, im Abstand von drei Jahren holprig vorkamen? Ich könnte eine Nebenfigur zehn Jahre jünger machen, sie dazu mit einer garstigen Krankheit belasten, damit sie unbequemer und damit literarischer würde. Eine andere Nebenfigur könnte ihren Job bei einem Pharmaunternehmen verlieren, das würde die sozialkritische Note unterstreichen. Oder müsste die Figur beim Staat arbeiten und dann gefeuert werden? So bekäme der Roman eine zusätzliche Kante.

Oder soll ich es doch mit den Kurzgeschichten versuchen?

Auf einmal hatte ich alles satt.

»Was soll das alles? Was bildest du dir ein? Dass es mit ein paar Anpassungen getan ist?« Ich kam in Fahrt, mittlerweile schrie ich beinahe: »Dass einige oberpeinliche Zugeständnisse an die Kritik und den Publikumsgeschmack die 39. Ablehnung verhindern würden? Hahaha! Hör endlich auf, Ingmar. Finde dich ab, füge dich in dein Schicksal, du Null. Du hast für die Schublade geschrieben, Punkt. Und komm mir bloß nicht mit dem Gejammer, deine Manuskripte seien nicht schlechter als die meisten anderen. Selbst ein Volltrottel wie du muss inzwischen gemerkt haben, dass das keine Rolle spielt.«

*

Ein paar Tage nach meiner Rückkehr aus Opatija war ich bei meinem Vater und Julia zum Abendessen eingeladen. Vater war bemüht, nicht die ganze

Zeit zu reden, allerdings mit bescheidenem Erfolg. Immerhin erkundigte er sich, wie mein Urlaub gewesen sei, und er freute sich über den Schnaps, den ich Pepo in Žejane mit Nadas Segen abgekauft hatte. Julia wollte mehr über das Istrorumänische wissen, was keine Überraschung war, sie war Übersetzerin und wusste, was für Fragen Sprachinteressierte umtrieben. Prof. Dr. Konrad Saidl hingegen fand – trotz seiner Emeritierung immer noch ganz der Astrobiologe –, dass Spuren vom Leben im All mehr Aufmerksamkeit verdienten als aussterbende Sprachen in Istrien. Er hörte sich zwar höflich an, was ich von slawischen Einflüssen auf die romanische Syntax zu erzählen wusste, und er schaffte es, mir nur gelegentlich ins Wort zu fallen, aber es war offensichtlich, dass ihn das Thema langweilte. Julia fragte, ob es Bücher oder Filme auf Istrorumänisch gebe. Mein Vater wollte für mich antworten, aber Julia legte ihm die Hand auf den Unterarm. Ich nannte ein paar wissenschaftliche Aufsätze und YouTube-Reportagen. »Es gibt eine Grammatik, soviel ich weiß. Aber die Datenlage ist insgesamt dürftig. Ich werde mich in der Zentralbibliothek umsehen.«

»Ich bin gespannt, was du noch herausfinden wirst«, meinte Julia. »Halte mich auf dem Laufenden, ja?«

Mein Vater hielt es nicht länger aus: »Das ist alles schön und gut, Ingmar. Aber auch ziemlich ...

fruchtlos. Vielleicht wiederhole ich mich, aber ich finde, du solltest endlich ...«

»Meine Dissertation in Angriff nehmen? Ja, du wiederholst dich.«

»Und wenn schon. Du solltest ein Sabbatical nehmen. Nichts gegen deine aktuelle Arbeit, aber ...«

Ich versuchte, im Stillen bis zehn zu zählen, aber ich schaffte es nur bis vier. »Ich werde darüber nachdenken«, behauptete ich und stellte mein Glas lauter als beabsichtigt auf dem Tisch ab. Julia sah ihren Mann von der Seite an und schüttelte den Kopf. Er hob die Augenbrauen, sagte aber nichts. Ich stand auf und ging zur Tür. Julia holte mich ein und flüsterte, Vater meine es nicht so, ich solle mir das nicht zu Herzen nehmen. »Er vermisst die Uni. Aber er will es nicht zugeben, der alte Sturkopf.«

»Alles gut«, sagte ich. »Ich gehe mir selbst auf die Nerven und bin dankbar, wenn ich es auf jemanden schieben kann.«

»Dann sieh zu, dass du immer jemand Geeigneten findest«, lächelte Julia und umarmte mich.

*

Der Wiedereintritt in die Erdatmosphäre – auch in diesem Jahr fühlte sich der Unterrichtsbeginn nach den großen Ferien so an – war hart. Es lag nicht an meiner Vorbereitung. Ich hatte meinen Ideen-Pool ausgemistet und einige verstaubte Selbstläufer aus der Lektüreliste gestrichen, darunter große Namen, in den Augen vieler Kolleginnen und Kollegen unantastbar. An ihre Stelle hatte ich Werke gesetzt, die weder durch zu viele Prüfungen abgenutzt waren noch in oberflächlichen Diskussionen ihre Magie verloren hatten. Auch für den sprachtheoretischen Unterricht hatte ich mir einiges vorgenommen: Neben dem unvermeidlichen Konjunktiv, den Partizipien und den Zeitformen wollte ich etwas Neues wagen: den Verbalaspekt. Vielleicht würden ein paar neue Beispiele und Vergleiche aus der Morphologie auch der Syntax, diesem übel beleumundeten Teil der Grammatik, zu einem besseren Image und einem tieferen Verständnis verhelfen.

In der ersten Unterrichtsstunde schwärmte ich von der Fähigkeit einiger Sprachen, die Kommunikation präziser zu gestalten, indem man einzig durch den Verbalaspekt die Dauer einer Handlung definiert, ganz ohne sperrige Adverbien. Das sei nicht nur eine Frage von Richtig oder Falsch, erklärte ich mit zunehmender Begeisterung. Sondern darüber hinaus ein Werkzeug der Stilistik, womit wir in Sichtnähe der Kunst kämen. Ich las gefundene und erfundene, gelungene und missratene Sätze vor, umkreiste, unterstrich und strich durch, zog Linien, zeichnete Pfeile und fand mich insgesamt ziemlich kreativ. Doch ein Blick in die Gesichter meiner Schülerinnen und Schüler zeigte deutlich, dass sie diesen Eindruck nicht teilten. Einige dösten mit offenen Augen, andere blickten sich um, als suchten sie eine

Bestätigung, dass nicht nur sie sich langweilten. Ein paar wenige bemühten sich, eine Verbindung zwischen dem Verbalaspekt und dem vertrauteren Schulstoff zu finden. Möglicherweise bildete ich mir diese dritte Gruppe nur ein.

»Wie ist das im Kroatischen?«, fragte ich Marijana, eine sonst neugierige und aufgeweckte Schülerin, die immer wieder gute Fragen stellte, auch zur Grammatik. Doch sie zuckte nur mit den Schultern, nicht gewillt, mir mit ein paar Beispielen aus ihrer Muttersprache auszuhelfen.

»Stellen Sie sich eine sehr kleine Sprache vor«, wandte ich mich wieder an die ganze Klasse. »Gesprochen von ein paar Hundert Menschen. Sie sind umgeben von einer weit größeren Sprache, die auch kulturell sehr dominant ist. Wie könnte sich dieser Umstand auf die Morphologie, die Syntax, den Wortschatz der kleinen Sprache auswirken?«

Nun meldete sich Marijana doch noch, vielleicht aus Interesse, vielleicht aus Mitleid: »Sind diese Leute zweisprachig? Die mit der kleinen Sprache?«

Ich bejahte, dankbar für die Frage.

»Dann wird es schwierig«, sagte Marijana. »Warum sollten sie ihre kleine Sprache pflegen, wenn sie die große haben?«

Die Frage war klug, ich hoffte auf weitere Wortbeiträge, damit so etwas wie eine Diskussion aufkam. Vergeblich. »Vielleicht, weil die Leute eine emotionale Bindung an die Sprache ihrer frühen Kindheit spüren?«, schlug ich vor. »Mit der großen Sprache kommen sie erst in der Schule in Kontakt.«

»Okay«, sagte Marijana und sah aus dem Fenster.

»Kommt das jemandem von Ihnen bekannt vor? Aus eigener Erfahrung?«

»Was genau soll uns bekannt vorkommen?«, fragte eine Schülerin, sie hieß Carla und war ebenfalls zweisprachig.

»Nun ja«, sagte ich, »vielleicht, dass jemand zwei Muttersprachen haben kann und beide gleich gut spricht, aber an eine von ihnen emotional stärker gebunden ist.« Ich merkte, dass ich dabei war, vom geplanten Weg abzudriften. Um das Gespräch zurück auf das ursprüngliche Thema zu lenken, suchte ich nach interessanteren Geschichten und kuriosen Fällen, die meiner Frage ein solideres Fundament geben würden. So erzählte ich von einer fiktiven Sprache A, die ihre Grammatik beibehalten, aber ihren Wortschatz aufgegeben und sich aus dem Fundus einer Sprache B bedient habe. »Man würde also nach den Grammatikregeln der Sprache A sprechen, aber sich des Wortschatzes der Sprache B bedienen. Welche Sprache wäre das dann, A oder B?«

Keine Reaktion.

Ich versuchte es ein letztes Mal: »Nehmen Sie etwa den folgenden Satz: Dad hat das Pic geliked, gescreenshottet und gepostet. Was ist das?«

»Ein sehr gesuchtes Beispiel«, sagte Carla. Die Klasse lachte. Ich lachte mit, um nicht noch dümmer dazustehen. Dann ging ich zum Fenster, schaute in die Ferne und wartete auf die Pausenglocke.

In der zweiten Stunde behandelten wir die wichtigsten Regeln der indirekten Rede und den Konjunktiv. Die Zeitformen verschob ich auf die Folgewoche.

*

Am Samstag fuhr ich nach Luzern. Anna trat mit ihrem Orchester im KKL auf. Auf dem Programm standen Mendelssohns Violinkonzert in e-Moll und ein Werk eines Komponisten, von dem ich noch nie gehört hatte. Meine kleine Schwester wusste von meiner Liebe zu Mendelssohn und hatte mich auf die Gästeliste gesetzt. Nach dem Konzert lud ich sie zu einem späten Abendessen ein. Ich schwärmte von der Darbietung, so ausführlich wie unqualifiziert, und ich bezog durchaus auch den zweiten Teil des Konzerts in meine Schwärmerei ein, obwohl ich lieber nur Mendelssohn gehört hätte.

»Ich weiß«, sagte ich dümmlich, »dass ich nie den gleichen Zugang zur Musik wie du haben werde. Ich kann dieses eine Motiv aus dem ersten Satz bloß nachsummen. Aber du verstehst die Komposition, den Aufbau, die Besonderheiten des e-Molls, du kannst erklären, warum es keinen Übergang zwischen dem ersten und dem zweiten Satz gibt...«

»Ich weiß nicht, ob das Verstehen für die Wirkung so wichtig ist. Die Musik ist eine gegenstandslose Kunst«, unterbrach mich Anna.

»Wie die Lyrik«, sagte ich.

»Genau. Bloß konsequenter.«

»Nun ja...«, versuchte ich einen Einwand.

Anna fuhr fort: »Es gibt nur den Klang. Und die Emotion. Kein Verstehen.«

»Aber nur, wenn man im Publikum sitzt«, sagte ich.

»Natürlich«, sagte Anna. »So gesehen, bist du eigentlich im Vorteil. Und darum solltest du dein Nachsummen nicht schlechtreden. Vielleicht kommt es genau darauf an.«

»Gut«, sagte ich, »dann werde ich summen, was das Zeug hält.«

»Auf das Summen!« Anna hob ihr Glas.

»Auf das Summen!«

»Allerdings verstehe ich etwas anderes nicht«, begann ich.

»O nein.«

»O doch. Ich muss es loswerden«, sagte ich.

Anna seufzte. Ich ließ mich nicht beirren: »Warum in aller Welt spielst du nicht...?«

»Als Solistin?«, fiel sie mir ins Wort.

»Als Solistin. Bei deiner Begabung und deiner...«

»Hingabe?« Wieder unterbrach sie mich, dieses Mal etwas ungehaltener. »Ach, Ingmar, du hast keine Ahnung, auch nach so vielen Jahren nicht. Und nach so vielen Erklärungsversuchen. Ich bin faul. Einfach faul. Das ist das eine. Und das andere ist ... warum willst du das nicht verstehen? Es gibt so viel anderes. Bücher, Ausflüge, Freunde, unser Segelboot. Lugano ist ein guter Ort, mit Cafés und dem See und dem Monte Bré. Und mit Italien um die Ecke. Mein Beruf ist aufwendig, ich probe täglich viele Stunden allein, dazu kommen die Proben mit dem Orchester, die Reisen zu Konzerten, die Promo-Termine. Ich will in die Musik nicht noch mehr investieren, sondern einfach so viel, wie sein muss. Und ich will Zeit für Marco haben.«

»Marco erwähnst du erst am Schluss«, sagte ich und hoffte, dass sie meine dämliche Bemerkung als Scherz auffassen würde.

Sie verdrehte die Augen und blieb ernst. »Zufall, Herr Küchenpsychologe. Marco ist wunderbar.« Sie lehnte sich nach vorne: »Und noch etwas zu meiner Solokarriere: Ich fühle mich wohl in der zweiten Reihe. Bitte versteh das endlich.«

Sie war nun wirklich verärgert. Ich hatte ein schlechtes Gewissen und lenkte das Gespräch zurück auf Marco.

»Belastet ihn sein Beruf? Als Rettungssanitäter erlebt er viele schwierige Situationen...«

»Er spricht nie darüber. Vielleicht ist er darum so heiter.«

»Beneidenswert.«

»Und ansteckend«, sagte Anna.

Ich dachte an Nada.

Eine Weile aßen wir schweigend. Beim Dessert erzählte Anna vom neuesten TED-Talk unseres Vaters.

»Irgendwas von den Grenzen der eigenen Vorstellungskraft, wenn ich das richtig verstanden habe.«

Im Umgang mit mir setzt er der eigenen Vorstellungskraft sehr enge Grenzen, dachte ich, aber ich behielt den Gedanken für mich. »Unglaublich, wie seine Begeisterung für sein Fachgebiet mit der Emeritierung kein bisschen nachgelassen hat«, bemerkte ich stattdessen.

»Nicht wahr? Und nun will er wieder ein Buch schreiben. Über die Monde Enceladus und Europa, auf denen es irgendwelche Kohlenstoffverbindungen geben soll. Papa hat mir neulich ausführlich erklärt, dass es da Ozeane geben könnte. Und in ihnen Kohlenstoffe, aus denen sich vielleicht Bakterien entwickeln.«

»Seltsam, dass er mir neulich beim Abendessen nicht davon erzählt hat«, sagte ich und hoffte, dass Anna mir die Kränkung nicht anmerken würde.

»Vielleicht hat er es einfach vergessen. Du kennst ihn ja.«

»Ich kenne ihn. Genau darum verstehe ich es nicht«, sagte ich.

»Komm, reden wir von etwas Einfacherem«, schlug sie vor. »Wie war Istrien?«

»Gut, wie erwartet. Eigentlich besser als erwartet.« Ich erzählte von der eigentümlichen Sprache, die ich mit Nadas Hilfe entdeckt hatte.

»Entdeckt? Ein großes Wort«, sagte Anna. »Und das ist irgendwie ... Rumänisch? Romanisch? Keine slawische Sprache?«

Ich schüttelte den Kopf, gab aber zu, dass mir immer noch nicht klar war, woher die Sprache stammte und wie sie nach Istrien gekommen war.

»Leider wird sie vermutlich bald verschwinden«, fügte ich hinzu und merkte, dass mir diese Aussicht naheging.

»Setzt sich niemand für ihre Erhaltung ein?«

»Ein paar Leute, einige von ihnen in ihrer Freizeit, glaube ich. Aber das wird kaum reichen.«

»Und du?«, fragte Anna.

»Was ich?«

»Du bist begabt. Du könntest die Sprache lernen und sie ein Stück weit ... mitretten. Das wäre ziemlich abgedreht.«

»Ach so. Ja, das wäre eine Heldentat. Der Aufwand wäre riesig.«

»Stell dir vor, du wärst der einzige Schweizer, der Istrorumänisch spricht. Und der einzige Halbschwede.« Sie lachte.

»Du hast den Halbösterreicher vergessen«, warf ich ein.

»Gibt es Lehrbücher?«, fragte Anna. »Oder Kurse?«

Ich zuckte mit den Schultern.

»Vielleicht kannst du die Entdeckung für deinen Unterricht verwenden.«

»Wie, für meinen Unterricht?«

»Ich weiß nicht ... du bist Französischlehrer. Dieses Istrorumänisch ist auch eine romanische Sprache.«

Sie hatte meine Verärgerung bemerkt, sie aber falsch gedeutet. »Okay, okay, ich verstehe, du musst dich ja an deinen Lehrplan halten. Ein Dialekt aus einem Dorf in Istrien steht sicher nicht darauf.«

Ich drehte mein Weinglas zwischen den Fingern, dann tat ich das, was ich immer tue, wenn ich wütend werde: Ich sagte etwas Dämliches.

»Weißt du was, Anna? Ich werde es tun.«

»Was wirst du tun?«

»Ich werde Istrorumänisch lernen. Oder eigentlich Žejanisch.«

»Wow, einfach so?« Anna lehnte sich zurück. »Hast du das eben gerade beschlossen?«

»Nein. Aber ich habe eben gerade aufgehört, es mir ausreden zu wollen.«

Sie sah mich an. »Erinnerst du dich, wie Tante Jo Vater einmal vorgeworfen hat, er würde sein Erstgeborenes für ein Bakterium aus dem Weltall hergeben«, schmunzelte sie.

»O ja«, sagte ich. »Ich fand das nicht lustig.«

»Ich schon. Manchmal frage ich mich, ob der Tausch womöglich stattgefunden hat.«

Die Kellnerin kam mit dem Grappa. Mein Ärger hatte sich verflüchtigt, wir stießen auf einfache Lebensformen und aussterbende Sprachen an.

*

Sobald ich im Zug saß, rief ich Nada an. Sie war zum Glück noch wach. Im Hintergrund sang jemand auf Italienisch.

»Wann bekomme ich deine Manuskripte?«, fragte sie statt einer Begrüßung.

»Bald«, sagte ich.

»Das hast du schon letzte Woche gesagt.«

»Du, Nada, ich habe etwas sehr Dummes ...«

Sie unterbrach mich: »Ich habe gestern ›10 kleine Eulen wollen nicht schlafen‹ fertig gelesen. Sehr lustig. Aber nun brauche ich ein neues Buch. Möglichst genauso einfach.«

Ich schluckte, dann gelang mir ein Geräusch, das halbwegs nach Lachen klang.

»Ich schicke dir das Manuskript, versprochen«, sagte ich.

»Du wolltest etwas sehr Dummes sagen, wenn ich dich richtig verstanden habe«, sagte Nada.

»Schon erledigt«, sagte ich. »Vor einer halben Stunde.«

Nada kicherte.

Ich erzählte von meinem Gespräch mit Anna und vom Gelöbnis, Žejanisch zu lernen. »Und jetzt? Was rätst du mir?«, fragte ich, als Nadas Lachen verebbt war.

»Ach, Ingmar. Du bist ... wie sagt man? Kostbar?«

»Du meinst köstlich, aber kostbar gefällt mir besser.«

»Was kann ich dir schon raten. Dein Vorhaben ist eine Mission Impossible. Und du bist kein Tom Cruise.«

»Bist du sicher?« Ich wollte mich nicht schon wieder ärgern.

»Jetzt, da du es sagst ... Warum habe ich euch noch nie zusammen gesehen?«

»Eben«, sagte ich.

»Na gut, ich werde mich umhören. Es soll einen Verein geben, der organisiert Sprachkurse. Ich schaue im Internet nach. Und Zora hat dich ja auch eingeladen. Ich werde mit ihr reden, sie weiß alles. Und mit Mauro.«

»Danke«, sagte ich. »Wer ist Mauro?«

»Zoras Schwager. Ein sehr netter Mensch.«

»Der Journalist?«

»Genau. Aber dir ist schon klar, was du dir da ... wie sagt man? Eingebroselt hast?«

»Eingebrockt. Ich weiß, ich weiß, ich bin einfach dumm.«

»Auf Vlachisch oder Žejanisch heißt das ›štupidast‹, glaube ich«, sagte Nada.

»Na, da habe ich immerhin schon ein erstes Wort gelernt.«

»Ein wichtiges«, sagte Nada. »Am besten kommst du bald hierher, dann überlegen wir, wie weiter. Bis dahin habe ich sicher einiges in Erfahrung geholt.«

Ich presste die Lippen aufeinander und schaffte es gerade noch, nichts zu sagen.

»Ingmar? Alles okay?«, fragte Nada.

»Alles okay. Ich dachte nur daran, wie štupidast ich bin.«

»Meine Mutter sagte oft, dass man klügeren Menschen nicht widersprechen sollte«, sagte Nada. »Ich freue mich auf deinen Roman.«

»Freu dich nicht zu früh«, sagte ich. Aber Nada hatte schon aufgelegt.

*

Ségolène rief an. Sie sei nächste Woche in Zürich an einem Symposium. Ob wir uns zum Mittagessen treffen könnten?

»Ich freue mich«, sagte sie.

Unsere Ehe hatte zwar bloß fünf Jahre gehalten, aber ich kannte Ségolène gut genug, um zu wissen, wann sie die Wahrheit sagte. Sie freute sich wirklich. Ich verzichtete auf ein »ebenfalls«, sie hätte es mir nicht geglaubt. Das war immer so gewesen. Ich litt inzwischen etwas weniger darunter. Ségolène hatte eine andere Beziehung zu Geschichten, sie hielt alles Erfundene für gelogen. In den ersten drei Ehejahren versuchte ich sie auf meine Seite zu ziehen. Nicht so sehr, um ihr Vertrauen zu gewinnen, sondern um mich mit ihr in Geschichten zu verlieren. Vergebens, sie weigerte sich, die Grenze des Wirklichen hin zum Möglichen zu überschreiten. Als ich schließlich resignierte, gab ich ihr still die Schuld an meiner Mutlosigkeit.

*

Ich war zu früh im Restaurant, wie so oft. Während ich wartete, nahm ich mir das Versprechen ab, von Istrien nur kurz zu erzählen. Und von meinem Romanmanuskript gar nicht. Ségolène würde intelligente Fragen stellen, darüber gab es keinen Zweifel, aber mir war nicht nach intelligenten Fragen. Ich hatte selbst viel zu viele Fragen, darunter auch einige dumme, und über die wollte ich zuerst alleine nachdenken.

Ségolène kam nur ein wenig verspätet. Wir umarmten uns, der Kellner wartete, bis wir uns gesetzt hatten, dann reichte er uns die Karten. Ségolène genügte ein kurzer Blick auf die Auswahl, sie war eine Großmeisterin der schnellen Entscheidungen. Ich wählte irgendetwas, Hauptsache nicht weniger schnell.

Ich fragte, wenig originell, wie es ihr ging.

»Gut. Sehr gut. Wir haben in der Konzernleitung ein paar Dinge umgestellt. Die waren längst fällig. Vor allem die Distribution reorganisiert.«

»Und Henri?«

»Ach, Henri. Der ist ständig unterwegs, seine Zeitung ist unerbittlich.« Sie seufzte. »Im Moment ist er in Südfrankreich, irgendeinem Umweltskandal auf der Spur. Er hängt sich da wirklich rein und fühlt sich gleich persönlich verantwortlich. Aber ich darf mich nicht beschweren, ich bin kein bisschen besser. Gestern war ich in Basel, heute bin ich in Zürich an diesem ziemlich fruchtlosen Symposium, morgen soll ich nach Berlin, nächste Woche kommen die Amis. Henri und ich sehen uns höchstens an Wochenenden. Aber vielleicht ist das fürs Eheglück gar nicht so schlecht.«

Mir fiel kein passender Kommentar ein, also schwieg ich und hoffte, dass Ségolène das Gespräch am Laufen halten würde.

»Du siehst erholt aus«, sagte sie. »Offenbar war Istrien wieder einmal ein Volltreffer.«

Ich nickte.

»Warst du wieder in Rovinj?«

»In Opatija. Sehr schön. Klein, gemütlich. Gutes Hotel, nette Cafés, Wetterglück. Ein großartiger Bio-Laden...«

»Bio-Laden?« Ségolène lachte. »Ich wusste gar nicht, dass du...«

»Ich auch nicht. Aber ›O sole bio‹ ist wirklich hübsch.«

»Ein lustiger Name.«

»Ja, nicht wahr? Nada ist auch lustig. Die Besitzerin.«

»Nada? Wie in Nichts?«

»In Istrien bedeutet der Name Hoffnung.«

»Interessant.«

»Etwas anderes ist noch interessanter.« Ich erzählte von Žejane.

»Das klingt mehr nach Amazonas als nach Kroatien«, sagte Ségolène. Ihre Bemerkung, sicher scherzhaft gemeint, irritierte mich, ich suchte nach einer Erwiderung, nach etwas Scharfkantigem oder zumindest Stacheligem. Aber dann sah ich ein, dass ein Themenwechsel passender wäre. Das Symposium? Die Deutschlandreise? Vielleicht sogar Henris Reportage, obwohl sie mir vollkommen am ...

Ségolène winkte dem Kellner und bestellte noch ein Wasser. Als wir wieder alleine waren, machte ich bereits den Mund auf, um wieder nach Henri zu fragen. Doch Ségolène beugte sich vor, legte die Hände flach auf den Tisch und sah mir in die Augen. Ihre Fähigkeit, rasch und ungezwungen von Small Talk zu aufrichtigem Interesse zu wechseln, war immer beeindruckend gewesen, manchmal beängstigend.

»Wo stehst du mit deinem Roman?«, fragte sie.

Ich warf alle guten Vorsätze über Bord.

*

Ségolène hörte sich geduldig an, was ich ihr zum Desinteresse der Verlage an meinen Geschichten und meinem Roman vorzujammern hatte. Um weniger peinlich zu sein, versuchte ich die geschäftliche Seite des Problems zu betonen, nicht die künstlerische. »Man hört immer wieder«, spielte ich den Kundigen, »dass kleine und mittelgroße Verlage von den Großen geschluckt werden, und dann müssen die Kleinen die Zahlen liefern, die von den Großen vorgegeben werden. Ohne Rücksicht auf die Programmprofile.«

Ségolène hob die Augenbrauen.

»Warum ist das schlecht?«

Ihre Frage brachte mich kurz aus der Fassung. Ich stammelte etwas vom Hang zu berühmten Namen, die dann angeblich große Gewinne garantierten.

»Stimmt das?«, fragte sie. »Das mit den Gewinnen?«

»Vermutlich schon«, gab ich zu. »Aber ...«

»Dann soll man wohl zusehen, dass man ein berühmter Name wird«, sagte Ségolène und lehnte sich zurück. Sie merkte, dass mich ihr Scherz verstimmt hatte. War es überhaupt ein Scherz? »Ach komm schon, Ingmar«, bat sie. »Ich gebe zu, ich kenne mich da nicht aus. Aber ich denke, Verlage sind profitorientierte Unternehmen, und sie dürfen nicht nur, sie müssen Gewinne generieren. Ihr Autoren müsst euren Teil beitragen. Mit Manuskripten, die sich gut verkaufen lassen. Daran ist doch nichts verkehrt.«

»So wird alles zum Einheitsbrei«, versuchte ich ein letztes Gegenargument und merkte sofort, dass es vor Schwäche gleich umfallen würde.

»Dann sollt ihr etwas Verkäufliches liefern, was zugleich anders ist. Auf irgendeine Art. Eine Überraschung, eine Provokation, was weiß ich. Etwas mit Seltenheitswert. Vertraut, damit es den Geschmack trifft. Und fremd, damit es aus dem Einheitsbrei hervorsticht.«

»Wenn es so einfach wäre ...« Ich wusste nicht weiter. Natürlich hatte sie recht, Ségolène hatte immer recht, das war mit ein Grund für unsere desaströse Ehe und unser gutes Verhältnis nach der Scheidung.

»Ich wünsche dir von Herzen, dass es klappt«, sagte sie und richtete das Besteck auf dem Teller aus.

»Danke«, sagte ich lahm. Es war an der Zeit, von etwas anderem zu reden. Die Frage des Kellners, ob wir die Dessertkarte wünschten, war eine Erlösung.

*

In den folgenden Wochen dachte ich immer wieder an das Gespräch mit Ségolène zurück. Eine Überraschung? Etwas mit Seltenheitswert? Als hätte ich mich beim Schreiben nicht genau darum bemüht. Und doch war ich versucht, Ségolène dankbar zu sein. Ich wusste nur noch nicht, wofür. Etwas war nach dem Gespräch mit ihr anders. Als wäre ein Gedanke leicht verrutscht und würde einen anders geformten Schatten auf meine Selbstzweifel werfen.

*

»Sehr schön, deine Geschichten«, sagte Nada statt einer Begrüßung. »Am besten hat mir die zweite gefallen, ›Waschbären ärgern‹. Und der Roman ist … wow! Danke, dass ich das alles lesen durfte.«

Ich hatte mein Versprechen eingelöst und ihr »Handzeichen« und »Sprosse um Sprosse ins Nichts« geschickt.

Sie sei mit ihrem Urteil ziemlich alleine, sagte ich. Nicht einmal ich selbst würde noch an die beiden Bücher glauben.

»Na ja«, sagte sie, »vielleicht liegt es beim Roman am Titel. Er ist ... gräußlich?«

»Grässlich? Vielleicht hast du recht. Aber das ist nur der Arbeitstitel, den definitiven Titel setzt der Verlag. Oder würde der Verlag setzen, falls ...«

»Die Geschichte gefällt mir aber«, fiel sie mir ins Wort. »Okay, sie ist nicht gerade lustig, aber dafür sehr schön geschrieben. Ich musste immer wieder Wörter nachschlagen und habe so ein paar besondere gelernt.«

Ich bat sie um ein paar Beispiele, mir war nach Lob.

»Zum Beispiel ›plauschen‹. Das klingt so ... so ... leicht und rund. Oder ›Winkelzug‹. Auch ›knuddeln‹ gefällt mir.«

»Das Wort kommt im Manuskript vor?«, fragte ich. »Ich kann mich nicht erinnern.«

»Du solltest bei Gelegenheit dein Buch lesen«, sagte Nada. »Es würde dir gefallen.«

»Es gefällt sehr vielen Leuten nicht. Sie sagen, es sei nicht besonders genug. Gewöhnlich. Der Plot vorhersehbar, die Figuren konventionell.« Ich gierte nach Nadas Widerspruch.

»Na gut ...«, begann sie. Ich war froh, dass sie nicht sehen konnte, wie ich in meinem Stuhl zusammensackte.

»Eben«, sagte ich. »Nicht besonders genug. Wie geht der Satz von Cäsar, als er unter seinen Mördern Brutus erkannte? Auch du, mein Sohn?«

»Untersteh dich«, sagte Nada. »Ich wollte nur sagen, dass die Geschichte zwar ...«

»Zwar?«, schob ich dazwischen.

»... dass die Geschichte gut und die Sprache gepflogen? gepflegt? ist, aber insgesamt schon etwas konventionell. Die Hauptfigur, dieser Rafael, der ist sehr logisch und strukturiert, und selbst sein Ausbruch aus dem ...«

»Alltagstrott.«

»... genau, Alltagstrott, auch ein gutes Wort, selbst dieser Ausbruch ist sehr überlegt und rational.«

Ich seufzte.

»Aber wahrscheinlich habe ich nicht alles verstanden, mein Deutsch ...«, sagte Nada. Offenbar bereute sie inzwischen, nicht beim anfänglichen Urteil geblieben zu sein.

»Nein, nein, du hast das schon verstanden«, sagte ich. »38 Lektorinnen und Lektoren teilen deine Meinung.«

»So viele?« Nada klang aufrichtig entsetzt. »Ich bewundere deine ... ähm ... Beharrlichkeit.«

»Ich nicht. Ich bedaure meinen Starrsinn.«

»Ach was«, sagte Nada. »Du sollst nicht das Gewehr ins Gras schmeißen. Oder so. Du weißt, was ich meine.«

»Ich weiß. Danke«, sagte ich. »Ich muss mir überlegen, was ich mit dem Gewehr lieber anstellen soll.«

Wir legten auf.

*

Ich hatte mich lange dagegen gesträubt, aber nun gingen mir die Argumente aus. Also schickte ich mein Manuskript an eine Agentur. In Agenturen, so überlegte ich, saßen Profis mit guten Kontakten in die Verlagswelt. Außerdem wussten sie dank ihrer Erfahrung die Qualität zu schätzen und würden sich für mein Buch starkmachen.

Ich wandte mich an eine Agentur in Berlin. Auf der Liste ihrer Autorinnen und Autoren fand ich ein paar bekannte Namen, die Webseite war nicht überladen, man fand sich schnell zurecht, auch die Fotos unter »Wer sind wir?« waren ermutigend. Ich passte das Exposé an und sah die Leseprobe zum hundertsten Mal auf Fehler durch. Im Begleitschreiben erwähnte ich, dass ich es bereits bei gut drei Dutzend Verlagen selbst versucht hatte, aber möglicherweise sei ich aus Unerfahrenheit falsch vorgegangen.

Die Antwort kam überraschend schnell. Die Agentin schrieb, das Exposé habe sie neugierig gemacht, und sie habe die ersten zehn Seiten der Leseprobe »mit großem Interesse« gelesen. Dann aber habe sie der Eindruck beschlichen – sie drückte sich tatsächlich so gespreizt aus –, dass es der Geschichte an »Eindringlichkeit« fehle, an jener Qualität also, die das entscheidende Argument für eine Publikation liefern würde. Die Figuren seien zwar plastisch und die Spannung »durchaus vorhanden«, aber es komme einem vor, als hätte man das Buch irgendwann bereits gelesen, denn es folge, wenn auch insgesamt gut geschrieben, eingetretenen Pfaden. Würde es sich um Genre-Literatur handeln, wäre das weniger gravierend. Aber so fehle dem Manuskript die »Kraft des Besonderen«. Daher könne sie mein Manuskript leider nicht ... und so weiter.

Ich starrte auf den Bildschirm und bemühte mich, das Schreiben oberflächlich, ignorant, ja arrogant zu finden. Vergebens. Mir dämmerte sogar, was die Agentin mit der »Kraft des Besonderen« gemeint hatte. Gut möglich, dass sie recht hatte, schließlich war sie nicht die Erste, die den Mangel an Originalität einklagte. Selbst Nada hatte ... Ich war mir nicht sicher, ob ich mich mehr über die Kritik ärgerte oder über meine Weigerung, sie zu akzeptieren. Und überhaupt: Was nun? Sollte ich das Manuskript wegschmeißen und etwas Neues schreiben? Oder – diese Möglichkeit musste ich in Betracht ziehen – die Schriftstellerei aufgeben und tatsächlich meine Doktorarbeit schreiben. Mein Vater würde selbstzufrieden lächeln und mir auf die Schulter klopfen.

Das allein schloss diese Option aus.

*

Den ganzen Donnerstagabend hatte ich Aufsätze korrigiert. Das war wenig erbaulich, so sehr ich mich auch bemühte, das Gelungene herauszustreichen und das Misslungene mit konstruktiven Kommentaren zu versehen. Der Freitag war der letzte Unterrichtstag vor den Weihnachtsferien. Ich hatte erst um 11 Uhr Unterricht, eine Doppelstunde Deutsch.

Ich wollte gerade auf mein Fahrrad steigen, da kam der Briefträger auf seinem Elektromofa um die Ecke. Er reichte mir einen dicken Umschlag, eine Ecke war angerissen. Links unten sah ich das Logo des Verlags, dem ich noch vor den Sommerferien mein Exposé und die Leseprobe geschickt hatte. Der Verlag hatte einen guten Ruf, sein Programm anspruchsvoll, aber nicht abgehoben, und auch die grafische Gestaltung seiner Bücher gefiel mir sehr. Ich hatte vorsichtig optimistisch auf seine Antwort gewartet. Und nun war das wohl die Nummer 39, what else, wie Mr Clooney sagen würde. Ich überlegte kurz, ob ich den Umschlag in meinen Briefkasten hineinzwängen und mich später darum kümmern sollte. Doch dann traf mich die eigene Wut wie ein Windstoß, ich rannte wie ein Wahnsinniger zum Abfallkorb weiter vorne auf der anderen Straßenseite, drückte die Blätter hinein und fluchte so laut, dass ein Hundespazierer die Straßenseite wechselte. Das Begleitschreiben der Lektorin glitt heraus und fiel auf den regennassen Bürgersteig. Ich trat darauf, drehte den Absatz heftig hin und her und freute mich, als vom Standardbrief nur noch unlesbare nasse Fetzen übrig blieben. Dann stellte ich mein Fahrrad auf, ich hatte es in meinem Zorn umgeworfen, und trat so ungestüm in die Pedale, dass ich um ein Haar in die offene Hintertür eines Lieferwagens geknallt wäre. Der Fahrer rief mir etwas zu, ich erwog, umzudrehen und ihn mit dem Fahrrad zu bewerfen, konnte mich aber gerade noch beherrschen.

*

Mein Klassenzimmer war abgeschlossen, die Schülerinnen und Schüler warteten dicht gedrängt vor der Tür, ich musste mich mit dem Schlüssel in der Hand durch sie hindurchkämpfen. Das ging mir auch an besseren Tagen auf die Nerven, sie wussten das, aber offensichtlich scherten sie sich nicht darum. Während ich das Schloss suchte, fragte Alexis, ein sonst unauffälliger, stiller Junge, ob ich die Aufsätze korrigiert hätte. Irgendetwas in mir kippte um und ging in Flammen auf. Ich drehte mich zu ihm um und schrie ihn an, was ihm denn einfalle, mich mit einer so blöden Frage vor der Tür zu belästigen. Ob er und all die anderen Bildungsverweigerer die Güte hätten, mich erst einmal ins Klassenzimmer zu lassen? »Oder wollen wir hier im Gang über eure Aufsätze reden?«, brüllte ich. »Gut, bitte, wenn ihr das wollt!« Ich öffnete meine Tasche und drehte sie um, die Aufsätze flatterten auf den Boden, mit ihnen auch meine Kugelschreiber und mein Notizheft, die kleine Pillendose und all der Kram, den ich täglich mit mir herumschleppte. Die Jugendlichen traten erschrocken zurück, einige bückten sich nach den Blättern und begannen sie aufzusammeln. Alexis stammelte eine Entschuldigung, jemand begann zu schluchzen. Ich brüllte noch ein paar Beleidigungen, schmiss die Tasche gegen die Wand und lief ins Teamzimmer. Mit zitternden Händen ließ ich mir ein Glas Wasser ein, trank es in einem Zug leer, dann stand ich da, stützte mich mit beiden Händen auf die Ablage und versuchte, ruhig zu atmen. Carola, die Mathelehrerin, kam herein und sagte etwas, aber meine Ohren funktionierten noch nicht richtig, vermutlich hatte ich sie kurzfristig mit meinem eigenen Lärm beschädigt. Nach und nach kamen weitere Kolleginnen und Kollegen ins Zimmer und blieben bei der Tür stehen.

»Was ist passiert?«, fragte Christa, meine Deutschkollegin. »Bist du okay?«

Ich stammelte, alles sei okay, ich hätte mich bloß ein wenig geärgert. Und ich versuchte zu erklären, dass schon der ganze Morgen ein einziger Unfall war. Nun kamen auch die anderen näher und sagten etwas, ich verstand nur Bruchstücke, jemand füllte mein Wasserglas nach, eine andere bot an, mir einen Kamillentee zu kochen.

»Ich muss in den Unterricht«, sagte ich und sah mich nach meiner Tasche um. Erst nach ein paar Sekunden fiel mir ein, dass sie wahrscheinlich immer noch vor der Klassenzimmertür lag.

»Warte erst mal, bis es dir besser geht«, sagte Carola.

Ich ging zu einem Sessel in der Ecke und setzte mich. Es gehe wieder, kein Problem, sagte ich. Ich sei ganz ruhig, die Ruhe selbst. Ich erinnere mich, dass ich dabei mit den Fingern auf die Glasplatte des kleinen Tisches trommelte.

»Ich sage deiner Klasse Bescheid«, sagte Christa. »Du hast ja heute nur diese eine Doppelstunde. Wie wäre es, wenn ich ihnen einen Auftrag gäbe, und du fährst nach Hause? Dann sehen wir weiter.«

Ich hüstelte etwas von peinlich und Alexis und wie unangenehm. Später erfuhr ich, dass ich auch von einem Brief Nummer 39 gefaselt hatte und von der fehlenden Kraft des Besonderen.

*

Am Nachmittag rief mich der Prorektor an. Er hieß Linus Rittke, aber alle nannten ihn Rilke, weil er zu einer übertrieben gepflegten, blumigen Ausdrucksweise neigte. Er sagte, er habe vom »Begegnis« erfahren und möchte zunächst wissen, wie es mir gehe.

»Besser. Gut«, sagte ich. »Hör mal, Linus, ich weiß nicht, was in mich ...«

Er unterbrach mich: »Ich muss mich schon wundern. Wie lange kennen wir uns inzwischen? Acht, neun Jahre? Du warst immer so besonnen, gleichsam abgeklärt.«

So kann man sich täuschen, dachte ich, widersprach aber nicht. Stattdessen sagte ich, wie sehr mir das alles leidtat und wie gern ich es ungeschehen machen möchte.

»Ich habe einfach die Nerven verloren, und das überrascht mich nicht weniger als dich. Meine Gesundheit ...«

»Dazu kommen wir gleich«, fiel er mir wieder ins Wort. »Ich rufe dich an, weil ich annehmen muss, dass die Jugendlichen zu Hause vom heutigen Zwischenfall erzählen werden. Möglicherweise werden sie den Sachverhalt entstellen und aufbauschen. Darum sollten wir für die elterliche Entrüstung gerüstet sein, so sie über uns hereinbreche.«

Ich sagte, ich würde mich bei der Klasse entschuldigen.

»Natürlich wirst du das«, sagte Rilke. »Aber wir müssen den Eltern hinreichend versichern, dass der Zwischenfall eine absolute Ausnahme bleibt. Dafür genügt deine bloße Entschuldigung nicht.«

»Was schlägst du vor?«, fragte ich.

»Wir müssen dich aus der Schusslinie nehmen. Zu deinem eigenen Vorteil und zum Vorteil der Schule«, sagte Rilke für seine Begriffe erstaunlich kolloquial. »Zum Glück fangen am Montag die Weihnachtsferien an. Ich schlage vor, dass du verreist. Irgendwohin, wo du Ruhe und Muße findest.«

»Und dann?«

»Dann sehen wir weiter. Vielleicht ist die Angelegenheit bis dahin dem Vergessen anheimgefallen. Wenn nicht, kannst du dich krankschreiben lassen. Dann erklären wir den Zwischenfall mit deiner angeschlagenen Gesundheit.«

Ich fragte, ob ich mich persönlich an die Eltern wenden sollte.

»Nein«, sagte er. »Dessen nehme ich mich an. Du sollst bloß den Schülerinnen und Schülern schreiben. Nach den Ferien wirst du dich persönlich vor der Klasse entschuldigen.«

Ich wollte ihm für sein Verständnis danken, aber Rilke hatte schon aufgelegt.

*

Ich hatte geplant, die Weihnachtsferien im Engadin zu verbringen, ich wusste von einer kleinen Ferienwohnung in Sent. Aber nach allem, was geschehen war, überlegte ich es mir anders und machte mich auf den Weg nach Opatija. Erst kurz vor Bellinzona rief ich Anna an und fragte, ob sie Zeit für einen Kaffee hätte, ich sei auf der Durchreise und in einer halben Stunde in Lugano.

»Ich bin gerade unterwegs zur Probe, sorry. Vielleicht ein Kaffee auf dem Rückweg?«, sagte sie. »Aber sag doch bitte früher Bescheid. Seit wann bist du so spontan?«

Das tat gut.

*

Ich hörte ein Hörbuch, wie meistens, wenn ich unterwegs war. Es war ein halbwegs lustiger Roman, eine Übersetzung aus dem Georgischen. Der Sprecher gab sich große Mühe, jeder Figur ihre eigene Stimme zu geben, aber ich konnte nicht umhin, mir die georgischen Originalstimmen vorzustellen, und das ohne ein Wort Georgisch zu können. Ein paar Minuten lang war das lustig. Dann beschlich mich ein seltsamer Gedanke: Was, wenn auch die Übersetzerin nicht wirklich Georgisch konnte? Ich hatte Zeit, also spann ich den Gedanken übermütig weiter: Nehmen wir an, der georgische Autor und sein Verlag konnten kein Deutsch und hätten die Scharade nicht gemerkt. Und nehmen wir an, der deutsche Verlag konnte kein Georgisch, das war sogar ziemlich wahrscheinlich, und so konnte ihm die Übersetzerin irgendein Manuskript unterjubeln. Natürlich war das eine alberne Spielerei und nichts als Zerstreuung, die Fahrt auf der schnurgeraden italienischen Autobahn war langweilig. Irgendwo bei Verona fand ich meinen Einfall mindestens so lustig wie den georgischen Roman, bei Padua begann er mich zu langweilen. Bei Triest gelang es mir, ihn loszuwerden.

*

Nada war in ihrem Laden. Sie freute sich mehr, als ich erwartet hatte, und als sie sah, dass sie mich mit ihrem Überschwang überrascht hatte, mussten wir beide lachen. Sie wollte gleich den Laden schließen und mir ein neues Café vorne an der Promenade zeigen, aber da bimmelte das Glöckchen über der Tür. Zwei ältere Damen traten ein, dem Akzent nach Österreicherinnen.

»Also ich weiß nicht, Hildegard. Wir haben schon eine Flasche Wacholderschnaps gekauft«, sagte die Ältere der beiden.

»Du hast eine Flasche gekauft, Ingrid. Im Konzum! Für 5 Euro 99! Ich will jetzt aber hausgemachten Klekovaka.«

»Na, dann sag wenigstens das Wort richtig: Klekovatscha«, insistierte Ingrid. »Nicht wahr, junger Herr?« Sie sah mich erwartungsvoll an. »Kle-ko-va-tscha«, wiederholte sie und betonte jede Silbe einzeln.

»Tako je«, sagte ich. »Sie haben recht.« Ich packte meinen besten kroatischen Akzent aus.

Ingrid strahlte. Nada verdrehte die Augen, aber sie widersprach nicht.

»Dieser hier ist der Beste«, sagte ich, immer noch um einen harten Akzent bemüht. Ich nahm eine Flasche aus dem Regal und reichte sie Hildegard.

»Danke, junger Herr, das ist sehr nett von Ihnen«, sagte sie langsam, damit ich sie auch sicher verstand.

»19 Euro 80«, sagte Nada und schob die Flasche in eine schmale Tüte mit dem Logo von ›O sole bio‹.

Hildegard gab ihr einen 20-Euro-Schein und bedankte sich bei uns beiden.

Wir waren wieder allein.

»Können wir jetzt gehen, du Hochstapler? Oder möchtest du warten, ob noch mehr alte Damen kommen, damit du dich wichtigmachen kannst?« Nada schob mich vor sich her durch die Tür.

»Moment mal«, sagte ich. »Erstens haben Ingrid und Hildegard dank mir den teuersten Schnaps gekauft. Und zweitens werden sie zu Hause erzählen, ein Einheimischer habe sie sehr nett beraten. In recht passablem Deutsch. So etwas macht sich immer gut, sie kommen wieder.«

»Bewirbst du dich gerade um einen Job bei mir?«, fragte Nada.

»Jetzt, da du es vorschlägst ...«

»Vergiss es.« Nada schob den Schlüssel in ihre Tasche und zog mich mit sich.

*

Am Tag darauf fuhren wir nach Žejane. Nada sagte, sie sei vor drei Wochen dort gewesen, Pepo und Kata hätten sich nach mir erkundigt, sie würden sich sicher über meinen Besuch freuen.

Kurz darauf stoppte Nada den Fidelio vor dem inzwischen vertrauten weiß getünchten Haus, wie immer etwas ruppig. Sie mochte es offenbar so, und ich konnte mich ja festhalten.

Pepo und Kata freuten sich wirklich, auch über die Geschenke, die ich vor meiner Abreise in aller Eile besorgt hatte. Ein paar Nachbarn fanden sich ebenfalls ein, wohl getrieben von der Neugier, den seltsamen Schweizer zu besichtigen. Von Nada hatten sie gehört, ich sei Schriftsteller und Professor und würde Bücher über Sprachen schreiben. Nur ihre Sprache sei mir noch nicht bekannt gewesen. Darum würde ich ihnen gerne zuhören und mir Notizen machen. Sie wurden vermutlich immer wieder von Sprachinteressierten besucht, allerdings kaum je von einem, der Kroatisch mangelhaft und Žejanisch überhaupt nicht verstand.

Nada übersetzte nicht alles, was gesagt wurde, aber genug, damit ich mir nicht ausgeschlossen vorkam. Auch Marija kam vorbei, und dieses Mal erzählte sie tatsächlich von ihrem Schwiegersohn und dem Esel. Es war sehr gemütlich.

Aus einer Laune heraus bat ich Pepo um eine Geschichte, am besten etwas aus alten Zeiten, was er vielleicht als Kind gehört habe. Er legte die Stirn in Falten, überlegte eine Weile, dann hellte sich sein Gesicht auf. Es gebe da eine Geschichte, so etwas wie ein Märchen, übersetzte Nada. Alt, schon Pepos Großvater habe die Geschichte erzählt, und das nicht nur einmal. Ich nickte begeistert. Das sei es genau, sagte ich und zückte meinen Notizblock. Nada räusperte sich und rückte ein wenig näher zu mir. Pepo legte aus Rücksicht auf Nada auf Kroatisch los, sie übersetzte mehr oder weniger simultan. Das Märchen handelte von einem Bauern, der drei Söhne hatte. Seine Frau war vor vielen Jahren gestorben, der Bauer zog die Söhne alleine groß. Er achtete darauf, dass sie den Unterschied zwischen Richtig und Falsch lernten und zu rechtschaffenen, fleißigen jungen Männern heranwuchsen. Allen Bemühungen zum Trotz gelang das nur beim jüngsten Sohn, der zur Freude des Vaters geriet. Die anderen beiden waren grob und hinterhältig. Sie heirateten dann auch ebenso hinterhältige Frauen und bekamen mit ihnen ebensolche Kinder. Es verdross sie sehr, dass ihr Bruder vom Vater bevorzugt wurde, und so rächten sie sich, indem sie die Altersschwäche des Vaters verschlimmerten – ich verstand nicht richtig, wie ihnen das gelungen war – und dann die Lüge erzählten, ihr Bruder habe die Tochter eines Nachbarn geschändet und sie anschließend in eine Bärengrube geworfen. Der moralisch sehr gefestigte Vater sah dadurch seinen guten Ruf beschädigt. Er enterbte den jüngeren Sohn auf dem Sterbebett. Dieser musste den Hof verlassen und eine Weile vom Schmuggel und vom Verkauf der Holzkohle leben. Der Hof und das Land fielen den beiden Schurken zu. Doch sie konnten sich nicht lange über ihren Betrug freuen, denn eines Nachts schlug ein Blitz in das Herrenhaus ein, das sie mit ihren Familien bewohnten, ein Feuer brach aus, und alle kamen um. Der jüngste Bruder hatte inzwischen auf einem Schiff angeheuert, segelte über die Sieben Meere und kam nie wieder zurück.

Ich dankte Pepo für die Geschichte und hoffte, dass man mir meine Enttäuschung nicht anmerkte. Der Umweg über die Übersetzung hatte durchaus Vorteile, ich hatte mehr Zeit, mir einen höflichen Kommentar zurechtzulegen. Nada ließ sich nicht täuschen, das sah ich ihr an, aber sie verriet mich nicht. Ich sagte, das sei ein besonderes Märchen, ich hätte nicht erwartet, dass der gute Sohn kampflos aufgeben und die missratenen Brüder würde davonkommen lassen. Marija sagte etwas, Nada übersetzte: »Bei uns geht es meistens um gute und schlechte Kinder. Die einen tun, wozu Gott und ihre Eltern sie anleiten. Die andern nicht, und die sterben dann einen grausamen Tod.«

»Aber hier hat das Gute nicht wirklich gesiegt«, sagte Nada in beiden Sprachen.

»Das Gute siegt nicht immer. Aber das Schlechte wird immer bestraft. Wenn nicht von Menschen, dann von Gott«, sagte Kata und sah mich an. Ich versuchte, mich von ihrem Blick nicht verunsichern zu lassen.

»Ist das typisch, dass in der Geschichte keine Frauen vorkommen?«, fragte ich. »Drei werden zwar erwähnt, aber die sind gleich tot.«

»Es gibt auch andere Geschichten, da sind nicht die Frauen, sondern die Männer tot«, sagte Marija.

»Aber irgendjemand muss tot sein, das ist die Regel«, flüsterte Nada, dieses Mal nur auf Deutsch.

»Könntest du Pepo bitten, die Geschichte noch mal auf Žejanisch zu erzählen?«, fragte ich. Nada sah mich verständnislos an. Ich sagte, ich würde mich gerne auf den Klang und die Sprachmelodie konzentrieren, und ich würde Pepos Erzählung mit meinem Telefon aufnehmen, er habe hoffentlich nichts dagegen. Sie übersetzte meine Bitte. Pepo sah mich an, als wäre ich nicht ganz klar im Kopf. Doch dann zuckte er mit den Schultern und erzählte die Geschichte ein zweites Mal in seiner ersten Muttersprache. Ich merkte bald, dass meine Bitte in der Tat nicht sehr intelligent war, das mit der Sprachmelodie war nichts als blanker Unsinn. Noch während Pepo erzählte, schlich sich in meinen von Schnaps und Müdigkeit benebelten Kopf ein irritierender Gedanke ein: Hatte ich falsche Erwartungen gehegt? Vielleicht kam es in diesen überlieferten Geschichten nicht auf die Einmaligkeit des Plots an und auch nicht auf die Originalität von Figuren oder Handlungen. Wichtiger waren wiedererkennbare Motive, vertraute Muster, Fixpunkte für die moralische Orientierung. Kata hatte das eben gerade gesagt, wenn auch mit anderen Worten. Vielleicht war die Authentizität wichtig, nicht die Kunst. Vielleicht mussten Erfolg versprechende Texte echt, archaisch, unverfälscht, unverstellt wirken. Nicht künstlerisch, sondern ungekünstelt. Und überhaupt: War in diesem besonderen Fall die Verpackung nicht mindestens so wichtig wie der Inhalt? Oder sogar wichtiger? Mein Hörbuch fiel mir wieder ein. Der Vorleser las die deutsche Übersetzung, aber das Wissen um das georgische Original war für mein Urteil womöglich wichtiger, als ich es zunächst wahrhaben wollte. Hätte der deutsche Verlag das Manuskript angenommen, wenn es keine Übersetzung gewesen wäre? War das Manuskript gut genug an sich, oder brauchte es den Mehrwert einer seltenen Sprache?

Auf dem Weg zurück nach Opatija war ich nicht sehr gesprächig, Nada dachte wohl, ich sei einfach müde. Aber tatsächlich war ich ziemlich aufgekratzt und trug in Gedanken Zeile um Zeile in mein Notizheft ein. Die Idee, die mich seit einer Weile beschäftigte, rückte ein wenig näher.

*

Beim Frühstück erzählte ich Nada vom Vorfall in der Schule. Sie sei nicht überrascht, sagte sie. Das überraschte mich. Ich fragte, ob sie mich für so labil hielt.

»Das hat damit nichts zu tun, du machst deinen Brotjob gut, aber das heißt nicht, dass er dich nicht langweilen darf.«

Ich sagte, ich wünschte, ich könnte das auch so gelassen sehen.

»Zieh nach Istrien um, dann stecken wir dich mit Gelassenheit an«, sagte Nada.

»Vielleicht werde ich das eines Tages wirklich tun«, sagte ich.

Nada schenkte Kaffee nach. »Und jetzt? Wie willst du aus der Sache an der Schule rauskommen? What's the plan, Mr Cruise?«

»I'm working on it.« Ich versuchte, wie ein Actionheld zu klingen.

»Willst du deinen Job kündigen?« Sie sagte das durchaus entspannt, als fände sie die Aussicht einschneidend, aber nicht wahnwitzig. Ich blieb vage, sagte, es gebe ein paar andere Möglichkeiten, und versprach, sie auf dem Laufenden zu halten. Sie zuckte mit den Schultern und ging nicht weiter auf das Thema ein. Das war mir recht. Ihr Telefon läutete, es war Zora. Sie muss mich erwähnt haben, denn Nada sagte, ich sei gerade bei ihr. »Sehr gerne«, fügte sie hinzu, »wir freuen uns.«

»Worüber freuen wir uns?«, fragte ich, als sie aufgelegt hatte.

»Über die Einladung zu Kaffee und Kuchen heute Nachmittag.«

»Kolač?«

»Kolač«, sagte Nada. »Aber wenn du Kroatisch lernen willst, müssen wir wirklich an deinem L arbeiten.«

*

Auf der Rückreise nach Zürich befielen mich Zweifel, ob es nicht besser gewesen wäre, Nada gleich einzuweihen. Aber so widersinnig es auch klingen mag, gefiel mir an meinem Vorhaben genau das: Es war unvernünftig, unüberlegt, möglicherweise naiv. Für einmal hatte ich nicht alles durchkalkuliert, sondern aus einem halben Einfall einen ganzen Entschluss gezimmert. Nadas Bedenken und Einwände hätten mich eher gehemmt als beflügelt, befürchtete ich. Ich musste ein paar Dinge erledigen, bevor ich alle Karten auf den Tisch legte. Zum Beispiel um einen Bildungsurlaub ersuchen. Dazu brauchte ich Rilkes Einverständnis. Er war auch Romanist und würde mein Interesse am Istrorumänischen verstehen. Allerdings galt er als überaus pedantisch, das gab wiederum Anlass zur Sorge. Würde er sich überzeugen lassen, dass auch die Schule von meiner Weiterbildungsidee profitieren würde? Und würde er meinen Zusammenbruch vor dem Schulzimmer als schwerwiegend genug einschätzen? Ich war vorsichtig optimistisch.

Noch etwas fiel mir ein: Es hieß, Rilke sei für alle Wünsche und Anliegen um einiges empfänglicher, wenn man sie sprachlich etwas aufdonnerte. Das würde ich mir zunutze machen.

*

Ich machte einen Zwischenhalt in Lugano. Dieses Mal hatte Anna Zeit. Wir setzten uns mit Parmesan, Brot, Oliven und Weißwein an ihren großen Esstisch, und sie erzählte von den Proben für eine Konzertreihe im Herbst. »Beethoven und Penderecki. Du könntest einige Motive wunderbar nachsummen.«

»Das werde ich mir nicht entgehen lassen«, versprach ich.

»Wie kommst du mit der kleinen Sprache voran? Istrorumänisch, stimmt's?«

Ich antwortete, ich sei entschlossen, die Sprache zu lernen. »Nur müsste ich mir einen längeren Aufenthalt in Istrien organisieren«, fügte ich hinzu.

»Wie willst du das machen?«, fragte Anna.

»Bildungsurlaub.«

»Wie stehen die Chancen auf Erfolg?«

Ich sei optimistisch, sagte ich. Immerhin sei ich seit zwölf Jahren an der Schule, damit würde ich die formalen Kriterien erfüllen.

»Hast du schon eine Vertretung?«, fragte Anna. »Oder lässt sich die Schule da nicht dreinreden?«

»Im Gegenteil. Der Prorektor freut sich, wenn ich mich darum kümmere.« Ich erzählte von einer Kollegin, die bereits vor zwei Jahren bei uns in Stellvertretung unterrichtet hatte.

»Das fügt sich alles ziemlich gut ineinander«, meinte Anna.

»Beinahe zu gut«, sagte ich. »Aber das ist nur in Romanen unerwünscht. Im richtigen Leben muss man solche Gelegenheiten ergreifen.«

Sie fragte, ob ich Zeit haben würde, in Istrien an meinem Roman zu arbeiten. Der Roman sei fertig, sagte ich. Und ich sei auch fertig mit ihm.

»So schlimm?«

»Schlimmer.« Ich erzählte vom Vorfall in der Schule und gab zu, dass ich vermutlich auch wegen der Absage die Nerven verloren hatte.

»Das klingt wirklich nicht nach dir, großer Bruder. Könnte sich das nicht negativ auf dein Gesuch auswirken?«

»Noch mal, im Gegenteil. Ich will ja das Burnout verhindern. Mit Burn-out falle ich länger aus.«

»Verstehe«, sagte Anna.

»Und bevor du fragst: Falls mein Plan aufgeht, habe ich auf keinen Fall vor, die Zeit auf meine Doktorarbeit zu verschwenden.«

Anna ahmte unseren Vater nach: »Vielleicht wiederhole ich mich, Ingmar, aber du solltest ...«

»... diese Sache endlich ins Reine bringen«, ergänzte ich und schürzte die Lippen, wie es Vater tat, wenn er den Ernst einer Sache betonen wollte. Wir lachten, das tat gut. Es fehlte nicht viel, und ich hätte Anna erzählt, was ich in Istrien wirklich vorhatte. Zum Glück erschien Marco in der Tür. Er lächelte breit und begrüßte mich mit einer Umarmung. Vielleicht lag es auch an seinem Akzent mit all den überschüssigen Vokalen: Auch dieses Mal fühlte ich mich in seiner Gegenwart auf Anhieb wohl. Und so blieb ich zunächst zum Abendessen, danach kamen wir überein, dass ich besser erst am Morgen weiterfahren sollte.

*

Von unterwegs rief ich Brigitte an, die Kollegin, die ich als Stellvertreterin gewinnen wollte. Sie sagte, sie habe sich soeben von ihrem Freund getrennt, womit eine große Reise durch Südostasien ins Wasser gefallen sei. Sie habe also Zeit und freue sich. Ich war erleichtert. »Es tut mir sehr leid wegen der Trennung«, sagte ich. »Ich werde mit der Schulleitung reden. Du verstehst sicher, dass ich nichts garantieren kann.«

»Klar«, sagte Brigitte. »Ich werde meine Begeisterung an die Leine nehmen. Aber tu dein Bestes, okay?«

Ich versprach es.

*

»Ich will es unumwunden sagen, Ingmar«, begann Rilke, als ich in seinem Büro saß. »Auch nach Tagen fällt es mir schwer, deine Entgleisung von neulich einzuordnen. Nicht dass ich es nicht versucht hätte.«

Ich seufzte und gab ihm recht. »Zwar hatte ich an jenem Morgen eine erschütternde Nachricht bekommen«, fügte ich hinzu. »Aber das rechtfertigt mein Benehmen keineswegs. Wäre ich sonst nicht so ausgelaugt, hätte ich das wie gewohnt weggesteckt. Aber so ...«

Rilke nickte und sah aus dem Fenster: »Eltern haben sich bei mir gemeldet. Manche sind bloß besorgt, andere richtiggehend empört. Ich habe sogar einen handgeschriebenen und versiegelten Brief bekommen, man stelle sich das vor. Wie befürchtet, hat sich auch der Vater von Alexis gemeldet. Er ist Anwalt. Mehr muss ich wohl nicht sagen.«

Wir nippten an unserem Kaffee.

»Nun gut«, sagte Rilke. »Du sagtest am Telefon, du habest eine Idee.«

»So ist es. Ich denke, dass es am besten wäre, wenn ich eine Weile nicht unterrichten, sondern mich weiterbilden würde. So würde ich mein drohendes Burn-out abwenden, und du könntest den besorgten Eltern sagen, die Schule habe Maßnahmen getroffen.«

»Du sprichst von Bildungsurlaub?«

Ich nickte.

Rilke fuhr sich mit der Hand über den Kopf. Die Geste stammte vermutlich aus der Zeit, als er noch Haare gehabt hatte.

»Ab wann?«

»Ab Anfang des kommenden Semesters«, sagte ich. »Zunächst ganz normal, danach unbezahlt. Und wie du sicher weißt, habe ich ein Plus auf meinem Stundenkonto und könnte es so endlich abbauen.«

Rilke runzelte die Stirn. »Das wären dann zwei Semester? Sehr kurzfristig. Das neue Semester fängt in wenigen Wochen an. Wie stellst du dir das vor? Das ist doch ... das ist ...«

Ich erzählte von Brigitte, erinnerte Rilke an ihren letzten Einsatz an unserer Schule und beeilte mich zu versichern, dass ich ihr selbstverständlich mein ganzes Unterrichtsmaterial überlassen würde, alle Bücher, alle Arbeitsblätter, dazu die Keynote- und PowerPoint-Präsentationen und die Passwörter zu den einschlägigen Webseiten, aus deren Fundus ich mich bediente.

»So?«, sagte Rilke. »Das macht die Angelegenheit etwas, nun ja, weniger verfänglich. Aber...«

»Warte, bis ich dir die Details geschildert habe«, fuhr ich hastig fort. »Ich habe mir alles sehr genau überlegt. Das Projekt wäre nicht nur für mich faszinierend, sondern, und das ist viel wichtiger, nutzbringend für meinen Unterricht.«

Er nickte und notierte etwas in sein Heft. Dann strich er sich wieder über den Schädel und lehnte sich zurück.

»Erzähl.«

*

»Das klingt interessant«, sagte Rilke, als ich geendet hatte. Aber es erschließe sich ihm nicht, welchen Nutzen die Schule aus meiner Beschäftigung mit dem Istrorumänischen zöge.

Zum Glück hatten Anna, Marco und ich bei einer Flasche Pinot Grigio genau diese Frage durchgespielt. Ich tat so, als müsste ich kurz nachdenken.

»Meine Überlegungen werden dir zweifelsohne vertraut vorkommen, Linus. Das Problem ist nicht der Schulstoff, sondern das Desinteresse, das unsere

Lernenden ihm entgegenbringen. Unsere Schülerinnen und Schüler sind lernfähig, aber nicht lernwillig, schon gar nicht lernfreudig. Sie sehen im Schulstoff Fakten, keine Ideen; jene bleiben fremd, diese würden Emotionen wecken und sich so ins eigene Leben einweben lassen. Dass das ein weiterer Stressfaktor für uns Lehrkräfte ist, steht außer Frage.«

»Das mag sein. Doch ich weiß nicht, ob man ...«

Ich fiel ihm ins Wort: »Wenn sie den Unterrichtsstoff für interessant hielten, wäre es einfacher für uns, sie zu unterrichten, und einfacher für sie, den Stoff zu bewältigen.«

Rilke nickte und überlegte offensichtlich, worauf ich mit meinen unsäglichen Plattitüden hinauswollte.

»Daher meine Idee. Für dich ist der Gedanke nichts Neues, aber für die Jugendlichen schon: Die Sprache ist lebendig, dynamisch, aufregend in ihrer Widersprüchlichkeit, sie verändert sich im Einklang mit unserem Denken, legt sich um neue Ideen, schmiegt sich an neue Gedanken und gibt ihnen eine Form, in der wir sie anderen zeigen beziehungsweise verständlich machen können.«

»Auch das mag sein.« Er nickte und schrieb wieder etwas in sein Heft. »Aber ich sehe immer noch nicht ...«

»Meine Beschäftigung mit einer für sie unzugänglichen Sprache, die es bald nicht mehr geben wird, wird mich befähigen, ihnen den Weg zur emotionalen Seite von etwas zu weisen, was sie für trocken und langweilig halten. Für eine der Methoden, dagegen vorzugehen, hat sich inzwischen die unschöne Bezeichnung ›Storytelling‹ etabliert. Statt den Verbalaspekt oder das Futur 2 als grammatikalische Kategorien verstehen zu müssen, erleben meine Schülerinnen und Schüler beides als etwas Organisches, Lebendiges, etwas, was aber möglicherweise bald sterben wird. Morphologie, Syntax, Lexikologie im Spannungsfeld von Leben und Tod, von Alt und Neu, von Überlieferung und Entdeckung.«

Rilke strich sich erneut über die Glatze. »Grammatik durch Storytelling, das kann ich mir zur Not vorstellen«, sagte er langsam. »Aber braucht es dafür eine sterbende Sprache?«

»Ich denke schon«, antwortete ich.

Rilke sah aus dem Fenster. »Warum nicht Rätoromanisch?«, sagte er. »Da hättest du eine kleine romanische Sprache, die in viele Dialekte beziehungsweise Idiome zerfällt und staatlich gefördert werden muss, damit sie überlebt.«

Marco hatte in Lugano genau diese Frage gestellt, danach hatten wir eine geschlagene Stunde gegrübelt, wie ich den Schachzug parieren könnte.

Wieder tat ich, als müsste ich nachdenken.

»Du hast die Frage zum Teil bereits beantwortet, Linus«, sagte ich meinen Text auf. »Rätoromanisch, das sind staatliche Subventionen, Literatur, Radiosendungen, Fernsehnachrichten. Rätoromanisch, das ist eine der vier Landessprachen. Zwar klein und ebenfalls gefährdet, zugegeben. Im Verlauf der letzten 100 Jahre hat sich der Anteil der Sprechenden halbiert, von 1,1 % auf 0,5 %. Aber so klein die Sprache auch ist, sie wird im Umgang mit Behörden verwendet. Sie hat ihre Medien, eine lebhafte Schriftlichkeit und somit ein nicht zu unterschätzendes politisches Gewicht. Das alles fehlt dem Istrorumänischen. Nicht einmal diese Bezeichnung ist unstrittig, sie ist auf der Suche nach einem gemeinsamen Nenner künstlich geschaffen worden, gleichsam aus Verlegenheit. Die Leute selbst nennen ihre Sprachen nach den Dörfern, in denen sie leben: Žejanisch, Šušnjevisch. Oder schlicht Vlachisch… Manche sagen auch Naški, was so viel bedeutet wie ›Unsrig‹ und auf eine geradezu rührende Weise hilflos klingt.«

»Zeihe mich der Begriffsstutzigkeit, aber ich komme um die Frage nicht herum: Warum ist das für deine Unterrichtstätigkeit von Belang?«

»Weil es um mehr geht als nur um die Grammatik. Es geht um die Frage, wie und wie lange kleine Sprachen im Einflussbereich der großen überleben. Wann schwindet ihre Lebenskraft und mit ihr auch ihre Weltsicht und ihre Überlieferung, sofern sie auf sich selbst angewiesen sind? Letztlich geht es auch um die Frage, ob nicht gerade der Umstand, dass Sprachen sterben können, den überzeugendsten Beweis für ihre Lebendigkeit liefert. Ich möchte den

Boden für die Grammatik, die Lexikologie und letztlich auch die Literatur fruchtbar machen, indem ich am Beispiel einer sterbenden Sprache demonstriere, was Sprachen am Leben hält. Wie bereits gesagt: Es geht nicht um Fakten, sondern um Emotionen. Unseren Schülerinnen und Schülern gebricht es nicht an der Fähigkeit, Inhalte aufzunehmen, zu verstehen und anzuwenden. Aber für ihre Motivation, dies zu leisten, brauchen sie eine emotionale Beziehung zu ebendiesen Inhalten.«

Ich merkte, dass ich auf bestem Weg war, den Bogen zu überspannen. Darum lehnte ich mich gespielt ermattet zurück und atmete durch. Doch Rilke nickte nur nachdenklich und behielt die Hände auf dem Tisch.

»Nun gut«, sagte er schließlich. »Reiche möglichst bald ein schriftliches Gesuch ein, und ich werde dich unterstützen.«

Ich bedankte mich gerade so überschwänglich, wie es opportun war. Sobald ich draußen war, zog ich mein Telefon aus der Tasche.

*

»Das sind schöne Nachrichten«, sagte Nada. »Dann wohnst du hier, und wir müssen uns nicht dauernd verabschieden. Und das alles heißt Bildungsurlaub? Du hast einen tollen Brotjob.«

Normalerweise hätte ich an dieser Stelle abgewiegelt und irgendetwas von schönem Schein erzählt, aber dieses Mal musste ich ihr zustimmen.

»Ingmar? Du weißt, dass ich dein Nicken nicht sehen kann, oder?«

Ich spürte, wie ich rot wurde. Das konnte sie allerdings ebenso wenig sehen.

»Ja, ja, ich freue mich über die Aussicht auf ein paar Monate in Istrien«, sagte ich.

»Du freust dich auf Istrien?«

Ich fasste mir ein Herz: »Klar. Aber nur, weil du in Istrien bist.«

»Es gibt ein schönes vlachisches Wort: namuręjt. Ich habe es von Zora. Es passt auf dich.«

»Und was bedeutet es?«, fragte ich.

»Das verrate ich dir selbstverständlich nicht.«

»Vielleicht kann ich ja Zora bald selbst fragen.«

»Warum nur vielleicht?«, fragte Nada.

»Es ist noch nichts entschieden. Der Prorektor könnte es sich anders überlegen.«

»Das wird er nicht, das wäre unernst. Kann man das so sagen?«

»Man kann. Aber hier würde unseriös besser passen, glaube ich.«

»Du kannst mir bei Gelegenheit den Unterschied erklären.«

»Bald wirst du mir die Unterschiede erklären, nicht ich dir«, sagte ich. »Mir ist das mit dem Sprachkurs in Istrien sehr ernst.«

»Kroatisch oder Žejanisch?«, fragte sie. »Ich kann dich nur korrigieren, wenn du ...«

»Darüber reden wir später. Ich habe nämlich eine Idee. FaceTime heute Abend? Damit ich dein Nicken sehen kann.«

»Da bin ich aber verspannt.«

»Hübsch«, sagte ich, und wir legten auf.

*

Das Gespräch mit Rilke hatte mich zunächst euphorisch gestimmt. Dann begann ich zu grübeln: Hatte ich wirklich so geschickt argumentiert? Oder war Rilke bloß dankbar für die Aussicht, mich für eine Weile los zu sein? Wie auch immer: Sollte es tatsächlich klappen, würde ich Anfang des nächsten Jahres mit neuem Elan und neuen Ideen zurückkommen. Rilke war bereit, das zu glauben, und ich nahm mir vor, ihn nicht zu enttäuschen.

*

Mir war noch nicht danach, nach Hause zu gehen. Stattdessen fuhr ich zu Tante Jo. Ich hatte sie seit Juni nicht gesehen, es war höchste Zeit, sie zu fragen, wie es ihr nach ihrer Hüftoperation ging. Als Kind hatte ich nach unserem Umzug aus Wien und nach Mutters Tod mehr Zeit mit Tante Jo als mit Vater verbracht. Er hatte mit seinem Lehrauftrag an der ETH zu viel zu tun; Tante Jo war damals Nachrichtensprecherin beim staatlichen Radio und hatte oft halbe Tage frei. Ich musste an Familienzusammenkünften »Im Nachrichtenstudio Johanna Saidl« deklamieren, das fanden alle drollig. Dass ich den Spruch nicht verstand, machte mein Geplapper umso lustiger. Oft holte mich Tante Jo nach ihrer Vormittagsschicht vom Kindergarten ab, und wir machten bei ihr zu Hause Palatschinken. Oder ich saß neben ihr am Klavier und sah verblüfft zu, wie ihre Finger über die Tasten flogen. Sie war in ihren jungen Jahren eine vielversprechende Pianistin gewesen, aber eine seltsame Krankheit, sie hieß »fokale Dysfunktion«, hatte Tante Jo gezwungen, nur noch an Familienanlässen Klavier zu spielen. Sie hatte sich längst damit abgefunden, doch ich ertappte mich immer wieder dabei, die Schuld meinem Vater zu geben. Natürlich war das Unsinn, doch ich brauchte einen Grund, ihm den Umgang mit seiner älteren Schwester übel zu nehmen. Die Selbstverständlichkeit, mit der er mich und später auch Anna bei Tante Jo parkte, war ein Ausdruck seiner Arroganz, nicht seines Vertrauens. Er hatte Tante Jo nie ernst genommen und ihre große musikalische Begabung nie gewürdigt. Hätte die Krankheit sie nicht gezwungen, ihre Karriere aufzugeben, würde sie heute Konzertsäle füllen, davon war ich stets überzeugt. Dr. Konrad Saidl sah das anders, und wahrscheinlich war er einfach froh, dass sie dank ihrer Arbeit beim Radio mehr Zeit hatte, sich um uns zu kümmern. Er hatte ja Wichtigeres zu tun, der Herr

Professor. Julia konnte ich nicht böse sein, sie war in jener Zeit gerade dabei gewesen, ihr Geschäft aufzubauen, und ich redete mir ein, dass sie zwingendere Gründe gehabt hatte, uns Tante Jo anzuvertrauen. Natürlich war mir klar, dass ich ungerecht und – schlimmer – selbstgerecht war und mir vieles nur einredete, um meine Vorwürfe an Vater am Leben zu halten. Aber die Vorwürfe waren nützlich, vor allem an dunklen Tagen.

Dieser Nachmittag war nicht dunkel. Ich hatte Rilke eingewickelt und mir so einen Bildungsurlaub verschafft. Ich würde sehr wahrscheinlich fast ein Jahr in Istrien verbringen, eine neue Sprache lernen und ein neues Buch schreiben. Und auch Nada würde da sein. Was wollte ich mehr?

*

Tante Jo freute sich sehr über meinen Besuch. »Ingmar, mein Lieblingsneffe«, rief sie und stellte sich auf die Zehenspitzen, um mich zu küssen. »Dass du mich besuchen kommst!«

»Klar doch, Lieblingstante«, sagte ich. Als ich klein war, verstand ich den Scherz hinter unserem Begrüßungsritual nicht, weil mir nicht klar war, dass ich ihr einziger Neffe und sie meine einzige Tante war.

Ich erkundigte mich nach der Hüfte, Tante Jo winkte ab. »Eine leidige Sache, reden wir nicht darüber. Schlimm genug, dass ich deswegen Annas

Konzert in Luzern verpasst habe. Warst du da? Wie war es?«

Ich schwärmte von Mendelssohn und behauptete, Anna habe selbst den Solisten an die Wand gespielt. Auch das war ein lieb gewonnener Familienbrauch, eine Saidlerei, wie wir sagten. Nur Anna mochte sie nicht.

»Du siehst zugleich aufgedreht und erledigt aus. Das ist vermutlich gar nicht möglich. Aber dir gelingt es«, sagte Tante Jo, während sie uns Kaffee einschenkte.

Wieder einmal staunte ich über ihre Fähigkeit, meine Stimmung einzuschätzen. Als kleiner Junge versuchte ich immer wieder, sie anzuschwindeln, und manchmal ließ sie mich kurz im Glauben, dass mir das geglückt war.

Ich erzählte vom Vorfall in der Schule, verschwieg allerdings die schlimmsten Einzelheiten. »Du hast recht, wie immer, Tante Jo«, gab ich zu. »Ich bin ziemlich müde. Aber ich bekomme sehr wahrscheinlich Bildungsurlaub, stell dir vor.«

»Großartig«, sagte sie. »Hoffentlich hast du aber nicht vor, deine Doktorarbeit...«

»Sicher nicht«, rief ich übertrieben empört.

Tante Jo lachte. »Konrad wird aber genau das von dir erwarten.«

»Und ich werde seine Erwartung wieder einmal enttäuschen«, sagte ich. »Das scheint unser Familiensport zu sein.«

»O ja, damit kennen wir Saidls uns aus. Anna hat es mit dem Umzug nach Lugano richtig gemacht. Als Einzige.«

Ich erzählte ihr von meinem Plan, mir einen Sprachaufenthalt in Istrien zu organisieren.

»Das klingt gut«, sagte sie. »Und ehrgeizig. Aber mein Lieblingsneffe schafft das spielend.«

»Vielleicht unterschätzt du das Problem, Tante Jo.«

»Apropos unterschätzen: Wann erzählst du es deinem Vater?«, fragte sie. »Das wird nicht einfach.«

»Ich rede mit ihm als Letztem. Du kennst ihn, er wird versuchen, mich zu verunsichern. Wenn ich alles Notwendige geregelt habe, bin ich besser gerüstet.«

»Schlau«, sagte Tante Jo.

»Nicht eher feige?«

»Doch, das auch.«

*

Am Abend rief ich Nada über FaceTime an und erzählte ihr von meinem eigentlichen Plan. Sie sah mich lange schweigend an. Ich dachte schon, die schlechte Internetverbindung sei schuld und das Bild eingefroren.

»Ist das dein Ernst?«, fragte sie.

Ich nickte.

»Warum?«, fragte sie.

»Was warum?«

»Warum willst du das tun? Du hast bereits einen fertigen Roman. Und ich habe dir bereits gesagt, dass ich ihn gar nicht so...«

»Weil ich etwas beweisen möchte.«

»Wem?«

Nadas Fragen begannen mir zuzusetzen.

»Mir selbst, zum Beispiel«, sagte ich lauter als beabsichtigt.

Nada hob die Augenbrauen.

»Ségolène«, fuhr ich fort. »39 Verlagen und einer Agentin. Anna. Marijana. Rilke.«

»Rilke?«

»Nicht dem Rilke, sondern... ach vergiss es.«

»Und wenn das Buch nicht gut wird? Und es auch dieses Mal niemand publizieren will?«, fragte Nada.

Ich sei optimistisch, sagte ich. Und ich hätte mir einen guten Stoff ausgedacht. Nicht ganz alleine, zugegeben, aber die Geschichte passe zu Istrien und zu meiner These.

Nada schwieg.

»Welcher These?«, wollte sie schließlich wissen.

»Dass nicht die Qualität alleine zählt. Sondern auch die Umstände. Der Hintergrund. Das Prädikat ›Übersetzung aus einer seltenen, exotischen Sprache‹.«

»Das habe ich noch nie so gesehen«, sagte sie.

»Sieh bei Gelegenheit die Bücher bei dir zu Hause durch. Sind nicht auch solche dabei, die du wegen ihrer Herkunft, nicht wegen ihres Inhalts gekauft hast?«

Wieder schwieg sie. »Vielleicht«, murmelte sie.

»Bestimmt«, sagte ich, durch ihre Zustimmung beflügelt.

»Aber wie willst du das anstellen?«, fragte sie.

Ich sagte, ich würde mir die Details in Opatija überlegen. So schwierig werde das nicht sein, höchstens könnte die Zeit knapp werden.

Nada fragte, ob ich auch meinem Vater etwas beweisen wollte.

Ich hob abwehrend die Hände. »So einfach ist das nicht.«

»Dem eigenen Vater etwas zu beweisen ist nie einfach. Ich weiß, wovon ich rede.« Nada beugte sich vor, als könnte man uns so im Internet weniger gut belauschen: »Ingmar, dir ist doch klar, dass das ein ... wie sagt man? Betrüg? Betrog? wäre.«

»Höchstens ein kleiner Schwindel. Harmlos«, sagte ich.

»Was heißt hier harmlos«, sagte Nada.

»Unbedenklich, unverfänglich ...«

Nada verdrehte die Augen. »Ich habe das Wort schon verstanden, du Esel. Es ist der Zusammenhang, der mich beschäftigt.«

»Ich habe gründlich nachgedacht«, sagte ich.

»Und dabei ist das herausgekommen? Wie sehen deine spontanen Einfälle aus?«

»Bist du dabei?«, fragte ich.

»Wo denkst du hin?«, sagte sie. »Natürlich bin ich dabei.«

»Danke«, krächzte ich. Um ein Haar hätte ich geschluchzt vor Erleichterung.

»Ach du«, sagte Nada. »Ich freue mich sehr auf dich. Egal, wie albern du bist.«

»Wie war das vlachische Wort? Namuręjt?«

Nada lachte und streckte mir die Zunge raus.

*

Meinem Gesuch wurde entsprochen: zwölf Wochen bezahlter Bildungsurlaub ab Februar, danach Abbau der überschüssigen Stunden auf meinem Kontokorrent und dann unbezahlt verlängert bis Mitte Januar. Ich dankte Rilke und versicherte ihm, dass ich seine Unterstützung zu schätzen wusste. Er schwanke zwischen Sorge und Zuversicht, gab er zu und erkundigte sich, ob ich mich wegen meiner Gesundheit um professionelle Hilfe bemüht hätte. Ich versprach, im Bildungsurlaub zu meiner alten Gelassenheit zurückzufinden.

»Vortrefflich«, sagte Rilke. »Aber was ist mit den zwei Wochen bis zum Semesterende? Schaffst du das?«

Ich sagte, nur schon die Vorfreude auf die Weiterbildung werde sehr hilfreich sein.

Er fuhr sich mit der Hand über die Glatze. »Ausgezeichnet. Ich sehe einer Wiederaufnahme deiner Lehrtätigkeit im kommenden Jahr mit Freude entgegen. Bis dann wird deine ... Aufwallung zu einer

Lappalie zusammengeschrumpft, vielleicht sogar ganz vergessen sein.«

Er war froh, mich eine Weile nicht sehen zu müssen, da machte ich mir keine Illusionen. Ob er mir darüber hinaus die hehren Ziele meiner Weiterbildung immer noch abkaufte? Zum Glück brauchte ich mich mit dieser Frage vorerst nicht zu beschäftigen.

*

In der ersten Unterrichtsstunde nach den Weihnachtsferien bat ich die Klasse erneut, den Vorfall vom Dezember zu entschuldigen. Schriftlich hatte ich es im Klassenchat bereits vor Weihnachten getan. Niemand verlangte irgendwelche Erklärungen, und obwohl ich sagte, dass mein Ausbruch auch mit gesundheitlichen Problemen zusammenhing, fragte niemand, ob es mir inzwischen besser ging. Das war mir recht, denn ich fühlte mich viel sicherer, wenn ich unterrichtete, als wenn ich vorgab, über persönliche Dinge zu reden. Alexis verhielt sich so still, Carla so aufsässig, Marijana so gleichgültig wie immer. Auf dem Programm stand der Existenzialismus in der Literatur, ein Thema, das mich methodisch und die Jugendlichen inhaltlich überforderte. Im Grunde interessierte es niemanden, was ich zu »L'Étranger« zu erzählen hatte, und als ich in der zweiten Stunde versuchte, ein Gespräch über Camus' Analyse der objektiven und der subjektiven Wahrheit in Gang zu bringen, gähnte jemand provokativ laut. Ich dachte an Nada und Fidelio, Hildegard und den Wacholderschnaps und an den braven Bauernsohn aus Pepos Geschichte. Eine Schülerin hob die Hand und fragte, ob es zu Camus eine Prüfung geben würde. Ich schüttelte den Kopf und setzte in Gedanken ein weiteres Häkchen hinter die Versicherung, dass das, was ich in Istrien tun wollte, sinnvoll war. Carla fragte, ob wir die Hinrichtung in »L'Étranger« nicht zum Anlass für eine Diskussion über die Todesstrafe nehmen könnten. Das sei doch viel aktueller als dieser Existenzialismus. Ich versuchte, meine Gedanken auf Camus, Sartre und den Rest der Gang zurückzulenken. Ohne Erfolg. »Nein«, sagte ich lahm. »Ein Kunstwerk wird nicht an seinem Bezug zur außerliterarischen Aktualität gemessen.« Vermutlich wurde ich ob so viel Schwachsinn rot.

»Woran denn sonst?«, fragte Moira, eine schlaue Schülerin, die selbst sehr gute Kurzgeschichten schrieb.

Der Gong rettete mich. Ich versprach, die Frage in der nächsten Stunde aufzugreifen.

Auf dem Nachhauseweg rief ich Nada an, mir war nach leichter Plauderei. Aber sie nahm nicht ab. Vielleicht war sie in ihrem Laden, verkaufte Zoras Öl an Hildegard und Ingrid und erzählte ihnen, dass der nette Mann von neulich zwar im Moment auf Reisen in der Schweiz sei, aber bald nach Hause zurückkommen werde.

*

Im Januar war ich sehr beschäftigt. Es gab viel zu tun mit Noten und Prüfungen und mit der Planung des neuen Semesters. Ich wollte für Brigitte möglichst viel brauchbares Material zusammentragen. Als ich meinen Schülerinnen und Schülern sagte, ich würde erst Anfang des nächsten Jahres wiederkommen, wollten sie bloß wissen, wer mich vertreten würde. Niemand sagte, ach, Herr Saidl, das ist doch schade, dass Sie gehen. Und auch nicht, oh, Herr Saidl, wir werden Sie vermissen. Einerseits war das gut, ich hätte es ihnen ohnehin keine Sekunde lang geglaubt. Anderseits versetzte mir ihre so unbekümmert zur Schau gestellte Gleichgültigkeit einen Stich.

Nun ja, sagte ich mir, mein Bildungsurlaub wird nicht nur mir guttun.

*

Meine Post ließ ich an »O sole bio« weiterleiten, ich wollte mich erst vor Ort um eine Bleibe kümmern. Nadas Wohnung war klein. Ob sie auch zu klein war, wollten wir erst entscheiden, wenn ich dort war.

Eric, mein Nachbar von gegenüber, versprach, er würde in meiner Wohnung gelegentlich lüften und bei Bedarf nach dem Rechten sehen. Zimmerpflanzen und Katzen besaß ich keine, das machte es einfacher.

*

Nach der letzten Unterrichtsstunde verabschiedete ich mich von den Kolleginnen und Kollegen. Einigen glaubte ich sogar, als sie mir eine gute Zeit in Istrien wünschten.

Rilke drückte mir nur kurz die Hand und murmelte etwas Unverständliches. Vielleicht sprach er in Hexametern, ich war nicht bei der Sache.

Nun trennte mich von der Abreise nur noch ein Abendessen bei meinem Vater und Julia. Meine Vorfreude darauf hielt sich in sehr engen Grenzen.

*

Es gab Fisch mit Polenta und Gemüse. Das sei die Vorbereitung auf Istrien, meinte Julia. Mein Vater habe das Dessert zubereitet, sagte sie, einen großartigen Schokoladenkuchen nach seinem Spezialrezept. Er machte eine linkische Handbewegung, die wohl Bescheidenheit andeuten sollte, aber sie misslang ihm.

Umsichtig wie sie war, hatte Julia auch eine Freundin und deren Ehemann zum Abendessen eingeladen. Sie hießen Lisa und Felix, ich kannte sie gerade gut genug, um eine leichte Plauderei in der Schwebe zu halten. Wenn es meinen Vater irritierte, dass wir nicht alleine waren und er nicht seine wahre Meinung über meine Pläne äußern durfte, so ließ er sich das nicht anmerken. Ich hoffte, dass Julia den einen oder anderen dankbaren Blick von mir auffing.

Lisa wollte wissen, wie ich in so kurzer Zeit eine »so schwierige Sprache« lernen wolle, und Felix lobte meinen Ehrgeiz und meine Begabung. Mein Vater hielt sich zurück, er sagte nur, ich hätte bereits als kleiner Junge einen »besonderen Zugang zu Sprachen gehabt, eine Tapetentür sozusagen, haha«. Dann erzählte er unsere Familienanekdote, wie ich als Fünfjähriger geglaubt hätte, Französisch zu sprechen, indem ich alle mehrsilbigen Wörter auf der letzten Silbe betonte. Julia kannte die Geschichte, die Gäste lachten aus Höflichkeit.

Beim Abschied, wir standen bereits in der Tür, sagte mein Vater, er verlasse sich darauf, dass ich mir das alles wirklich gut überlegt habe. Ich sagte, dies sei der Fall. Er nickte, und auf einmal kam er mir sehr alt vor, wie er in seiner grauen Strickjacke und mit der leeren Pfeife in der Hand dastand, um Haltung bemüht. Beinahe hätte ich ihn umarmt. Es kam mir vor, als hätte er es gemerkt und unsere Mutlosigkeit bedauert. Ich gab ihm die Hand und dankte ihm für den Abend, dann ging ich hastig davon. Sofort legte sich das schlechte Gewissen um meine Schultern wie ein regendurchtränkter Wollmantel. Ich wollte es auf keinen Fall mit nach Hause nehmen, und so beschloss ich, auf die Straßenbahn zu verzichten. Der Abend war kalt, es waren nicht viele Menschen auf der Straße unterwegs, ich war unentschlossen, ob ich nachdenken oder mich vom Denken ablenken sollte.

*

Am Morgen trug ich die beiden Koffer ins Auto; im großen waren die Kleider, im kleineren die Bücher, die Notizhefte und die Geschenke. Ich drehte die Heizung runter, schaltete das WLAN-Modem aus, überreichte Eric den Zweitschlüssel und verabschiedete mich von ihm. Dieses Mal würde ich nicht in Lugano halten, ich hatte keine Zeit zu verlieren, am Abend wollte ich in Istrien sein.

*

Nadas Wohnung war in der Tat zu klein, mitten in ihrem Wohnzimmer wirkte mein Koffer wie ein neues Möbelstück. Zum Glück wusste Zora von einer möblierten Einzimmerwohnung in Baredi, einem Vorort von Opatija. Wir fuhren am nächsten Tag hin, Nada half mir, mit Kristina, der die Wohnung gehörte, eine vernünftige Miete auszuhandeln. Kristina war Taxifahrerin in Rijeka, ihre Wohnung lag im Erdgeschoss. Sie sei aus beruflichen Gründen selten zu Hause, versicherte sie, ich würde meine Ruhe haben.

Wir schleppten meine Koffer in den ersten Stock. Nada half mir, das Bett in eine Ecke zu schieben und den Tisch vor die Balkontür. So würde ich über den Rand des Computerbildschirms das Meer sehen.

Später kochten wir Pasta mit Pilzsauce, dazu öffnete ich eine Flasche Malvazija.

»Du hast dir ein schönes Land zum Geborenwerden ausgesucht«, sagte ich, während wir dem Sonnenuntergang zusahen.

»Gerade denke ich«, sagte Nada, »dass ich mich, selbst wenn ich tatsächlich die Wahl gehabt hätte, für Istrien entschieden hätte.«

Wir stießen auf das kommende Jahr an, auf Žejane, Šušnjevica und auf meinen neuen Mut, den Nada für wahnwitzig genug hielt, um mich dabei nach Kräften zu unterstützen.

»Du weißt aber, dass es immer noch früh genug für einen ... Rückzug ist?«, sagte sie und drehte ihr Glas zwischen den Fingern.

»Rückzieher? Nein, ich will den Plan durchziehen«, sagte ich. »Ich habe zu viele Absagen bekommen. Jetzt will ich beweisen, dass es nicht an meinem Talentmangel lag.«

Nada lachte. »Dein Vorhaben ist entweder völlig bescheuert oder ziemlich schlau.«

Ich fragte, was davon sie für wahrscheinlicher hielt.

»Vielleicht ist das nur auf den ersten Blick ein Gegensatz«, sagte sie. »Ich freue mich auf die Aussicht, das herauszufinden.«

*

Am nächsten Morgen kam Kristina zum Kaffee. Sie erklärte mir, wo der Lebensmittelladen und die Apotheke waren und wo ich das beste Brot bekam, das sei das Wichtigste. Sie sprach praktischerweise Italienisch, allerdings bat ich sie, mit der Zeit mehr und mehr Kroatisch mit mir zu sprechen. Ich wolle es lernen, sagte ich, »želim učiti«, sie war »d'accordo«. Später ordnete ich meine Papiere und Notizen, stellte sicher, dass die Internetverbindung funktionierte, ging einkaufen, rief Anna und Tante Jo an und machte mich mit dem Gasofen vertraut. Dann versuchte ich, einen guten Plan für die nächsten Monate zu erstellen, mit so vielen Details wie nötig und so viel Optimismus wie möglich. Die Vermutung, dass ich mich gewaltig verschätzt hatte und mit Pauken und Trompeten scheitern könnte, ängstigte und elektrisierte mich zugleich. Ingmar, du alter Nörgler, sagte ich zu meinem Spiegelbild im Badezimmer, für einmal bist du so mutig, vermessen und verrückt, wie du es dir immer gewünscht hast. Vermassle es nicht mit deinen dämlichen Zweifeln.

*

Ich stand jeden Morgen früh auf, arbeitete anderthalb Stunden und spazierte den knappen Kilometer bis ins »O sole bio«. Manchmal nahm ich Kristinas Fahrrad, ich durfte es nach Belieben benutzen. Nada und ich tranken im »Strauss« unseren Cappuccino und teilten uns die Zeitung. Während der ersten Viertelstunde sprachen wir ausschließlich Kroatisch. Das war immer noch eher anstrengend als lustig. Nada lobte meine angeblichen Fortschritte, was ich nicht glaubte, aber gerne hörte.

Montags und mittwochs fuhr ich nach Rijeka in den Sprachkurs. Immer mal wieder besuchten wir Pepo und Kata, oder wir machten einen Ausflug nach Buzet, Rovinj, Motovun oder nach Šušnjevica ins Museum der Vlachischen Kultur. Manchmal fuhr ich alleine hin. Das Museum war klein, aber mir schien, dass es jedes Mal etwas Neues zu entdecken gab. Lupoglav war nur eine Viertelstunde entfernt, Zora freute sich, wenn wir auf Kaffee und Kuchen vorbeikamen.

Ansonsten saß ich in meiner Wohnung und arbeitete. Nach drei Wochen zeigte ich Nada, was ich bis dahin geschrieben hatte. Sie versuchte nicht, in ihrer Kritik diplomatisch zu sein.

»Vielleicht bist du zu streng«, sagte ich mit einem verschwörerischen Zwinkern und zeigte auf das Manuskript. »Das ist ja nicht von mir.«

»Natürlich nicht«, sagte sie. »Darum musst du dich noch mehr anstrengen.«

*

Im März regnete es oft. Ich blieb in der Wohnung, büffelte Vokabeln, las und schrieb. Kristina klopfte manchmal an, das langstielige Kännchen in der Hand, aus dem ein wunderbarer Kaffeeduft aufstieg. Wir setzten uns auf den Balkon und plauderten in einer lustigen Mischung aus Kroatisch und Italienisch. Da und dort rutschte mir ein istrorumänisches Wort dazwischen. Kristina fand das lustig, ich zunächst auch. Aber dann dachte ich, dass auch die Leute in Žejane, Šušnjevica, Lanišće oder Brdo ihre Idiome durcheinanderbrachten. So gesehen machte mich die Sprachverwirrung zu einem von ihnen. Zum Glück sprach ich das nicht laut aus, Kristina hätte vermutlich nur höflich gelächelt, aber wenn Nada davon gehört hätte, wäre ihre Reaktion weniger zurückhaltend gewesen.

*

Eines Morgens, ich war gerade dabei, mich für mein Tagwerk einzurichten, rief Zora an und fragte in ihrer gewohnten Mischung aus Deutsch und Kroatisch, ob ich Zeit für einen Kaffee hätte. Mauro würde mich gerne treffen. Ihr Schwager.

»Der Journalist? Warum? Ich wollte gerade ...«

»Er sagt es dir dann«, sagte Zora. »In einer halben Stunde im ›Leonardo‹?« Sie legte auf, bevor ich noch etwas sagen konnte.

*

Das Café »Leonardo« war um diese Zeit leer, nur ein Touristenpärchen teilte sich ein Stück Feigenkuchen. Kaum hatte ich mich gesetzt, kamen Zora und ein Mann herein. Ich schätzte ihn auf Anfang bis Mitte vierzig. Er war groß, schlank, mit einer Baseballmütze auf dem Kopf und einer dicken Brille auf der Nase. Ich stand auf, umarmte Zora und reichte dem Mann die Hand. »Mauro«, sagte er. »Mauro Dorić.« Ich stellte mich ebenfalls vor, wir setzten uns, die Kellnerin begrüßte die beiden mit Vornamen. Als wir unsere Kaffeetassen vor uns hatten, sagte Mauro, er habe gehört, dass ich mich fürs Žejanische und Vlachische interessiere. Man erzähle sich, ich sei überhaupt sehr sprachbegabt.

Ich winkte ab. Das sei doch nicht so besonders, Nada und Zora würden übertreiben.

Mauro sprach Kroatisch und gab sich offensichtlich Mühe, langsamer und deutlicher zu reden, als er es vorhin mit Zora getan hatte. Im Gegensatz zu anderen Einheimischen versuchte er aber nicht, meinen mangelhaften Kenntnissen durch die Lautstärke beizukommen. Er war mir sympathisch, ich entspannte mich. »Mauro möchte über dich einen Artikel schreiben«, sagte Zora.

»Kombiniert mit einem Interview«, ergänzte Mauro.

Ich fragte, worum es im Artikel gehen sollte. Ich sei doch ziemlich uninteressant.

Mauro lachte und sagte etwas auf Kroatisch, aber ich verstand ihn nicht. Er muss es an meinem hilflosen Blick zu Zora erkannt haben. »Lieber auf Französisch?«, fragte er.

Ich nickte begeistert.

»Ich sagte, es kommt selten vor, dass sich jemand bei uns sprachlich weiterbilden will.«

»Danke.«

»Wofür?«

»Dafür, dass du Französisch kannst.«

Wieder lachte er. »Nicht mehr lange. Dann vergesse ich mein Französisch und Zora und Nada ihr Deutsch, und wir sprechen nur noch Kroatisch. Oder Žejanisch.«

Ich staunte: »Du kannst ...?«

»Meine Muttersprache«, sagte Mauro und wiederholte es auf Žejanisch. Zora grinste, er fuhr fort: »Du kennst übrigens meine Eltern.«

»Doch nicht Kata und Pepo?«, fragte ich.

»Genau die.« Mauros Lachen klang tatsächlich nach Pepo. »Meine Måja und Čåja.«

»Was für ein unglaublicher Zufall«, sagte ich.

»Na ja, so unglaublich auch wieder nicht. Unsere Welt ist klein«, erwiderte Mauro auf Kroatisch. Zora nickte und fügte hinzu: »Sie wird immer kleiner.«

Wir nippten schweigend an unserem Kaffee.

»Um auf deine Frage zurückzukommen: Mich interessiert, was dich hierher verschlagen hat. Ein Schweizer Schriftsteller und Professor, der in Istrien nicht auf Urlaub ist, sondern um zu lernen.«

Ich sagte, das sei nicht ganz korrekt. Erstens sei ich kein Professor. Und zweitens sei ich irgendwie doch auf Urlaub in Opatija, nämlich auf Bildungsurlaub.

»Na gut, wir nennen unsere Gymnasiallehrer Professoren«, sagte Mauro. »Und Bildungsurlaub klingt eher nach Arbeit als nach Erholung. Wir kriegen das schon hin.«

»Was kriegen wir hin?«, fragte ich besorgt.

»Aus dir einen Professor zu machen. Und den Urlaub so zu beschreiben, dass es nicht nach ... wie heißt das andere Wort?«

»Ferien?«, schlug ich vor.

»... Ferien klingt«, sagte Mauro.

»Wenn ihr meint«, sagte ich. »Novi list‹, deine Zeitung, sie erscheint nur auf Kroatisch, nicht wahr?« Ich hoffte, dass die Frage nicht zu dumm war.

»Es gibt keine Zeitungen auf Žejanisch, wenn du das meinst. Auch nicht auf Vlachisch.« Mauro sah Zora an. »Eigentlich haben wir überhaupt keine Medien. Anders als bei eurem Rätoromanisch.«

»Nun ja«, sagte ich, »Rätoromanisch ist eine der vier ...«

»Landessprachen, ich weiß«, sagte Mauro. »Und trotzdem soll es gefährdet sein. Stell dir vor, wie es erst um unsere Sprache steht.«

»Aber ihr kriegt doch sicher auch Unterstützung«, sagte ich. »Von der Regierung. Oder aus Brüssel, die haben ...«

Zora schaltete sich ein, offenbar hatte sie erkannt, dass ich von den EU-Subventionen sprach: »Nur für konkrete Projekte, und selbst das nur auf Bewerbung. Frag mal Helena, wenn du wieder im Museum in Šušnjevica bist, die Leiterin.«

Ich nahm mir vor, genau das zu tun.

Zora seufzte und stand auf. »Ich muss weiter, so leid es mir auch tut. Plaudert schön, Jungs, ihr habt einander sicher noch viel zu erzählen.«

Mauro und ich bestellten noch einen Kaffee. Ich erkundigte mich nach seiner Arbeit bei der Zeitung – »Es wird immer schlimmer, der Journalismus schaufelt sich sein eigenes Grab, die sozialen Medien helfen mit« –, und Mauro wollte wissen, was genau ich unterrichtete. Es stellte sich heraus, dass er sich mit Sprachen und mit Grammatik auskannte, ich war ziemlich begeistert und ließ mir gleich noch ein paar Besonderheiten des Žejanischen erklären, die ich bis dahin nicht begriffen hatte. Auch kannte Mauro viele Geschichten aus den alten Zeiten, darunter auch jenes Märchen vom Bauern und seinen drei Söhnen, das ich im vergangenen Sommer von Pepo gehört hatte. Er fand es nicht besonders erbaulich, aber Märchen seien halt so, ob in Istrien oder anderswo.

»Die Grundmuster ihrer Stoffe finden sich aber in vielen Werken der Weltliteratur«, sagte ich etwas großspurig. »Vielleicht sind diese Volkserzählungen wertvoll als Inspiration, nicht als eigenständige Kunstwerke.«

»Und doch zieht das Attribut ›Märchen‹ oder ›Volkssage‹ immer noch«, sagte Mauro. »Vielleicht müsste man etwas Eigenes schreiben und es dann ein Volksmärchen nennen. Oder eine alte Volkssage.«

Er meinte das halb im Spaß, das war nicht zu überhören, aber in meinen Gedanken setzte sich etwas in Bewegung. Ich würde mit Nada darüber reden müssen.

»Aber nun zu dir. Ich bin ja eigentlich beruflich hier«, sagte Mauro. »Erzähl mal: Warum genau bist du hier? Und was ist das für ein Buch, das du schreibst?«

»Wie viel weißt du schon?«, fragte ich.

»Ehrlich gesagt, so gut wie nichts. Das mit dem Buch war ein Schuss ins Blaue. Ich nehme an, dass du dich mit dem Vlachischen und Žejanischen oder wie die Sprachwissenschaft sagen würde: dem Istrorumänischen beschäftigst.«

Ich erzählte vom Ausflug mit Nada und wie ich zufällig auf seine Eltern und das Žejanische gestoßen war.

»Und nun schickt dich deine Schule hierher? Damit du ein Buch schreibst?«, fragte Mauro.

»Nein, nein, ich musste ein Gesuch stellen. Damit ich mich hier mit dem Istrorumänischen beschäftigen darf. Zuerst bezahlt, dann unbezahlt.«

»Und warum? Ich meine, was hat deine Schule davon?«

Ich seufzte theatralisch. »Geht das schon wieder los?«

Mauro ließ sich nicht beirren: »Musst du etwas darüber schreiben und hinterher deiner Schule zeigen?«

Ich wiederholte, was ich vor ein paar Monaten Rilke erzählt hatte, allerdings in viel sachlicherem Ton. Mauro machte sich fleißig Notizen. »So etwas sollte es in meiner Branche auch geben«, murmelte er.

So kurz wie möglich erzählte ich ihm vom Sprach- und Literaturunterricht in der Schweiz und sagte, was man in dieser Situation immer sagt: Dass bei uns alles von Kanton zu Kanton verschieden sei, auch das Schulprogramm. Mauro wollte Genaueres wissen, ich kam in Fahrt, er trug Zeile um Zeile in seinen Block ein. Als wir endlich fertig waren, waren alle Tische im »Leonardo« besetzt. Mauro sagte, er habe nun genug Material für seinen Artikel. Er würde auch auf den Bildungsurlaub und das Schweizer Bildungssystem eingehen. »Soll ich dir den Artikel schicken, damit du ihn vorab lesen kannst?«, fragte er. Ich winkte ab, für eine kritische Lektüre sei mein Kroatisch nicht gut genug.

»Und denk dran: Wenn du Fragen zum Žejanischen hast, sag Bescheid, vielleicht kann ich dir helfen.«

*

Ich las Mauros Artikel vor, Nada meinte, das sei eine gute Übung. Sie korrigierte da und dort meine Aussprache und erklärte mir Wörter, die ich nicht verstand. Ich fand den Text sehr schmeichelhaft und sagte, dieser Ingmar sei offensichtlich ein toller Kerl.

»Na ja, er hat seine Fehler«, sagte Nada und verdrehte die Augen. »Mauro ist ihm einfach auf den Leim gegangen.«

Ich wollte etwas Witziges erwidern, aber mein Wortschatz reichte dafür nicht aus.

»Denkst du, dass der Artikel dir bei der Verlagssuche helfen könnte?«, sagte Nada. »Obwohl Mauro darin deine Übersetzung nicht erwähnt?«

»Eher nicht«, sagte ich. »Aber vielleicht hilft er nebenbei Mauro und seinen Mitstreitern. Helena, zum Beispiel.«

»Nebenbei?«, prustete Nada. »Was meinst du, warum hat er den Artikel überhaupt erst geschrieben?«

»Weil ich so unglaublich interessant bin?«

»Ach, Ingmar, manchmal bist du so herrlich naiv«, sagte Nada und legte mir ihre Hand an die Wange. Dann seufzte sie, schnappte sich die Kulturseite der Zeitung und schob mir den Auslandsteil zu. Ich tat so, als würde ich lesen, aber in Wirklichkeit wollte ich möglichst bald an meinen Schreibtisch zurück. Mein Buch war soeben noch ein wenig wichtiger geworden.

*

Den April verbrachte ich am Schreibtisch, im »O sole bio« und im Sprachkurs. Die Schule in Rijeka war noch bis Ende Juni offen, dann war Sommerpause. Mein Kroatisch war mittlerweile so gut, dass Nada und ich vormittags kaum noch Deutsch sprachen.

Ich konnte ohne ihre Hilfe den »Novi list« lesen, am liebsten Mauros Artikel. Bei der Innenpolitik musste ich mich öfter an Nada wenden. Sie hatte mir auch einen Kinderroman und einen unterhaltsamen Krimi aufgegeben und fragte mich täglich darüber aus. Hie und da versuchte ich zu schummeln, meistens ohne Erfolg.

Ich fuhr oft nach Žejane, manchmal mit Nada oder Mauro, immer wieder auch alleine. Pepo freute sich über meine Besuche, bei Kata war ich mir nicht so sicher. Womöglich dachte sie, dass ich Nada lieber im Laden unterstützen sollte. Einmal kam Marija vorbei, und ich hörte die Geschichte vom launischen Traktor ohne Nadas Übersetzung. Das fühlte sich wie eine Semesterprüfung an.

*

Eines Abends Mitte Mai saßen Pepo und ich alleine auf der Bank vor seinem Haus, Kata war im Dorf unterwegs, von den Nachbarn ließ sich niemand blicken. Die Sonne war soeben hinter die Dachkante gesunken, wir brauchten nicht länger den Schatten des großen Nussbaums. Pepo zeigte auf den Baum und sagte, sein Vater habe ihn nach dem Krieg gepflanzt. »Schwierige Zeiten damals«, fügte er hinzu. »Viele Leute wanderten nach Amerika aus. Junge Männer.« Plötzlich lachte er auf: »Vielleicht reden heute mehr Menschen unsere Sprache in New York als hier.«

Ich fragte, was er davon halte.

»Es ist, wie es ist«, sagte er. »Die jungen Leute hier wollen nicht Žejanski sprechen. Sie sagen, das sei die Sprache der Bauern und der Alten. Vielleicht haben sie recht.« Er seufzte und zeigte auf die Flasche. Ich schüttelte den Kopf.

»Leben deine Eltern?«, fragte er.

»Meine Mutter starb, als ich klein war. Mein Vater lebt«, sagte ich.

»Geht es ihm gut?«

Ich überlegte kurz, kratzte mein bestes Kroatisch zusammen und sagte: »Er ist in Rente. Er hat ein bequemes Leben. Ich weiß nicht, ob es ihm gut geht. Er ist nicht zufrieden.«

»Wie du«, lachte Pepo. »Nur dass du nicht in Rente bist.« Dann wurde er ernst. »Du solltest herausfinden, wie es ihm geht. Und warum er nicht zufrieden ist. Das ist wichtiger als alle Bücher.«

Ich war verstimmt. Über Pepo, denn sein altbackener Kalenderspruch klang herablassend. Und über meinen Vater, ohne zu wissen, warum. Natürlich meinte es Pepo gut, und es tat mir leid, dass mich der Frust, den ich in Zürich zurücklassen wollte, in Žejane eingeholt hatte. Um mich abzulenken, bat ich Pepo, mir mehr von seinem Vater zu erzählen. »Aber nicht zu schnell«, fügte ich hinzu.

»Keine Sorge«, sagte er. »Unsere Erzählungen sind immer langsam, ob wahr oder erfunden.«

Das gefiel mir. Nicht nur, weil ich immer noch an meinen Kenntnissen der mündlichen Sprache zweifelte. Auch den Text, an dem ich arbeitete, dachte ich mir als eine Geschichte, die man langsam lesen und über die man ohne Hast nachdenken sollte.

»Mein Vater, wir sagen Čåja, war Bauer«, erzählte Pepo. »Arm, wie alle hier. Wir hatten ein paar Schafe, verkauften Käse, Oliven, auch Essig. Es waren die Fünfziger, Istrien war Jugoslawien zugefallen, man musste sich umgewöhnen, der Friede war erst ein paar Jahre alt. Das Leben war schwer. Meine beiden Onkel verließen das Dorf, Vito ging nach Amerika, Vlado nach Australien. Der ›Amerikaner‹ kam schon nach fünf Jahren zurück, noch ärmer als vorher.« Pepo lachte freudlos. »Vlado blieb in Sydney, er schrieb uns oft und schickte Geld.«

»Und dein Vater?«, fragte ich. »Wollte er nicht weg?«

»Nein. Er sagte immer, er wolle in seinem Alter keine neue Sprache lernen. Er warte, bis die dort drüben Žejanski könnten.« Wieder lachte er, ich stimmte ein. »Es war besser so, er war nicht der Typ für die große weite Welt. Der Acker war ihm stets näher als das Bergwerk.«

»Und du? Wärst du gern nach Amerika gegangen?«, fragte ich.

»Nein. Ich halte es wie mein Vater, Gott habe ihn selig. Mir reicht die Welt, die ich von dieser Bank aus sehe. Und wenn ich doch mehr sehen will, kann ich ja auf den Baum dort drüben klettern.«

*

Im Juni wurde es von einem Tag auf den anderen heiß. Der Sommer legte sich schwer auf Opatija, man schleppte sich von einem Schatten in den nächsten. Um der Hitze zu entkommen, tranken wir unseren ersten Cappuccino früher, den zweiten verlegten wir ins »O sole bio«, da war es kühler als im »Strauss«. Allerdings hatte Nada viel mehr zu tun als noch im Frühling, das Glöckchen über der Tür klingelte im Minutentakt. Ich packte mit an, das war nicht weiter schwierig, denn die meisten Leute, die in den Laden kamen, sprachen Italienisch, Englisch oder Deutsch. Immer wieder konnte ich auch mein Kroatisch einsetzen. Ich freute mich, wenn man mich verstand und Nada mein Gestammel mit einem anerkennenden Nicken quittierte.

Gegen 11 Uhr ging ich in meine verdunkelte Wohnung zurück und arbeitete bis zum frühen Abend. Wenn ich nicht nach Rijeka in den Sprachkurs musste, ging ich schwimmen, danach traf ich Nada im »Roko«, unserem Stammrestaurant, oder wir kochten uns ein Abendessen und nahmen es auf meinem Balkon ein. Das Leben war ziemlich wunderbar, fand ich.

An einem Abend sprach ich es aus.

»Dass ich das noch erleben darf«, sagte Nada. »Wo ist deine Schwermut hin?«

Ich sagte, ich würde die nur noch in meinem Buch ausleben.

»Da passt sie gut hinein«, sagte sie. »Überhaupt gefällt mir dein Buch immer besser. Ich bin gespannt, wie es weitergeht.«

»Im Buch oder mit dem Buch?«

»Beides. Aber im Moment eher im Buch. Wird Mila zurückkommen?«

»Selbst wenn ich es wüsste, würde ich es dir nicht verraten«, sagte ich.

Nada sah mich lange an. »Interessant«, sagte sie schließlich, »dass du es auch nicht weißt.«

Ich freute mich, dass sie das so sah, meine Laune wurde noch besser. »Weißt du«, sagte ich, »wichtig ist, dass ich es nur ein wenig vor dir erfahre. Wir entdecken die Geschichte gemeinsam, ich bin dir nur ein paar kleine Schritte voraus.«

»Arbeiten alle Autoren so?«

»Das glaube ich nicht. Die richtig guten können vermutlich alles im Voraus planen, ohne dass du es beim Lesen merkst. Aber in unserem Fall bin ich ja nicht der Autor, wie wir beide wissen.«

Sie lachte. »Stimmt, ich vergesse das immer wieder.«

Das sei in dieser Phase nicht weiter schlimm, sagte ich. »Aber wenn das Buch draußen ist, wirst du dich zusammennehmen müssen. Du bist ja die Einzige, die ...«

Sie fiel mir ins Wort: »Denkst du nicht, dass wir Mauro ins Boot holen sollten?«

»Warum?«

»Er kann dir helfen. Žejanisch ist seine Muttersprache. Man wird dich dies und das fragen. Mauro kennt sich aus, besser als du und ich zusammen.«

Ich sagte, dass ich nur wenige Mitwisser haben möchte und immer noch glaube, alleine durchzukommen.

Nada gab nicht auf: »Es wird Fragen zum Originaltext geben.«

»Mauro ist Zoras Schwager«, gab ich zu bedenken.

»Na und? Er muss ihr nicht alles erzählen. Und wenn doch, wäre es auch kein Problem, Zora ist sehr verschwiegen.«

»Ich muss mir das überlegen. Im Moment glaube ich nicht, dass die Fragen so schwierig sein werden.«

Wieder schüttelte Nada den Kopf. »Für einen Schweizer bist du manchmal überraschend štupidast.«

»Ach komm, sei keine Spielverderberin«, murrte ich.

Woher kamen plötzlich diese Bedenken? Alles lief doch nach Plan.

»Naivling«, sagte Nada.

»Übervorsichtige Angsthäsin.«

»Untervorsichtiger Hochstapler. Du solltest eigentlich auf Žejanisch weitermachen, du Sprachvirtuose.«

»Wer sagt, dass ich das nicht kann?«

»Ich. Aber jetzt im Ernst: Für den Fall, dass es hier schwierig wird, solltest du einen Verbündeten haben, der sich auskennt.«

»Was soll schon hier schwierig werden? Wenn Probleme auftauchen, dann eher zu Hause«, sagte ich.

Nada schüttelte den Kopf. »Es soll einmal eine schöne Tradition gegeben haben«, sagte sie. »Genau für deinesgleichen. Etwas mit Teer und Federn.«

Wir lachten und entspannten uns. Nada lachte vielleicht eine Spur heiterer als ich. Ich fragte mich, ob sie ihre Skepsis nur vortäuschte, damit ich auf der Hut blieb und mir ausreichend gute Argumente zurechtlegte.

*

Ich schickte Julia eine Nachricht und fragte, wie es ihr und Vater ging. Sie schrieb zurück, Vater sei im Krankenhaus. Er habe während eines Vortrags in Basel einen Schwächeanfall erlitten. Herzprobleme. Aber es gehe ihm inzwischen besser. Ich rief sie an.

»Sorry, Ingmar«, flüsterte sie, »aber ich kann gerade nicht, bin in der Zentralbibliothek. Recherche wegen einer Übersetzung. Ein anderes Mal, okay?«

Ich wollte fragen, was genau passiert sei, aber Julia hatte mich schon weggedrückt. Sie würde sich gleich wieder melden, hoffte ich, das wäre doch das Mindeste. Doch mein Telefon blieb stumm. Ich wollte darin ein Zeichen sehen, dass es um Vaters Gesundheit nicht so schlecht stehen konnte, und ich wandte mich wieder meiner Arbeit zu. Als das Telefon läutete, war ich sicher, dass Julia nun doch noch Zeit gefunden hatte. Aber es war Anna.

»Hey, großer Bruder. Wie läuft es mit deiner Entdeckung?«

»Bestens«, sagte ich. »Aber sag mal, weißt du etwas über Vaters Schwächeanfall? Hast du mit Julia gesprochen?«

»Er ist in Basel im Krankenhaus«, sagte sie.

»Was ist passiert?«

»Keine Ahnung. Es wurde ihm schlecht und sie riefen den Rettungswagen.« Sie klang sehr gelassen, beinahe unbeteiligt.

»War es das Herz?« Es gelang mir zu meinem Leidwesen nicht, ihren sachlichen Ton zu übernehmen.

»Ja, es sieht danach aus. Aber es wird nicht so schlimm gewesen sein, er darf schon am Freitag wieder nach Hause.«

»Dann war es kein Infarkt?«

»Wie gesagt, ich weiß es nicht, Ingmar. Ruf doch selbst ...«

Ich legte grußlos auf. Nach fünf Minuten bereute ich es und rief wieder an. Anna ging nicht ans Telefon.

*

Julia schrieb, Vater gehe es besser. Er arbeite wieder an irgendwelchen Notizen und rede dabei mit sich selbst. Also alles wie gewohnt. Ich solle mir keine Sorgen machen und mich auf meine Arbeit konzentrieren.

Ich rief an, aber sie meldete sich nicht.

*

Mein Vater rief an. Ich war gerade von meinem Morgenspaziergang zurückgekommen und hatte mich mit einer Tasse Kaffee an den Schreibtisch gesetzt. Die Balkontür stand offen, der Westwind wehte den herben Duft des Meeres herein, ich war heiter und freute mich auf die Arbeit.

»Ingmar, Junge«, sagte er aufgeräumt. »Wie geht es dir denn in deinem Istrien?«

Der joviale Ton passte nicht zu ihm, ich war sofort auf der Hut.

»Gut«, sagte ich. »Wunderbar. Aber was ist mit dir? Du warst im Krankenhaus, wie ich höre.«

»Doch, doch. Das wird alles ...« Plötzlich klang er unsicher. »Ich wollte mich einfach erkundigen, wie es läuft und was du tust.«

»Was ist passiert? Warum warst du im Krankenhaus?«

»Ach, das war nichts«, sagte er hastig. »Wir können reden, wenn du zurück bist. Ich bin nur etwas ... schwach, die Sache hat mich durchgeschüttelt.«

Ich hörte Julias Stimme im Hintergrund, sie klang gedämpft, als hätte sich mein Vater abgewandt oder die Hand über das Telefon gelegt. »Wie läuft es mit deiner Weiterbildung?«, fragte er, als er wieder da war.

»Ich habe mich gut eingerichtet, alles läuft nach Plan. Vielleicht sogar eine Spur besser.«

»Gut, gut.« Er wirkte abwesend. Oder so, als würde ihn etwas ablenken.

»Bist du sicher, dass alles in Ordnung ist?«, wiederholte ich die Frage, nun wirklich besorgt. »Soll ich nach Zürich kommen?«

Wieder sagte Julia etwas, dann hörte ich Schritte. Eine Tür fiel ins Schloss.

»Nein, nein, auf keinen Fall. Es ist nichts. Ich wollte nur ... Wie gesagt, wir können ein anderes Mal darüber reden. Am besten, wenn du wieder ... Um Weihnachten herum, nicht wahr?«

»Eher Anfang Januar. Was macht Julia?«, schob ich hastig nach, damit er das Gespräch nicht beendete.

»Julia? Der geht es sehr gut. Sie hat einen großen Auftrag an Land gezogen und hat nun sehr viel zu tun.«

»Ihr wolltet demnächst nach Frankreich fahren, nicht wahr? Julia wird hoffentlich nicht im Urlaub arbeiten müssen.«

»O Gott ja, Frankreich«, sagte Vater und seufzte. »Das ist nicht sicher, das mit der Reise. Wir werden sehen ...«

Ich wollte nachhaken, aber er fiel mir ins Wort: »Kommst du mit deinen Sprachstudien gut voran?«

»Ja, sogar sehr gut, ich lerne viel, es ist beinahe wie früher.« Ich erzählte von meinen häufigen Besuchen in Žejane. »Mittlerweile brauche ich keine Dolmetscherin mehr, ich habe die Sprache ziemlich im Griff.«

»Gut, gut.« Wieder wirkte er zerstreut.

»Stell dir vor«, haspelte ich, »ich bin dabei, eine alte istrorumänische Geschichte zu übersetzen. Einen Roman.«

»Wie, einen Roman? Du übersetzt? Aus dem Istrorumänischen?« Seine Stimme klang wieder fester.

»Ja. Eigentlich aus dem ...« Ich konnte mich gerade noch bremsen. »Die Geschichte ist nicht einfach, aber wenn ich mal nicht weiterweiß, helfen mir die Leute hier.«

»Großartig«, sagte er. »Wirst du noch in Istrien fertig damit?«

»Mit der Rohfassung schon. Ich werde zu Hause weiter daran feilen.«

»Großartig«, wiederholte er. »Eine Übersetzung aus einer so kleinen Sprache? Du hast sie einmal irgendwie anders genannt. Wie hieß das gleich?«

»Žejanisch.«

»Ja, genau«, sagte er. »Und dann gleich ein Roman. Ich muss es sofort Julia erzählen! Weiterhin viel Erfolg. Und alles Gute, Junge, alles Gute.«

Er legte auf.

Erst hinterher fiel mir ein, dass er kein einziges Mal nach meiner Doktorarbeit gefragt hatte. Wie seltsam, dachte ich und rief Anna an. Sie meldete sich auch dieses Mal nicht. Vermutlich war sie bei der Probe. Oder auf dem See oder noch nicht wach, es war erst 9. Oder war sie sauer wegen neulich? Das wäre kleinlich, dachte ich und scheuchte den Gedanken weg. Es war an der Zeit, meine Textdatei zu öffnen und weiterzumachen, wo ich gestern Abend aufgehört hatte. Die Balkontür stand offen, die Luft roch nach Pinien und weichem Nieselregen, ich war für ein paar weitere Seiten bereit. Doch ich fand den Einstieg nicht. In Gedanken kehrte ich immer wieder zum seltsamen Telefonat von vorhin zurück. Was war los? Ich versuchte es wieder bei Anna. Ohne Erfolg. Schließlich klappte ich den Computer zu und machte mich auf den Weg ins »O sole bio«.

»Rate mal, wer vor fünf Minuten hier war«, sagte Nada, als sie mich sah.

»Elvis? Mein Vater? Der Papst?«

»Was?« Nada runzelte die Stirn.

»Vergiss es«, sagte ich. »Wer war hier?«

»Hildegard und Ingrid. Weißt du noch? Sie haben nach dem netten jungen Mann gefragt. Du hast Fans.«

»Der nette junge Mann ist gerührt«, sagte ich und erzählte ihr vom Anruf meines Vaters. »Warum wollte er plötzlich wissen, was ich hier mache?«

Nada zuckte mit den Schultern. »Vielleicht ist ihm einfach eingefallen, dass er sich für seinen Sohn interessieren sollte.«

»Ihm fielen immer viele Dinge ein. Aber sein Sohn hat noch nie zu ihnen gehört«, sagte ich. »Um den guten alten Neil Armstrong falsch zu zitieren: Das wäre ein kleiner Schritt für die Menschheit, aber ein riesiger Sprung für Konrad Saidl.«

»Ach, Ingmar, übertreib es nicht. Ich erzähle dir mal etwas: Mein Vater ist schwierig und ... wie sagt man? Rückstehend?«

»Rückständig.«

Sie wechselte ins Kroatisch: »Er wollte nicht, dass ich studiere, dann schimpfte er, als ich das Studium abbrach. Er hätte mich am liebsten enterbt, nur gab es nichts zu erben. Und als ich Kredite aufnahm und diesen Laden eröffnete, sprach er drei Monate kein Wort mit mir.«

»Worauf willst du hinaus?«, fragte ich.

»Darauf, dass ich mich mit selbstgerechten Vätern auskenne.«

Eine Kundin hob die Hand, sie wollte bedient werden. Im Weggehen sagte Nada, nun wieder auf Deutsch: »Dein Vater wollte bloß wissen, wie es dir geht. Belasse es dabei und freue dich.«

*

Ich hatte eine Pause nötig, mein Kopf war leer, aber schwer, keine gute Ausgangslage für kreatives Arbeiten. Also beschloss ich, nach Zagreb zu fahren. Zwar hatte ich noch viel zu erledigen, in gut fünf Monaten musste ich nach Zürich zurück. Aber ich überlegte, ob ein Umgebungswechsel vielleicht den anfänglichen Elan zurückbringen könnte. Nada fand die Idee gut. Als ich fragte, ob sie mitkommen möchte, schüttelte sie den Kopf. Sie könne es sich nicht leisten, ihren Laden mitten in der Saison zu schließen. »Zagreb wird dir gefallen«, sagte sie. »Und ein paar Tage mit dir alleine ist genau das, was du jetzt brauchst.«

Entgegen Nadas und Kristinas Rat fuhr ich nicht mit meinem Auto, sondern nahm den Bus. Die Fahrt war angenehm, die Landschaft abenteuerlich schön, und statt mit einer großen Verspätung, wie von Nada vorausgesagt, kam ich 15 Minuten vor der Zeit in Zagreb an. Die Stadt gefiel mir tatsächlich, und das auf Anhieb. Die Altstadt, die Kirche mit dem bunten Dach, die engen Gassen mit den winzigen Läden, die Cafés, der Markt, das Nationaltheater, die sezessionistisch geprägte Architektur – vieles erinnerte mich an Wien und versetzte mich in die Kindheit zurück.

Ich rief Tante Jo an.

»Na, Lieblingsneffe«, sagte sie, »sprichst du schon fließend Istrorumänisch?«

»Žejanisch. Die Sprache heißt Žejanisch. Istrorumänisch ist bloß ein künstlicher ...« Ich ärgerte mich über meine Besserwisserei und ließ das Thema fallen.

»Weißt du, wie es Vater geht? Von Julia erfahre ich gar nichts«, sagte ich.

»Er war im Krankenhaus, jetzt ist er zu Hause«, sagte Tante Jo. »Die arme Julia, sie tut mir leid. Mein kleiner Bruder hingegen tut nur sich selbst leid. Wir kennen ja unseren Konrad.«

»Das tun wir«, sagte ich. »Trotzdem mache ich mir Sorgen.«

»Nicht nötig. Er kommt am Freitag oder Montag nach Hause. Julia wird ihm den Allerwertesten nachtragen, er wird es ihr danken, indem er denselben möglichst tief hängen lässt.«

»Na gut«, sagte ich, »wenn ich dich so reden höre, bekomme auch ich Lust auf Gelassenheit.«

»Sehr gut. Bist du in Opatija? Oder Rijeka?«

»Weder noch. In Zagreb. Schön ist es hier. Die Stadt sieht beinahe wie Wien aus, nur anders«, plapperte ich. »Die Fassaden, die Brunnen, das Museum der 80er-Jahre, der Zrinjevac-Park, die Cafés am Blumenplatz ...«

»Aber du wohnst noch in Istrien, nicht wahr?«

Ich bejahte und erzählte von meiner Wohnung und Nada, Pepo und Kata, von Kristina, Mauro und von der Waschmaschine, die ich beim Schleuderprogramm festhalten musste, weil sie sonst aus dem Badezimmer hinaushüpfen würde. »Weißt du was?«, sagte ich. »Von meinem Schreibtisch aus sehe ich das Meer.«

»Ich habe mir immer einen solchen Schreibtisch gewünscht«, seufzte Tante Jo. »Was schreibst du, wenn du den Blick wieder auf deinen Bildschirm senkst? Hausaufgaben vom Sprachkurs?«

»Nein, nein, viel besser: Ich habe eine Geschichte entdeckt, eine alte Familiensage aus Žejane. Die übersetze ich ins Deutsche.«

Tante Jo schwieg. Das kam selten vor.

»Tante Jo?«, sagte ich. »Noch da?«

»Na so was«, sagte sie. »Du übersetzt. Ich wusste nicht, dass du ... dass du ...«

»Dass ich übersetzen kann?«

»Eines ist klar, Ingmar. Du musst diesen Schreibtisch mit nach Zürich nehmen.«

Wider Erwarten wurde mir schwer ums Herz. Auch Tante Jo war bereit, mir zu glauben, wie vorhin mein Vater. Bis dahin hätte alles in ein Gedankenspiel gedreht werden können. Oder in einen Streich. Ich hätte schlimmstenfalls die bereits strapazierte Formel »harmloser Schwindel« bemühen können. Aber nun hatte ich auch Tante Jo von meiner Übersetzung erzählt. Vielleicht war das Ganze doch noch ein Betrüg, wie Nada sagen würde. Oder eine »mission impossible«? Was, wenn ich tatsächlich nicht Tom Cruise war?

*

Am Tag darauf bekam ich Julia ans Telefon. Sie hatte keine Zeit zum Plaudern, sagte bloß, Vater sei draußen im Garten, es gehe ihm recht gut. Er habe sich sehr über die Nachricht von meiner Übersetzung gefreut. Und auch sie finde das einfach großartig und möchte bald mehr erfahren.

*

Ich sah ein, dass Nada recht hatte: Wir mussten Mauro einweihen. Inzwischen war er zu einem guten Freund geworden, ich wollte die Freundschaft nicht aufs Spiel setzen, indem ich riskierte, dass er mir auf die Schliche kam und dann fehlendes Vertrauen vorwarf. Das Überleben seiner Muttersprache war ihm sehr wichtig, er würde doch alles unterstützen, was sich als hilfreich erweisen könnte. Schlimmstenfalls würde er mich auslachen und mich einen Spinner nennen, damit würde ich leben können. Nada war überzeugt, dass Mauro mich nicht verpfeifen würde, selbst wenn er mein Vorhaben aus irgendwelchen Gründen für falsch halten sollte. Sie kannte ihn länger, ich verließ mich auf ihr Urteil.

*

Wir saßen in Nadas Wohnzimmer, die Balkontür stand offen, der Abend war mild, die Luft roch nach Regen. Nada schenkte Wein ein, im Hintergrund lief irgendein italienischer Schlager, allerdings nicht in der üblichen Lautstärke. Ich beschloss, nicht lange um den heißen Brei zu reden, sondern knapp und ohne Rechtfertigungen zu erzählen, was es mit meinem Buch wirklich auf sich hatte. Nada nippte an ihrem Wein und mischte sich nicht ein. Als ich fertig war, sah Mauro mich lange an. Ich war unsicher, ob er mich wirklich verstanden hatte oder ob ich ihm meine Idee noch einmal mit anderen Worten erklären sollte. Es kam mir sogar der Verdacht, dass ich sein Französisch doch überschätzt hatte. Doch dann lachte er, schüttelte den Kopf und sagte, ich sei verrückter, als er gedacht habe. Ich nahm das als Kompliment.

»Aber jetzt im Ernst«, sagte er. »Wovon redest du? Warum würde irgendjemand so etwas tun? Warum schreibst du nicht einfach einen neuen Roman?«

Ich suchte nach einer noch direkteren Erklärung, Mauro sollte nicht denken, dass der Plan kompliziert war. Aber er fuhr bereits fort: »Ich meine, du kannst schreiben, sonst würdest du gar nicht auf eine solche Idee kommen.«

Das stimme vermutlich schon, antwortete ich. Aber das sei nicht der Punkt. Zumindest nicht der einzige Punkt. Dann erzählte ich ihm von meinen Erfahrungen mit Verlagen und Agenturen, von meinem Vater, und schließlich erwähnte ich sogar das georgische Hörbuch. Mauro hörte aufmerksam zu. »Okay, das kann ich nicht beurteilen«, sagte er. »Ich meine das mit deinem Vater. Und das georgische Hörbuch, also ich weiß nicht. Das ist ziemlich weit hergeholt.«

»Ich weiß«, sagte ich. »Aber das Hörbuch ist nicht das Wichtigste.«

»Ist der Aufwand nicht zu groß?«

»Vielleicht«, sagte ich. »Aber überleg mal, was wir alles erreichen können. Wir erbringen den Beweis, dass es so etwas wie eine žejanische Literatur gibt. Das schafft Publizität. Und die wiederum verbessert die Aussicht auf Subventionen, auf die ihr so dringend angewiesen seid. Von eurer Regierung, aber auch von der EU.«

Ich hoffte, dass das Pronomen »wir« meine Argumentation stützen würde, indem ich Mauro auch rhetorisch ins Boot holte.

»Na ja, das mag stimmen. Je länger ich darüber nachdenke ...«

Nada schenkte nach. Mauro nahm einen Schluck.

»Ich sehe, dass du dir dazu einiges überlegt hast«, sagte er. »Aber vielleicht ginge es einfacher. Dein Roman könnte in Žejane spielen. Wozu brauchst du den Umweg über die Übersetzung?«

»Wenn ich diesen Roman schreibe, dann ist das keine žejanische Literatur«, sagte ich. »Bestenfalls Literatur über Žejane. Das bringt nicht so viel.«

Nada schaltete sich ein: »Ingmar befürchtet, dass er für einen Roman über Žejane keinen Verlag finden würde. Aber für einen žejanischen Roman schon.«

Mauro war nicht überzeugt: »Wird man dir glauben, dass du in weniger als einem Jahr so gut die Sprache gelernt hast?«

»Wer mich kennt, schon.« Ich versuchte nicht, bescheidener zu klingen, als ich mich fühlte. »Ich habe Sprachen immer schnell gelernt. Und als Romanist ... Julia, die Frau meines Vaters, wird vielleicht als Einzige zunächst skeptisch dreingucken.

Sie ist Übersetzerin. Aber auch sie wird ihre Skepsis aufgeben. Sie glaubt mir gern.«

»Und dein Vater?«

Das sei schwierig, sagte ich. Aber nicht aus Gründen, um die es hier gehe.

»Und wer dich nicht kennt?«, fragte Mauro. »Zum Beispiel die Verlage? Die Medien?«

»Ich werde gute Antworten finden, mach dir keine Sorgen«, sagte ich und hoffte, dass er mir meine Zweifel nicht anmerkte.

Nada sagte nichts. Mauro stand auf und trat auf den Balkon hinaus. Nada und ich tauschten einen Blick und warteten. Die Uhr am Kirchturm schlug zuerst viermal, dann, etwas tiefer, achtmal.

Mauro kehrte zurück und setzte sich wieder.

»Wenn du meinst …«, sagte er. »Ich bin dabei. Wie kann ich dich am besten unterstützen? Oder euch?«

Nun schaltete sich Nada ein. »Indem du Ingmar den Rücken freihältst«, sagte sie. »Falls hier Fragen auftauchen.«

»Was wahrscheinlich nicht der Fall sein wird«, sagte ich. »Aber falls doch, werde ich vielleicht Fragen zum Žejånski haben. Das hast du mir ja bereits zugesagt.«

»Ja, aber damals wusste ich nicht …«, sagte Mauro mit einem Lächeln.

»Jetzt, da du es weißt, ist die Sache noch spannender, nicht wahr?«, sagte Nada. Sie wandte sich an mich: »Ich habe dir doch gesagt, dass Mauro cool ist.«

Wir hoben unsere Gläser. »Auf die žejanische Literatur! Die ursprüngliche und die übersetzte!«

*

Mauro rief am nächsten Tag an und wollte wissen, wie viel ich schon geschrieben hatte. Ich sagte, dass mir nur fünf oder sechs Kapitel fehlten. Nada würde ihm eine ausführliche Zusammenfassung geben, auch schriftlich, wenn er möchte. Sie habe es selbst vorgeschlagen. Er winkte ab. Eine mündliche Zusammenfassung reiche, sagte er. Er möchte nur wissen, worum es gehe.

Nada übersetzte trotzdem ein paar Dialoge, und zwar solche, die sie, nach eigenem Bekunden, für besonders aufschlussreich und auch gelungen hielt.

Ich war plötzlich unsicher.

»Was bereitet dir Sorgen?«, fragte Nada.

»Dass Mauro das Buch für misslungen halten könnte«, sagte ich. Das sei doch meine erste Übersetzung, da gehöre eine gewisse Unsicherheit dazu.

Nada verdrehte die Augen. »Keine Sorge«, sagte sie. »Die Übersetzung ist gut. Ich würde sagen, sie ist sogar besser als das Original.«

»Das können wir nicht mit Sicherheit wissen«, sagte ich. »Bisher hat niemand das Original gesehen.«

»Außer dir, du Genie.«

»Außer mir«, bestätigte ich. »Aber ich bin ja ans Übersetzergeheimnis gebunden.«
»Was es nicht alles gibt.«
»Du würdest dich wundern«, sagte ich.

*

Am 1. August feierten wir im »Roko« mit Kristina, Zora, Mauro und seiner Frau Marina Nadas Geburtstag und den Schweizer Nationalfeiertag. Pepo und Kata stießen etwas später zu uns, und obwohl das Lokal gut besucht war, zauberte der Kellner noch einen kleinen Tisch herbei. Pepo zog zwei Flaschen Klekovača aus seiner Umhängetasche, eine reichte er Nada, eine mir. »Die dritte wartet in Žejane auf euch«, sagte er. »Damit ihr uns bald wieder besuchen kommt.«

Ich kratzte mein ganzes Kroatisch zusammen und hielt eine kurze Lobrede auf unsere beiden Geburtstagskinder Nada und Helvetia. Aus Nervosität machte ich viele Fehler und bekam aus Höflichkeit viel Lob. Nada freute sich über die Geschenke. Zora ärgerte sich, weil ihr der Kuchen dieses Mal nicht wunschgemäß gelungen sei, worauf Marina und Kata energisch widersprachen. Schließlich wünschten mir alle viel Erfolg mit meinem Buch, das bereits im nächsten Jahr – davon waren alle außer mir überzeugt – erscheinen würde.

*

Ich schrieb und recherchierte, besprach den Plot mit Nada und rief alle drei, vier Tage meinen Vater an. Ich wollte wissen, wie es um seine Gesundheit stand, er fragte nach dem Fortschritt meiner Arbeit. Vermutlich sagte keiner von uns die ganze Wahrheit, ich hoffte, dass nur ich das merkte.

*

Im September begann das neue Semester an der Sprachschule. Ich war sehr aktiv und meldete mich oft zu Wort, die Lehrerin lobte inzwischen sogar meine Aussprache. Einmal sollte ich vor der Klasse von meiner Arbeit berichten. Ich hätte gern von meiner Übersetzung erzählt, aber ich wollte keine Fragen riskieren, die ich nicht hätte beantworten können. Also bastelte ich ein paar Sätze über meinen Unterricht in Zürich zusammen und fand mich dabei ziemlich langweilig.

»Das ist der Preis«, sagte Nada, als ich ihr am Abend davon erzählte.

»Wofür?«

»Du weißt, wofür.«

Ich sagte, dass die richtige Herausforderung erst zu Hause warte und ich hier nicht so viel falsch machen könne.

»Doch, doch, das kannst du«, sagte Nada. »Unterschätze nicht dein Talent, dich in Schwierigkeiten zu bringen.«

Ich hätte ihr gerne widersprochen.

*

Anfang Dezember war das Manuskript fertig. Ich feilte noch ein paar Tage an der Leseprobe und am Exposé und schnürte schließlich das Päckchen für die erste Bewerbung. Nach einigem Zögern entschied ich mich für Sand & Kramer, einen Verlag der Sorte »mittelklein-aber-fein«. Er hatte schon sehr früh das Manuskript von »Handzeichen« abgelehnt. Die Ablehnung von »Sprosse um Sprosse« trug die Nummer 31 oder 32 an meiner Pinnwand, vielleicht auch 33. Ich war mir nicht sicher, ob ich hoffen oder befürchten sollte, dass sich die Lektorin noch an die beiden Projekte erinnerte. Im Exposé betonte ich »die Kraft des Besonderen« in der alten istrianischen Sage. Auch ging ich kurz auf die Umstände ein, unter denen mir das Manuskript zugetragen worden war, und ich erklärte, warum ich es übersetzt hatte. Es sei eine Mischung aus Glücksfall und Vermessenheit gewesen, erklärte ich und stellte in Aussicht, bei Interesse mehr darüber zu erzählen. Vorerst sei ich für eine Prüfung dankbar, ob der Verlag die Übersetzung in sein Programm aufnehmen möchte.

Ich schickte die Mail an meinem letzten Abend in Istrien ab. Nada stand neben mir, ich ließ den Finger über der Enter-Taste kreisen, so als würde ich zögern. »Treib es nicht zu weit«, sagte sie und verdrehte die Augen. Ich seufzte theatralisch und drückte auf die Taste, die Mail verschwand mit einem Zischen.

Wir umarmten uns, ich entkorkte eine Flasche »Veralda Blanc«.

»Auf Matija Katun«, sagte Nada und hob ihr Glas.

»Und auf Mila«, sagte ich. »Ein wenig auch auf Karas.«

Wir leerten unsere Gläser in einem Zug. Ich schenkte nach.

Matija Katun und seine Söhne
(Matija Katun ši aluj filj)

*Aus dem žejanischen Istrorumänisch
von Ingmar Saidl*

1

Nicht alles, was man sich über Matija Katun und seine Söhne erzählt, ist wahr. Wahrheit und Lüge sind wie alte Eheleute, die sich mit der Zeit immer weniger mögen, aber sich immer mehr ähneln. Trotzdem werde ich versuchen, meiner Geschichte nichts hinzuzufügen, was sie bunter, aber nicht wahrhaftiger machen würde. Auch werde ich nur weglassen, was niemand vermissen würde, auch jene nicht, die die Wahrheit in der Fülle suchen.

Matija Katun hatte von seinem Vater Adam ein Stück Wald südlich von Žejane geerbt, dazu Weiden und Ackerland, das sich nach Nordosten beinahe bis nach Slowenien erstreckte. Adams Vater, der alte Mikula Katun, hatte nur einen kleinen Acker besessen. Nach Mikulas Tod erwarb Adam mit Fleiß, Glück und Geschick nach und nach sowohl neuen Besitz wie auch jenen Respekt, der mit der Größe des Landes einhergeht. Gerüchte gingen um, dass Adam, wenn der eine oder andere Bauer sich gegen den Verkauf stemmte, auch den Knüppel zu schwingen wusste. Aber darüber sprach man nur hinter vorgehaltener Hand. Niemand dreht einen Stein um, unter dem eine Viper schläft.[1]

Adam war ein finsterer Mann und überaus hart zu allen, die seine Nähe nicht meiden konnten. Darum musste er immer wieder neue Knechte suchen. Er besuchte niemanden, und er verhielt sich abweisend, wenn ein Nachbar oder ein Reisender ihn von der anderen Seite des Weidenzauns ansprach. Seiner Frau erlaubte er zweimal im Jahr, ihre Eltern in Lanišće zu besuchen. In den ersten Jahren nahm sie oft den kleinen Matija mit, später ging sie nur noch alleine hin.

2

Matija war 18, als seine Mutter starb. Adam war im Stall, eine Kuh kalbte, der Knecht war neu und kam alleine nicht zurecht. Als die Magd in der Tür erschien und rief, Adam solle sofort kommen, der Herrin gehe es nicht gut, beachtete er sie zunächst nicht. Er erklärte dem Knecht in aller Ruhe, was zu tun war, dann wusch er sich ausgiebig die Hände in der Regentonne. Als er in die Stube trat, war es zu spät. Er nahm seinen Hut ab und bekreuzigte sich. Dann holte er sein Gewehr von der Wand und ging Wildschweine jagen.

---
[1] Redensart aus Žejane, Anm. des Ü.

Hinterher klagte der Pfarrer, man habe zu spät nach ihm geschickt. Und dann sei er viel zu langsam vorangekommen, denn der Weg zum Hof sei verschlammt gewesen. Adam warf ihm einen finsteren Blick zu, schob ein paar Münzen über den Tisch und wies mit dem Kinn zur Tür hin. Der Pfarrer wollte noch etwas sagen, aber Matija, der neben seinem Vater saß, schüttelte den Kopf.

Die Knechte und die Magd trauerten mit Matija, denn die Verstorbene war gut zu ihnen gewesen, und sie hatten Angst vor dem, was nun kommen sollte.

Ein halbes Jahr danach fanden die Knechte Adams Leichnam draußen auf dem Feld neben einer niedrigen Schutzmauer. In der Hand hielt er einen Stein. Er hatte nicht einmal dem Teufel unbewaffnet entgegentreten wollen.

3

Matija war aus einem anderen Stein gehauen. Nicht weniger fleißig und wie Adam ernst und knorrig wie ein alter Akazienbaum, aber nicht so streitsüchtig und eher bereit, Widersachern aus dem Weg zu gehen, als sie niederzuwalzen. Er bestellte sein Land, mähte, pflügte und säte, kaufte und verkaufte, was die Äcker, das Vieh und der Wald hergaben. Auch behandelte er seine Knechte und seine Magd nicht schlechter als seine Kühe oder Schafe. Aber wenn er nicht auf dem Feld oder im Stall war, saß er am liebsten alleine unter dem Nussbaum hinter dem Haus. Manche glaubten, darin seinen Vater wiederzuerkennen. Hie und da besuchte ihn Karas. Sein Kindheitsfreund war der einzige Mensch, dessen Gesellschaft Matija länger als eine Viertelstunde ertrug.

Einmal im Monat war Markt in Fiume. Matija fuhr immer alleine hin. Die Knechte mussten an diesem Tag die Schutzmauern ausbessern, das Moos von den Grenzsteinen kratzen oder, wenn Matija keine andere Arbeit einfiel, den Stall ausmisten. Der Magd trug er auf, während seiner Abwesenheit alle Wohnräume gründlich zu putzen.

Matija verhandelte und feilschte, stritt und fluchte, pries seine Waren und rümpfte die Nase ob den Angeboten der anderen. Das gehörte sich so, alle wussten das, und selbst die heftigsten Streitereien verliefen nach ungeschriebenen, aber von allen anerkannten Regeln. Und obwohl Matija sich bemühte, die alten Bräuche zu befolgen, sagte man ihm nach, er sei eher auf Verständigung als auf Sieg aus. Was sich biegt, das bricht nicht,[2] sagten manche und sahen Matijas Nachgiebigkeit mit Wohlwollen. Andere tuschelten, Matija sei bloß zu schwach. »Wenn der alte Adam das sehen könnte«, sagten sie und schüttelten die Köpfe.

---
[2] Redensart aus der Gegend von Brdo, Anm. des Ü.

An einem Markttag, es war Mitte August und sehr heiß, der Handel war zu Ende und die letzten Stände wurden abgebaut, führte Matija seine beiden Pferde zur Tränke, damit sie sich für den langen Weg zurück nach Žejane stärkten. Unterwegs begegnete er einer jungen Frau. Sie trug einen großen Korb mit Äpfeln zu ihrem Wagen. Matija fragte, ob er einen Apfel haben dürfte. Sie gab ihm zwei.

»Woher kommst du?«, fragte er.

»Aus Šušnjevica.« Ihr Gesicht nahm die Farbe der Erde unter ihren Füßen an.[3]

Matija überlegte kurz, dann nickte er.

»Ich heiße Matija. Aus Žejane.«

»Ich bin Mila«, sagte die junge Frau.

Matija hob den Korb auf ihren Wagen.

»Ich komme nächsten Monat wieder«, sagte er.

»Wir pflücken bald unsere Birnen. Die Ernte ist gut«, sagte Mila.

4

Matija und Mila heirateten Ende November. Karas hatte einen Cindraspieler[4] aufgetrieben, der die Gesellschaft mit vertrauten Weisen unterhielt. Das Essen war reichlich, der Wein schwer und die Reden kurz. Man wünschte dem Brautpaar Gesundheit und

---

[3] Die Erde in Istrien ist rot, Anm. des Ü.
[4] Zweisaitiges Zupfinstrument aus der Gegend von Žejane, Anm. des Ü.

kräftige Söhne. Während der Rede des Brautvaters kicherten ein paar Halbwüchsige aus Žejane über sein Vlåški,[5] aber Matija brachte sie mit einem strengen Blick zum Schweigen. Sowohl die aus Žejane wie auch die aus Šušnjevica lobten hinterher das Fest und fanden, dass es angemessen gewesen sei.

5

Valentin kam im Spätsommer zur Welt, nach anderthalb Jahren folgte Frane. Die Geburt war schwer, Mila überlebte nur knapp und konnte sich eine ganze Weile kaum um die Kinder kümmern, schon gar nicht um den Haushalt. Die Magd, die in diesem Sommer auf dem Hof arbeitete, war von keinem großen Nutzen, sie stellte sich bei der Hausarbeit ungeschickt an und brach oft ohne sichtbaren Grund in Tränen aus. Das betrübte Mila, sie gab sich die Schuld, weinte oft mit und verteidigte die Magd, wenn Matija mit ihr schimpfte. Schließlich schickte er das unglückliche Mädchen fort. Mila steckte ihr heimlich ein paar Silbermünzen zu und bat sie um Vergebung. Matija stellte eine neue Magd ein. Doch das reichte nicht aus, Frane brauchte eine Amme. Matija fand eine in Male Mune, einen halbstündigen Fußweg vom Hof entfernt. Sie kam täglich, gab

---

[5] Die ortsübliche Bezeichnung für den Dialekt in Šušnjevica, Anm. des Ü.

Frane die Brust und ging der Magd bei der Hausarbeit zur Hand.

6

Karas' Frau hieß Vera. Sie stammte ebenfalls aus Žejane, die beiden hatten sich bereits als Kinder gekannt. Trotzdem waren viele Žejaner von der Heirat überrascht. Vera war ein paar Jahre älter, von wenig einnehmendem Äußeren und, anders als Karas, war sie still, beinahe schüchtern, pflegte keine Freundschaften und besuchte keine Nachbarn. Es gab Gerüchte, Karas habe vorhin ein Auge auf die junge Tochter eines Sattlers aus Lupoglav geworfen, und er sei bereit gewesen, sie sogar ohne Mitgift zu nehmen. Doch der Sattler soll gegen die Verbindung gewesen sein, er habe seiner Tochter den Umgang mit Karas verboten. Am Gerücht, sie habe sich rasch und ohne großes Bedauern gefügt, war vermutlich etwas dran. Denn die Zurückweisung hatte Karas schwer zugesetzt. Es hieß, er habe Vera nur zur Frau genommen, um über die Kränkung hinwegzukommen. Ob diese Geschichte auch Vera erreicht hatte, wusste man nicht. Niemand dachte an sie, man übersah sie leicht, und ihr schien das recht zu sein.

7

Kurz nach Franes Geburt wurde Matija schweigsamer und mürrischer. Häufig verschwand er, ohne irgendjemandem auch nur ein Wort zu sagen, und blieb tagelang fort. Wenn er zurückkam, eilte er zu Mila und erkundigte sich nach ihrem Befinden. Valentin, inzwischen ein wacher, lebhafter Junge von knapp zwei Jahren, sträubte sich, wenn sein Vater ihn zu sich rief. Auch Frane wehrte sich gegen seinen Vater und schrie, wenn dieser ihn in die Arme nehmen wollte. Matija gab sofort auf, bemühte sich nicht, den Kindern die Scheu zu nehmen. Das betrübte Mila sehr. Sie weinte nur, wenn sie alleine war.

8

Karas schaute immer wieder vorbei. Mila freute sich über seine Besuche, denn er wusste ihre Bedrücktheit mit kurzweiligen Geschichten zu zerstreuen. So erzählte er ihr vom Teufel, der sich von pfiffigen Dorfbewohnern mit Essen und Schmeicheleien einwickeln ließ, und von listenreichen Schmugglern und korrupten, aber tumben Zöllnern. Am liebsten hörte Mila Geschichten aus alten Zeiten, als Menschen die Sprache der Tiere verstanden und ein geheimes Wissen besaßen, das ihnen im Verlauf der Jahrhunderte abhandengekommen sei.

Manche spotteten, Karas verbringe mehr Zeit mit Mila als mit Vera. Diese verharrte in ihrer Unauffälligkeit. Einige wenige brachten ihr dafür Achtung entgegen, den meisten war sie gleichgültig.

9

Ihren dritten Sohn tauften Mila und Matija auf den Namen Aldo, denn er war am 10. Januar zur Welt gekommen.[6] Anders als seine Brüder war Aldo von Beginn an still und ruhig, er bereitete seiner Mutter kaum Kummer. Auch als er größer wurde, hielt er sich am liebsten bei Mila auf und war dankbar, wenn sie ihm Geschichten erzählte. Er merkte, dass sie anders sprach als sein Vater oder die Amme, aber das schien ihn eher zu belustigen als zu stören. Manchmal sah er sie von der Seite an und behauptete lachend, Čåja[7] würde dieses oder jenes Wort anders sagen, dann wiederholte er, was Mila gesagt hatte, und klatschte in die Hände.

Er konnte bereits als kleiner Junge schön singen und freute sich, wenn die Magd ihm Lieder aus Brdo beibrachte, ihrer alten Heimat.

Aldo ging gern zur Schule, auch darin unterschied er sich von Valentin und Frane. Der lange Fußweg machte ihm weit weniger aus als die Hänseleien seiner Mitschüler. Seine Brüder verteidigten ihn nicht.

Als Aldo etwa zehn Jahre alt war, geschah es manchmal, dass er von einem Tag auf den anderen verstummte. Er redete weder mit Matija noch mit

---

[6] Namenstag in Istrien, Anm. des Ü.
[7] »Vater« im Žejanischen, Anm. des Ü.

dem Lehrer, nicht einmal mit Mila. Der Lehrer kam auf den Hof, um Rat zu suchen. Doch er traf Matija nie an, und Mila wusste nichts zu sagen. Nach ein paar Tagen, selten mehr als drei, war Aldo wieder so, wie ihn alle kannten: zwar still und nachdenklich, aber nicht länger in seinem trotzigen Schweigen gefangen.

Valentin und Frane gingen oft in den Wald, manchmal mit ihren Freunden, manchmal alleine, stellten Hasenfallen auf und folgten den Spuren von Wildschweinen. Wenn der Lehrer sich über Aldos Verschlossenheit wunderte, so riefen Valentin und Frane eher seinen Zorn hervor, denn die beiden Jungen gebärdeten sich auch in der Schule wild und unbändig. Sie lernten schlecht und stifteten andere Kinder zu allerhand Unsinn an. Der Lehrer musste oft zu seinem Stock greifen.

Auf dem Hof schubsten Valentin und Frane ihren kleinen Bruder herum und verhöhnten ihn. Die Knechte sahen zu, die einen grinsend, die anderen mitfühlend. Mila schimpfte und drohte, aber sie sagte kein Wort zu Matija, denn sie wollte seinen Zorn nicht heraufbeschwören: weder auf die beiden älteren Söhne wegen ihrer Wildheit noch auf Aldo wegen seiner Sanftmut.

10

Um die Frage, wohin Matija ritt, rankten sich viele Gerüchte. Doch die Wahrheit kannte niemand, auch Karas nicht. Manchmal blieb Matija zwei, drei Tage zu Hause, prüfte die Zäune, ritt die Schutzmauern ab, schimpfte mit den Knechten und stauchte die arme Magd zusammen. Seine Söhne gingen ihm aus dem Weg. Abends saß er stumm mit Mila in der Stube. Oft war sie nicht sicher, ob er es merkte, wenn sie sich im Halbdunkel geräuschlos zurückzog.

Im Morgengrauen sattelte Matija sein Pferd, seine Unrast so düster wie ein Sommergewitter, und ritt in den Norden, vielleicht hinauf bis Pasjak oder Rupa, vielleicht weiter.

In Matijas Abwesenheit sah Karas immer öfter nach dem Rechten. Valentin und Frane beäugten ihn misstrauisch und tuschelten mit den Knechten. Aldo hingegen schien sich über die Besuche zu freuen, er wird gemerkt haben, dass seine Mutter in Karas' Gegenwart weniger schwermütig war.

11

Über Karas erzählte man sich das eine oder andere, nicht alle Geschichten waren günstig. Er hatte zwei Töchter. Die ältere hieß Pava. Sie war reizlos und schwerfällig, dazu boshaft und bereits als kleines Mädchen hinterhältig. Agata war anmutig und fröhlich, immer die Sonne im Herzen und ein Lächeln im Gesicht. Es hieß, Karas habe Agata nicht mit Vera, sondern mit einer Magd gezeugt. Er soll die beiden Frauen bis nach der Niederkunft im Haus eingesperrt haben, damit der Schwindel nicht ruchbar wurde. Ob das stimmte, erfuhr man nie. Manche behaupteten, Pava selbst würde die Gerüchte schüren, weil ihr Vater sie vernachlässigte und Agata, dem Bastard, wie sie ihre Schwester nannte, den Vorzug gab.

Tatsächlich liebte Karas Agata über alles. Ob sie merkte, wie sehr ihre Schwester darunter litt, wusste niemand. Agata begegnete Pava stets mit schwesterlicher Liebe, frei von Arglist und Spott. Das ärgerte Pava umso mehr, und wenn ihre Wut zu heftig wurde, schwor sie in schweren Worten Rache für das Unrecht. Die Magd, die einen dieser Zornausbrüche belauscht hatte, wusste nicht mit Sicherheit, ob Pava sie mit Absicht in ihre Drohungen einweihte.

Oft nahm Karas Agata mit, wenn er den Katun-Hof aufsuchte. Sie und Aldo saßen unter dem Nussbaum und tauschten Geschichten aus. Agata mochte alte Märchen, Aldo erfand Geschichten vom Meer.

12

Mila wusste wohl nicht, was ihr mehr Sorgen bereitete: Dass Matija immer wieder verschwand, oder die Aussicht, dass er plötzlich auftauchen würde, erfüllt von jener finsteren Wut, an die sie sich nicht gewöhnen wollte.

13

Matija kehrte einen Tag vor Allerheiligen zurück und zog ein Tuch aus blauer Seide aus seiner Satteltasche. Er reichte es Mila, sie setzten sich nebeneinander an den schweren Tisch in der Stube. Mila breitete das Tuch aus und strich mit den Fingerspitzen darüber. Matija folgte ihrer Hand zunächst mit dem Blick, dann griff er danach.

Es war am Vorabend zum zweiten Advent, als Mila ihrem Mann eröffnete, dass sie ein Kind trug. Sie weinte leise, hinterher wird sich Matija oft gefragt haben, ob aus Freude, Scham oder Angst. Er gelobte, nicht mehr fortzugehen. Selbst auf den Markt in Fiume wollte er von da an einen Knecht schicken.

Er hielt sein Wort und blieb in den folgenden Wochen in Milas Nähe. Wenn er zum Tagwerk musste, weil die Knechte Anweisungen und seine Söhne eine strenge Hand brauchten, schärfte er der Magd ein, Mila alle Arbeit abzunehmen und nicht zuzulassen, dass sie etwas Schwereres als ein Pfund Brot in die Hand nahm. Mila und die Magd teilten sich ein freudloses Lächeln über so viel Fürsorge und taten, als würden sie Matijas Befehle befolgen.

14

Wohin Mila an jenem schicksalsschweren Morgen unterwegs war, als die Magd sie auf dem frisch aufgetauten Boden liegend fand, die Schürze blutgetränkt, wusste wohl sie alleine. Es gab Gerüchte, wie immer, wenn sich die Wahrheit nicht ans Licht wagt. Die einen vermuteten, dass Mila bloß Eier aus dem Hühnerstall holen wollte. Die anderen sagten, sie sei unterwegs zu Biser gewesen, ihrem Lieblingspferd, das seit einer Weile am linken Hinterbein lahmte. Es hieß sogar, sie habe sich mit jemandem treffen wollen, man flüsterte Karas' Namen, aber dieses Gerücht löste sich auf, bevor es den Hof erreichte.

Der Arzt, den alle wegen seines haarlosen Schädels Ošor[8] nannten, gab Mila ein Pulver und sagte, es würde ihre Schmerzen lindern. Auch zeigte er der Magd, wie sie einen Sud aus Heilkräutern zubereiten musste. Matija begleitete ihn zur Tür und hoffte auf ein Wort oder ein Zeichen. Doch Ošor stieg wortlos auf sein Pferd und bog auf den Weg nach Vele Mune ein, ohne sich umzudrehen.

Nacht für Nacht weinte sich Mila in den Schlaf.

15

Karas ließ sich nur noch selten auf dem Hof blicken. Agata kam immer öfter alleine, überbrachte die Grüße ihres Vaters und erkundigte sich nach Milas Gesundheit. Sie ließ sich von der Stille nicht beirren, sondern erzählte munter von der Zwetschgenernte, vom Wacholderpflücken und von den Aussichten

---

[8] Žejanisch »Ei«, Anm. des Ü.

auf einen guten Klekovača[9] im Spätherbst, von der neuen Magd, die kein Žejanisch verstand, vom Wolfsrudel, das vor drei Tagen unterhalb des Dorfes die Straße überquert hatte, und sie plapperte über Fiume, wo sie erst kürzlich mit Pava gewesen war. Mila hörte mit geschlossenen Augen zu.

Ob aus Sorge um seine Mutter, ob aus ganz anderen Gründen versank Aldo oft in Schweigen. Wenn Agata da war, setzte sie sich zu ihm, lehnte den Kopf an seine Schulter, und sie schwiegen zusammen. Manchmal sang sie ein Lied, am liebsten jenes vom mutigen Córbu,[10] denn das mochte Aldo besonders gern. Sie sang, bis Aldo in ihr Lied einstimmte.

16

In der Morgenluft kündigte sich bereits der Herbst an, als Mila nach und nach auf die Beine kam und sich wieder um den Haushalt zu kümmern begann. Sie prüfte die Vorräte, ging die Ausgaben durch und sah der Magd auf die Finger. Bald unternahm sie auch längere Spaziergänge. Ansonsten saß sie auf der Bank unter dem Nussbaum und wartete, bis Matija und die Jungen von der Tagesarbeit zurückkehrten. Mila sprach nicht mehr. Grüße erwiderte sie mit ei-

---

[9] Ein mit Wacholderbeeren versetzter Zwetschgenschnaps, Anm. des Ü.
[10] Ein altes istrorumänisches Lied über einen Freiheitskämpfer, entfernt vergleichbar mit Robin Hood, Anm. des Ü.

nem Kopfnicken, Anweisungen gab sie mit knappen Handzeichen, Blicke mied sie. Aldo war der Einzige, den sie offen ansah. Manchmal schien es, als würde sie durch ihn hindurch jemand anderen suchen. Anfangs hoffte er wohl, dass sie ein Wort hinterherschicken würde. Doch mit der Zeit lernte er, sich über ihren Blick zu freuen. Mila winkte ihn oft zu sich, stellte den Kopf schräg und schloss die Augen. Er verstand die Geste und sang ihr ein Lied vor. Sie legte ihm die Hand auf die Wange.

17

Valentin war groß und dunkel, von lautem Gemüt, auch starrköpfig, und er hatte die Neigung, andere eher aus Unbedacht denn aus Bosheit zu kränken. Frane hingegen war untersetzt, seine äußere Erscheinung hatte wenig Gewinnendes. Einzig seine dichten, hellbraunen Haare erinnerten an Mila. Seine scheinbar ruhige Wesensart konnte ohne Vorwarnung in Gewalt umschlagen. »Wie sein Großvater, Gott sei seiner harten Seele gnädig«, sagten alte Žejaner und schlugen bei der Erinnerung an Adam ein Kreuz.

Valentin traf sich mit Pava. Zunächst geschah es beiläufig, bei der Arbeit im Wald, der an Karas' Obstgarten grenzte. Wenn Frane mit ihm arbeitete, schickte Valentin ihn fort, sobald Pava erschien. Auch schärfte er ihm ein, Čája nichts zu erzählen.

Frane gehorchte nicht gern, aber er scheute sich, seinen älteren Bruder gegen sich aufzubringen.

Mila wusste von den heimlichen Treffen, Aldo und Agata entging ihre sorgenvolle Miene nicht. Ob auch Matija etwas ahnte? Vermutlich schon. Aber er sagte nichts. Möglicherweise hielt er die Verbindung für bloßes Getändel, um das er sich nicht weiter zu kümmern brauchte.

18

Obwohl der Jüngste, war Aldo größer und kräftiger als seine Brüder. Doch er ging allen Streitereien aus dem Weg. Es hieß, er habe von Mila die Sanftmut und von Matija die Kraft geerbt, und nun könne er sich nicht entscheiden, welches davon er für das wertvollere Geschenk hielt.

Aldo kümmerte sich mit großer Hingabe um seine stumme, schwermütige Mutter. Zugleich arbeitete er in stiller Genügsamkeit und mit jugendlichem Eifer im Wald und auf den Feldern. Matija sprach wenig mit seinen Söhnen, doch schienen er und Aldo einen Umgang miteinander gefunden zu haben, der, wenn nicht von Zuneigung, so doch von einem eigentümlichen Wohlwollen geprägt war. Valentin und Frane sahen argwöhnisch zu, aber niemand hörte sie je darüber sprechen.

19

Kam Agata zu Besuch, waren Aldo und Mila nicht die Einzigen, die sich darüber freuten. Selbst Matija hob die Hand zum Gruß, wenn er sie kommen sah. Er sprach nicht davon, aber er sah die Zuneigung zwischen Aldo und Agata mit jenem Wohlwollen, das er Valentin und Pava versagte. Viele dachten, dass in nicht allzu ferner Zukunft eine Hochzeit gefeiert wird.

Doch es sollte anders kommen.

20

Es geschah an einem trüben Herbstmorgen. Die Obstbäume waren in dichten Nebel gehüllt, dem Pfad konnte man mit dem Blick nur bis zur alten Eiche folgen. Mila brach zu einem Spaziergang auf und kam nicht wieder zurück.

21

Darüber, was sich an jenem Tag auf dem Hof des Matija Katun zutrug, gab es viele Geschichten. So erzählte die Magd, Matija habe sie angeschrien, weil sie ihm zu spät von Milas Verschwinden berichtet habe. Sie schwor, sie habe sich verstecken müssen, denn er habe seinen Stock erhoben und hätte auf sie eingeprügelt. Ein Knecht behauptete hingegen, Matija habe auf der Stelle und ohne ein Wort zu sagen sein Pferd aus dem Stall gezerrt und es ruppig gesattelt, das Pferd habe vor Angst gewiehert. Aldo wollte mit, aber Matija donnerte ihn an, er solle ihn nicht herausfordern. Valentin versuchte seinen Vater zu beruhigen, das machte dessen Raserei nur noch schlimmer. Matija sei, so hieß es, im Galopp in den Wald geritten, jemand will einen schlimmen Fluch gehört haben, worauf ein Rabenschwarm mit rauen Rufen aufgeflogen sei. Das war ein böses Omen, wer es sah, schlug erschrocken ein Kreuz.

Später hieß es, Matija habe in allen Bärenfallen nachgesehen, von denen er wusste, und auch in anderen, die er bloß vermutete. Er stob zu Karas' Hof und fragte Knechte, Mägde, Nachbarn, auch Reisende und Bettler nach Mila. Blind vor Sorge brüllte er und tobte und raufte sich die Haare. Noch am selben Nachmittag brach er nach Šušnjevica auf, wo Milas Schwester lebte. Diese wusste ihm nichts zu sagen. Er suchte in Lanišće und Lupoglav, in Rupa, Pasjak und in Brdo, ritt nach Fiume hinunter und dann noch weiter bis nach Senj. Er irrte durch den Motovuner Wald und eilte über Buzet nach Buje. In Umag fiel er aus dem Sattel, als sein Pferd sich weigerte, ins Meer hineinzupreschen. Jemand erzählte, man habe ihn nachts den Fluss Mirna entlangreiten sehen, bis hinauf nach Hum.

Von Mila fehlte jede Spur.

Als Matija am ersten Advent zurückkehrte, erkannte der Knecht, der ihm das Tor öffnete, das Pferd, nicht den Reiter.

22

Über die Wochen, die nun folgten, hörte man dies und das. Ich will nicht mutmaßen, wie viel davon sich tatsächlich so ereignet hat. Stattdessen will ich berichten, was mir von Menschen zugetragen wurde, die für gewöhnlich traurige Geschichten nicht durch das Ausschmücken verderben.

Noch Tage nach seiner Rückkehr soll sich Matija geweigert haben, das Haus zu betreten. Er wollte seine Söhne nicht sehen, schlief im Stall, wärmte sich an seinem Pferd und stritt mit den Kühen und Schafen.

23

Am Silvestermorgen brüllte Matija die Magd herbei und befahl ihr, alle Sachen, die Mila gehörten, auf einem Haufen zusammenzutragen und zu verbrennen. Aldo versuchte zu widersprechen, aber Matija hieb so wild mit seinem Stock gegen die Mauer, dass dieser zersplitterte. Valentin sah stumm zu. Die Magd weinte, während sie Milas Kleider und Schuhe, ihr Nähzeug und die schöne Holzschatulle mit den Briefen ins Feuer warf. Ein dünner Rauch stieg in den blassen Januarhimmel hinauf. Aldo krümmte sich vor Kummer.

24

Matija Katun wurde zusehends gebrechlicher, verwirrter, verstörter, er verschwand oft für viele Tage, keiner wusste, wo er war und ob er zurückkommen würde. Manche nahmen an, er suche noch immer nach Mila. Wenn er von seinen geheimnisumwitterten Reisen zurückkam, schien er jedes Mal gebrochener. Nur selten gab er sich einen Ruck, wusch sich, zog ein frisches Hemd an und ging hinaus, um sich um die Tiere, die Weide und den Wald zu mühen. Doch er geriet rasch außer Atem und ging gekrümmt, als schleppte er einen Stein auf den Schultern. Wenn ihm die Lasten zu schwer, die Wege zu weit wurden, und das geschah immer öfter, überkam ihn ein heftiger Zorn, und er schwang seinen Stock, als möchte er die ganze Welt schlagen. Es kam hie und da vor, dass er, bevor er seinem Pferd die Sporen gab, einen der Knechte zu sich rief und ihm vom Sattel herunter knappe Anweisungen gab, man hätte sie für Husten halten können.

Aldo versuchte seinem Vater zu helfen, wo es dessen Stolz zuließ. Das gelang kaum je. An manchen Tagen brach Matija in aller Frühe aufs Feld oder in den Wald auf, als möchte er zeigen, wie viel Kraft noch in ihm steckte. Die Knechte suchten nach Wegen, ihm unter die Arme zu greifen, indem sie die schwersten Lasten unauffällig wegräumten oder ihm, wenn er die Axt wie einen vertrauten Widersacher packte, in aller Hast weniger knorrige Stämme zuschoben. Zusammen mit Aldo beeilten sie sich, das Brennholz auf- oder abzuladen, bevor Matija dazustoßen konnte.

Valentin, Frane und die Knechte freuten sich, wenn Matija nicht da war.

25

Gerüchte gingen um, man sehe Frane immer wieder in Lupoglav mit der Witwe eines Zöllners. Valentin wäre wohl der Einzige gewesen, dem Frane davon erzählt hätte. Aber Valentin fragte nicht.

26

Wenn er nicht herumstreunte, saß Matija alleine unter dem Nussbaum, oft am Ende der Sitzbank, als erwartete er, dass Mila aus dem Haus treten und sich zu ihm setzen würde. Er stierte ins Leere, fluchte und grummelte vor sich hin. Einige erzählten, er habe sich immer wieder umgesehen und nach Mila gerufen. Andere wollten gehört haben, wie er von Wölfen und Bären und sogar von Adlern fantasierte. An einem Abend beteuerte ein Knecht in der Dorfschenke, Matija habe plötzlich, als wäre er aus einem Albtraum aufgewacht, Karas' Namen gebrüllt und nach der Wahrheit verlangt, dann, mit veränderter Stimme, geklagt, Karas sei immer schon sein einziger Freund gewesen, aber nun könne er, Matija, ihm nicht mehr vertrauen.

Der Knecht hatte an jenem Abend mehr als einen Krug Wein geleert, man nahm an, dass er bloß aufschneiden wollte.

Die Wahrheit sollte noch eine Weile im Dunkeln bleiben.

27

Es hieß, Karas' Hof stecke in Schwierigkeiten. Er habe sich verschätzt, sagten die Leute, und sich von einigen Wucherern aus Fiume über den Tisch ziehen lassen. Nach außen gebe er sich gewohnt heiter und unbekümmert, doch in Wirklichkeit sei er leichtgläubig, und mit seinem Geschäftssinn sei es nicht weit her. Nun reiche das Geld kaum noch aus, die Knechte zu bezahlen.

Wer mit Kreuzern zahlt, muss den Gulden zweimal wenden,[11] sagten die Leute im Dorf, die einen aus Mitleid, die anderen aus Schadenfreude.

Karas konnte nicht umhin, eine der beiden Mägde vom Hof zu schicken, Agata übernahm ihr Tagewerk, und das, ohne zu murren. Pava hingegen suchte nach Ausflüchten, wenn Arbeit anfiel, und sie ließ keine Gelegenheit aus, ihrer Schwester die Schuld zu geben, wenn sie selbst nicht nachkam.

---
[11] Redensart aus Žejane, Anm. des Ü.

Aldo hätte es niemals zugegeben, aber es war ihm recht, dass Agata keine Zeit hatte, ihn auf seinem Hof zu besuchen, denn er wollte nicht, dass sie sah, wie es um seinen Vater stand. Dafür begab sich Aldo öfter zu ihr. Wenn Karas da war, begrüßte dieser ihn herzlich und erkundigte sich, wie es Matija ging. Allerdings fiel es Aldo auf, dass Karas ihm nie Grüße für seinen Vater mitgab. Ebenso wenig entgingen ihm die besorgten Blicke, mit denen Karas ihn und Agata bedachte, wenn sie sich abseits begaben, um alleine zu sein. Die beiden waren wohl zu jung, um diese Blicke richtig zu deuten.

Auch nach so vielen Jahren vermag ich nicht zu sagen, ob das ein Fluch oder ein Segen war.

28

Abend für Abend saß Matija alleine in der Stube, trank seinen Wein und grummelte unverständliche Worte, als würde er sich mit jemandem streiten. Valentin und Frane gingen ihm aus dem Weg und verbrachten alle Abende in der Dorfschenke. Aldo war lieber bei Agata, oder er saß in seiner Kammer über die Weltkarte gebeugt und fuhr mit der Fingerkuppe die Seewege bis nach Indien und China nach. Er hatte sich die Karte von Ošor ausgeliehen, dieser erzählte in der Schenke davon, und in Žejane war man sich uneinig, ob es sich für einen Katun geziemte, derlei Träumereien nachzuhängen.

29

An einem solchen Abend, es war Winter, Aldo war wieder einmal bei Agata, die Magd hatte Feuer im Kamin entfacht und legte eben ein paar Holzscheite nach, klopfte es kräftig an die Tür. Die Magd erschrak, Matija bedeutete ihr ungeduldig, sie solle aufmachen. In der Tür stand Karas. Matija wollte schon aufbrausen, doch Karas hob abwehrend die Hände. »Ich muss mit dir reden, hör mich an«, sagte er. Matija zögerte. Dann gab er der Magd ein Zeichen, sie huschte hinaus, er sank zurück auf die Bank. Karas zog einen Stuhl heran und setzte sich ihm gegenüber.

»Ich muss mit dir reden«, wiederholte er.

Die Magd, die an der Tür lauschte, erzählte am nächsten Tag am Dorfbrunnen, es sei um Valentin und Pava gegangen. Alle wüssten, soll Karas gesagt haben, dass die beiden einander zugetan seien. Er, Karas, kenne Valentin, seit dieser an Milas Brust gelegen habe. Nun aber sei Valentin ein Mann, und wenn er und Pava heiraten wollten, so solle sich ihnen niemand in den Weg stellen. Danach schwiegen die beiden, die Magd glaubte nur ein paar Flüche gehört zu haben, so derb wie undeutlich. Später, die Magd wollte sich bereits entfernen, sagte Karas: »Du kannst ihn nicht für fremde Sünden bestrafen.« Und Matija: »Das lasse meine Sorge sein, mit fremden Sünden kennt sich keiner besser aus.«

Was danach gesprochen wurde, bekam die Magd nicht mit, denn Matija habe nach ihr gerufen und ihr in barschem Ton befohlen, einen Becher Wein aus dem Keller zu holen und sich zu verziehen.

Karas sei spät nach Hause aufgebrochen. Wenn man der Magd glauben wollte, soll Matija einen zweiten und einen dritten Weinbecher selbst geholt und danach noch bis tief in die Nacht alleine in der dunklen Stube gesessen haben.

30

Wollte Karas Pava loswerden und zugleich seinen maroden Hof an den von Matija binden? Viele dachten so, ein paar wenige sprachen es auch aus. Ich hatte damals meine Zweifel, und ich habe sie auch jetzt, während ich diese Zeilen schreibe. Karas war nicht gerissen genug, denn wäre er es gewesen, hätte er seinen Hof nicht in diese Lage gebracht. Auch glaube ich gern, dass Valentin und Pava, so seltsam es auch klingen mag, einander auf ihre Weise verbunden waren, trotz allem, was noch geschehen sollte.

31

Die Hochzeit wurde am Tag der heiligen Dorothea gefeiert.[12] Karas sagte ein paar Worte, Matija saß tief

---

12 6. Februar, Anm. des Ü.

über den Tisch gebeugt, grummelte vor sich hin und drehte sein Glas zwischen den Fingern.

Agata und Aldo saßen ein wenig abseits. Karas lud sie ein, sich zum Brautpaar zu gesellen, aber sie taten so, als hätten sie ihn nicht gehört. Als die Musik einsetzte, gingen sie hinaus und setzten sich auf die Bank. Aldo war sehr betrübt. Vielleicht vermisste er seine Mutter an diesem Abend noch mehr als sonst. Vielleicht bedrückte ihn das Misstrauen, das sich zwischen ihn und seinen Vater geschoben hatte. Damit er nicht wieder in der Stille versank, bat Agata ihn um eine Geschichte über das Meer. Aldo erzählte leise, Agata verstand jedes Wort.

32

Die Mitgift war dürftig. Valentin störte sich nicht an ihrem Umfang, er wusste um die Verhältnisse auf Karas' Hof. Aber er grollte Matija wegen dessen Gleichgültigkeit. »Mich fragt niemand etwas«, schrie er. »Aber wartet nur, ihr werdet mich noch kennenlernen.« Allerdings war er nur dann laut, wenn er sicher war, dass sein Vater ihn nicht hören konnte. Immer wieder trug er seine Wut in den Wald und kehrte mit einer Wagenladung Brennholz, manchmal auch mit einer kaputten Axt zum Hof zurück. Die Knechte mieden ihn.

33

Valentin und Pava bezogen die beiden Kammern im Nebenhaus. Pava betrug sich still und höflich. Sie grüßte Frane sehr freundlich, und wenn sie Aldo begegnete, sah sie nicht jedes Mal in die andere Richtung. Ihrem Sokru,[13] wie sie Matija nannte, ging sie aber nach Möglichkeit aus dem Weg. Zu der Magd und den Knechten war sie unleidlich, stets in Sorge um die eigene Stellung als die künftige Herrin.

Bereits wenige Wochen nach der Hochzeit begann Valentin wieder nahezu jeden Abend in die Dorfschenke zu gehen. Oft stand Pava am Fenster und sah ihm nach, wie er mit großen Schritten den Hof überquerte. Frane mühte sich, ihn einzuholen.

34

Wer erwartet hatte, die alte Freundschaft zwischen Matija und Karas würde nach der Hochzeit ihrer Kinder wieder aufleben, sah sich in seiner Hoffnung enttäuscht. Karas ließ sich auf Matijas Hof nicht blicken, dieser wiederum duldete nur die Gesellschaft seiner Pferde, alle anderen schimpfte er aus dem Weg, wenn sie sich nicht rasch genug von alleine verzogen. Viele fanden, dass er immer mehr dem alten Adam glich.

---

13 Žejanisch »Schwiegervater«, Anm. des Ü.

Die Tage wurden länger, die Abende wärmer, Valentin kam immer später aus der Schenke, Pava wurde zusehends misslauniger, ihre Bosheit nährte sich an Valentins trunkenen Drohungen. Matija saß alleine am Tisch, stierte vor sich hin und führte genuschelte Selbstgespräche.

Der Hof verfiel zusehends.

Aldo war sehr bedrückt, das war nicht verwunderlich, wenn man bedachte, wie es um seinen Vater und um dessen Hof stand. Ich möchte nicht behaupten, dass er seine Schwägerin Pava im Verdacht hatte, etwas auszuhecken, meine Erzählung soll der Wahrheit so nah wie möglich bleiben. Aldo war gutmütig und bereit, jedem sein Vertrauen zu schenken. Doch dumm war er nicht.

35

Im Dorf wurde viel darüber geredet, wann wieder eine Hochzeit auf dem Katun-Hof gefeiert werde. Frane winkte ab, wenn man ihn auf die Gerüchte über seine Liebschaft in Lupoglav ansprach. Nach ein paar Bechern Wein wurde er aber gesprächiger, und so erfuhr man, dass die Witwe Camilla hieß und schön war.

»Man hört, dass sie genügend Geld habe, um schön zu sein«, höhnten die Leute, doch der Wirt gab ihnen ein Zeichen hinter Franes Rücken, und sie verstummten und senkten den Blick.

Agata und Aldo waren zwar noch jung, aber einander seit Langem so offensichtlich wie aufrichtig zugetan, dass ihr Alter, so sah man das im Dorf, in nicht allzu weiter Zukunft kein Hindernis sein durfte. Matija war mit seinen gut 50 Jahren kein junger Mann mehr, und wenn man sah, wie es um seine Gesundheit stand, dann musste man annehmen, dass er auch seinen mittleren und seinen jüngsten Sohn so bald wie möglich verheiraten wollte. Denn alle waren sich sicher, dass Matija sich weigern würde, alles Valentin zu vererben. Solange dieser aber eine Familie hatte und die beiden jüngeren Brüder nicht, würde Matija, gemäß dem alten Brauch, keine Wahl haben.

Aldo hätte, seinen 18 Jahren zum Trotz, bei Karas bald um Agatas Hand gebeten, alle dachten so, und er hätte kaum besorgt sein müssen, abgewiesen zu werden. Karas sprach nie davon, das war nicht seine Art, aber niemandem blieb verborgen, dass er Aldo mit jener Herzlichkeit begegnete, die Matija stets tief verbarg. Doch das Schicksal hat schlechte Augen und scharfe Zähne. Es schlägt blind zu und beißt sich umso fester, je heftiger man es abzuschütteln sucht.

36

Als Frane ihm sagte, dass er heiraten wolle, blieb Matija ungerührt. Er zeigte weder Freude noch Unmut, tat bloß einen Seufzer, stand ächzend auf, ging hinaus und stieg auf sein Pferd. Als er spät am Abend zurückkam, waren Valentin und Frane noch in der Dorfschenke, weder bei Pava noch bei der Magd brannte Licht.

Warum hatte Matija so gehandelt? Warum hatte er sich nicht wenigstens erleichtert gezeigt, wenn er schon keine Freude empfand? Damals verstand es niemand, hinterher behaupteten alle, es immer schon gewusst zu haben.

Und Frane? Ihm sagte man nach, sein Jähzorn werde nur noch von seinem Geiz übertroffen. Geschichten über seine Habgier waren so hässlich wie unzuverlässig, und es will mir scheinen, dass viele von ihnen dem alten Groll auf Adam Katun geschuldet waren. Zu solchen Geschichten gehörte auch jene, dass Frane schließlich die Witwe Camilla aus Lupoglav nicht wegen ihrer Anmut und schon gar nicht aus Liebe geheiratet habe, sondern um an ihre Mitgift zu kommen.

Camillas Eltern waren vor Jahren gestorben, das Gerede, sie habe ihren Zöllner nur geheiratet, um der Armut zu entkommen, wollte nicht verstummen. Sie sprach Italienisch und Kroatisch, aber nur so viel Vlachisch, wie sie es von ihrem verstorbenen Mann, er war aus Brdo gewesen, während ihrer kurzen Ehe aufgeschnappt hatte. Žejanisch verstand sie mit Mühe.

Nach der Trauung in der Kirche gestand sie Agata, sie habe nicht verstanden, ob der alte Pfarrer ihr und Frane etwas empfohlen oder befohlen oder ob er nur eine Bibelstelle aufgesagt habe. Das Fest wurde in der Dorfschenke gefeiert. Matija saß in der Ecke und schwieg. Frane hatte Karas nicht eingeladen, Matija war das recht. Auch Agata war nur dabei, weil Aldo es so gewollt hatte. Von den übrigen Gästen waren nur wenige wegen der Hochzeit da. Camilla fuhr sich immer wieder mit dem Taschentuch über die Augen, man konnte nicht mit Sicherheit sagen, ob es Freudentränen waren. Es gab Gerüchte, sie habe Frane beschworen, mit ihr nach Lupoglav zu kommen, aber er habe sie streng zurechtgewiesen. Die beiden bezogen die kleine Wohnung gleich neben Valentin und Pava. Die Mitgift von gut 600 Gulden strich Frane ein. Er soll Camilla versprochen haben, sie einmal im Monat nach Fiume auszuführen.

Anfänglich bemühte sich Camilla um Pavas Freundschaft, gab die Versuche aber bald entmutigt auf. Wenn sie Aldo begegnete, grüßte sie ihn freundlicher, wenn Frane nicht in der Nähe war.

37
Wie es zum Unfall gekommen war, so es überhaupt ein Unfall war, blieb ungeklärt. Die einen gaben Frane die Schuld. Er hätte vor dem Ochsengespann stehen müssen, sagten sie, dann hätten die Ochsen

nicht am Wagen geruckelt. Außerdem hätte er, der unleidige Geizkragen, der er nun mal war, den Ochsen mehr Futter hinstellen sollen, dann wären die dummen Tiere ruhig geblieben und Matija wäre nicht hinuntergefallen. Manche behaupteten sogar, Frane habe die Ochsen absichtlich erschreckt. Die anderen schimpften, das sei nichts als Unsinn, Frane sei schuldlos, Valentin hätte auf den Wagen steigen sollen, nicht Matija, für diese Arbeit hätte es jüngere Arme und sicherere Beine gebraucht. Dummes Gerede, sagten wiederum andere und hieben in der Dorfschenke mit der Faust auf den Tisch. Matija habe alles alleine machen wollen, der alte Sturkopf sei selbst schuld, er habe seinen Söhnen und der Welt beweisen wollen, dass er immer noch der Stärkste sei.

Niemand gab Aldo die Schuld, denn dafür gab es in der Tat keinen Grund.

Es rankten sich noch mehr Geschichten um Matijas Sturz vom Heuwagen. Welche der Wahrheit am nächsten kam, vermochte niemand zu sagen, und ich will meine Erzählung nicht mit Mutmaßungen schmücken. Was ich weiß: Matija lag auf dem Rücken, das Gesicht schmerzvoll verzerrt, und er röchelte wie ein weidwunder Bär. Aldo und Frane trugen ihn in den breiten Schatten einer Linde. Jemand befahl dem Knecht, frisches Wasser vom Bach zu holen, ein anderer legte Matija ein feuchtes Tuch auf die Stirn. Er warf es zu Boden und wedelte mit der Hand, als verscheuchte er lästige Fliegen. »Lasst mich in Ruhe«, stieß er mit großer Mühe hervor, »das war nichts.« Er wollte aufstehen, aber seine Beine gehorchten ihm nicht. Aldo winkte den Knecht heran, damit sie Matija zusammen zum Haus zurücktrugen. Matija lehnte auch das ab und sagte, er wolle sich nur ein wenig ausruhen, sie sollten verdammt zusehen, dass sie wieder an die Arbeit gingen, das Heu werde sich nicht von alleine einfahren. Als man ihn endlich nach Hause brachte, ging es ihm schlecht, er stöhnte, sein Atem ging schwer. Aldo schickte einen Knecht nach Vele Mune, um Ošor zu holen, doch man beschied ihm, der Arzt sei in Fiume, ein reicher Händler sei von Räubern übel zugerichtet worden. Man möge sich gedulden, der Arzt würde auf dem Rückweg vorbeikommen.

38

Am folgenden Tag ging es Matija nicht besser, aber auch nicht viel schlechter. Er konnte sich im Bett aufsetzen, allerdings nur unter Schmerzen. In seinem Knurren erkannte die Magd mit einiger Mühe seine wohlvertrauten Beschimpfungen wieder. Immer wieder döste er weg. Schrak er aus unruhigen Träumen hoch, schrie er Milas Namen oder stritt sich mit seinen Gespenstern. Aldo wachte an seinem Bett, bis ihn kurz vor Sonnenaufgang die Magd ablöste. Pava zeigte sich nur abends beim gemeinsamen Mahl. Sie saß neben Valentin und hielt den Blick gesenkt. Camilla redete viel, lobte das Essen und lächelte nicht nur Frane zu. Einmal bot sie der Magd an, an ihrer Stelle nach Matija zu sehen. Aber die Magd wollte kein Italienisch verstehen, und Camillas Vlachisch war nicht gut genug. Niemand sprang ihr bei, die Magd bedankte sich, vielleicht aufrichtig, vielleicht mit leichtem Spott, dann brachte sie Matija sein Essen. Pava lächelte und suchte Valentins Blick. Camilla wurde rot, schob ihren Stuhl geräuschvoll zurück und rannte aus der Stube. Es war so still, dass man sie durch die Wand weinen hörte.

Valentin und Frane gingen weiterhin Abend für Abend in die Dorfschenke. Sie saßen alleine an einem Tisch in der Ecke und steckten die Köpfe zusammen. Niemand konnte verstehen, was sie sprachen, doch man glaubte, Bescheid zu wissen.

39

Tage vergingen. Valentin und Frane hielten es nicht lange am Bett ihres Vaters aus, Aldo versuchte gar nicht, ihre gemurmelten Ausreden zu verstehen.

Matijas Atem ging flach, seine Stirn glänzte, er hielt die Augen geschlossen und bewegte die Lippen, als würde er mit jemandem reden. Die Magd glaubte im Gemurmel Milas Namen auszumachen. Aldo behauptete später, Matija habe nicht mit Mila, sondern mit dem alten Mikula gesprochen, dem Urgroßvater, der vor vielen Jahren den Nussbaum gepflanzt und die Bank darunter gezimmert hatte.

Am vierten Tag stand Frane auf und sagte, er würde den Pfarrer holen. Doch Aldo stellte sich ihm in den Weg und hob drohend die Faust.

Am Morgen des fünften Tages war Matija immer noch schwach, aber wer genau hinhörte, konnte erkennen, wann er hustete und wann er fluchte.

40

Ošor tauchte erst nach einer Woche auf dem Hof auf. Als Matija ihn sah, wies er Aldo mit einer unwirschen Handbewegung die Tür. Aldo stand auf, aber er war unsicher, ob er Matijas Zeichen richtig gedeutet hatte.

»Lass uns allein«, forderte ihn nun auch der Arzt auf.

»Ich würde lieber bleiben«, sagte Aldo.

Matija knurrte etwas und sah sich nach seinem Stock um.

»Warte draußen«, wiederholte Ošor, dieses Mal lauter.

»Warum?«

»Dein Čaja will mit mir alleine reden«, sagte der Arzt.

Aldo sah zu Matija hin. Dieser nickte. Aldo fügte sich, wenn auch sehr widerwillig. Er setzte sich zu Valentin und Frane auf die Bank unter dem Nussbaum. Niemand sprach. Nach einer Weile begann Frane eine Melodie zu pfeifen, doch Valentin stieß ihn mit dem Ellenbogen an, und er verstummte.

Ošor blieb lange bei Matija. Als er endlich herauskam, stand Valentin auf und stellte sich ihm in den Weg.

»Was hast du uns zu sagen? Wie geht es ihm? Wird er sterben?«, fragte er.

Ošor sah ihn herausfordernd an. »Was willst du hören?«

»Die Wahrheit«, sagte Valentin.

»Euer Čåja erlischt«, sagte Ošor. Aldo wird sich noch Jahre später an das Wortgefecht unter dem Nussbaum erinnern und sich fragen, warum der alte Arzt damals genau dieses seltsame Wort gewählt hatte. »Er erlischt. Aber er wird nicht am Sturz vom Heuwagen zugrunde gehen.«

»Woran dann?«, fragte Valentin und machte einen halben Schritt auf Ošor zu. Dieser seufzte schwer und sah vom einen zum anderen.

»Glaubt ihr wirklich, dass er euch nicht durchschaut hat? Du« – er zeigte auf Valentin – »redest zu viel, wenn du betrunken bist, und dann sagst du, was du besser verschwiegen hättest. Du« – er wandte sich an Frane – »siehst nicht, was dir vor der Nase liegt, und erkennst nicht, dass man dich an derselbigen herumführt.« Schließlich sah er Aldo an: »Und du? Du trägst die größte Schuld. Doch nicht du hast sie ...« Da schrie ihn Valentin an: »Was plapperst du da für einen Unsinn? Nichts davon ist wahr!« Frane sprang auf, duckte sich und ballte die Fäuste, als möchte er sich auf den alten Mann stürzen. Doch dieser ließ sich nicht einschüchtern. Er ging seelenruhig um Valentin herum zu seinem Pferd und saß auf.

»Wahr?«, sagte er vom Sattel herunter. »Was wahr ist, entscheidet nicht ihr, sondern Matija Katun.«

Er gab seinem Pferd die Sporen.

41

Was am Vorabend zum Tag des Heiligen Kreuzes[14] geschah, will ich so erzählen, wie es mir zugetragen wurde. Sollte meine Geschichte da oder dort die Wahrheit unvollständig oder ungenau wiedergeben, so bitte ich um Nachsicht. Die Ereignisse liegen lange zurück, und auch ich kann nicht für jede Lücke in der Mauer ein passendes Steinchen finden.

Nach dem Abendmahl rief Matija seine Söhne zu sich. Er lag halb aufgerichtet im Bett, seinen Stock hatte er sich wie ein Schwert quer über den Bauch gelegt. Die Magd wollte sein Kissen aufschütteln, aber Matija bedeutete ihr mit einer ungeduldigen

---

14 14. September, Anm. des Ü.

Handbewegung, sie solle verschwinden. Beim Hinausgehen ließ sie die Tür lauter als sonst ins Schloss fallen, schlich dann aber gleich zurück und presste das Ohr gegen das dünne Holz.

»Mein Čåja Adam hatte«, sagte Matija, »von Čåja betâru[15] Mikula Katun einen Acker geerbt, wenig größer als der Abendschatten der alten Eiche unten am Weg.« Matijas Rede wurde von einem Husten unterbrochen, Aldo reichte ihm ein Glas Wasser. »Als Čåja starb«, fuhr er fort, »war sein Land an die 15 Joch groß.[16] Er hatte Pferde und Kühe, Schafe und Ziegen, er verkaufte Kohle, Obst und Schnaps bis nach Fiume im Süden und bis nach Triest im Westen. Er war reich, aber er war auch verhasst. Wer den Namen Katun aussprach, tat es entweder flüsternd oder fluchend.«

Sie kannten die alten Geschichten über Adam Katun und darüber, wie er zu seinem Reichtum gekommen war. In der Stille, die sich nun über alles senkte, konnte man nur Matijas rasselnden Atem hören. Mit Mühe setzte er seine Rede fort: »Ich hätte Čåja gern gefragt, ob die Größe des Landes tatsächlich wichtiger war als die Achtung der Leute. Leider starb er, bevor ich den Mut dazu fand.«

---

15 Žejanisch »Großvater«, Anm. des Ü.
16 1 Joch = die Fläche, die man mit einem Ochsengespann an einem Tag pflügen kann, ca. 5200 m², Anm. des Ü.

Er hob den Stock, als möchte er etwas schlagen, was nur er sehen konnte, oder als wollte er jemand abwehren. Dann ließ er ihn wieder auf die Decke sinken. Seine Hände zitterten.

»Gelegenheiten, meinen Besitz zu mehren, ließ ich verstreichen, denn ich wollte meinen Nachbarn in die Augen sehen. Dem Druck, meinen Besitz zu verkleinern, widerstand ich, denn ich wollte das Vermächtnis meines Čája achten. Mein Land ist heute gleich groß wie am Tag, als er starb. Doch Katun ist wieder ein ehrsamer Name. So soll es auch nach meinem Tod bleiben.«

Wieder wurde es still in der Stube, alle warteten darauf, dass Matija weitersprach. Aber er schwieg und hielt die Augen geschlossen. Frane drehte seine Mütze in den Händen und blickte immer wieder zu Valentin hinüber. Dieser sah zu Boden. Aldos Blick ruhte auf dem Gesicht seines Vaters. Endlich setzte sich Matija auf, so gut ihm das möglich war, und sah in die Runde. Dann hob er mit lauter Stimme an: »Ich will euch sagen, was mit dem Hof, den Weiden, dem Vieh, dem Wald und den Wegen geschehen soll, wenn ich nicht mehr bin.«

Frane und Valentin sahen auf. Aldo senkte den Kopf.

Matija ließ den Blick über die Gesichter seiner Söhne wandern: »Aber bevor ich das tue, will ich jedem von euch eine Frage stellen.«

Mein Nachbar Eric war zerknirscht. Er habe nur kurz lüften wollen, aber dann habe er den Durchzug unterschätzt. »Der Fensterbauer ruft dich wegen eines Termins an«, sagte er. »Meine Versicherung übernimmt natürlich die Kosten, auch für die Vase. Hoffentlich hat sie dir nicht sehr viel bedeutet.«

Ich gab ihm die Gewürzsammlung, die ich ihm aus Opatija mitgebracht hatte. Die Vase habe mir nie wirklich gefallen, sagte ich. »Sie hat Ségolène gehört. Und sie hat sie mir einfach so überlassen. Das will etwas heißen.«

Eric lachte erleichtert.

Meine Wohnung kam mir groß vor, das war nach jeder Reise so. Dieses Mal, nach elf Monaten in Baredi, war der Eindruck geradezu überwältigend. Doch so riesig mein Balkon auch war, bot er mir nur die Sicht auf den Innenhof und die ordentlich nebeneinandergeparkten Fahrräder. Ich schloss die Augen und hoffte vergeblich, die Luft würde wundersamerweise nach Pinien riechen.

Mein Telefon läutete. Nada wollte wissen, ob ich den Cappuccino aus dem »Strauss« bereits vermisste.

»Ja«, sagte ich. »Und das Meer und Kristinas Fahrrad.«

»Und?«

»Und Pepos Klekovača.«

»Und?«

»Ach ja, den Fidelio.«

»Und?«

»Zoras Apfelstrudel.«

»Idiot.«

»Aber gern.«

Sie wechselte ins Kroatische: »Wann siehst du deinen Vater und Julia?«

Ich seufzte.

»So schlimm?«

»Ich suche noch das richtige Wort.«

»Wenn es um deinen Vater geht, fällt dir in keiner Sprache das richtige Wort ein«, lachte Nada.

»Vielleicht sollte ich ihn Čaja nennen.«

»Das solltest du«, sagte Nada. »Vielleicht würde ihm das sogar gefallen.«

*

Lieber Herr Saidl,
besten Dank für Ihre Unterlagen. Schön, dass Sie sich auch mit Ihrem neuen literarischen Vorhaben an uns wenden.

Das Exposé hat mich neugierig gemacht, die Leseprobe hat meine Neugier weiter entfacht. Was für eine Geschichte! Was für Charaktere! Und dann das Istrorumänische. Wie sind Sie bloß darauf gestoßen? Sie schreiben, es sei eine zufällige Entdeckung gewesen. Wie entdeckt man so etwas »zufällig«? Wissen Sie denn gar nicht, wer die Geschichte geschrieben hat? Oder Sie wissen es, aber der Autor oder die Autorin möchte aus irgendwelchen Gründen anonym bleiben? Sie müssen mir unbedingt mehr darüber erzählen.

Sie merken es: Ich bin an »Matija Katun« interessiert. Ihre Entdeckung – nun will auch ich dieses Wort verwenden – hat etwas Irritierendes, eine ungewöhnliche Mischung aus einfach und vielschichtig, ungekünstelt und raffiniert, Märchen und Familiendrama. Diesen Text zu übersetzen war sicher eine große Herausforderung. Die Sprache ist einem vertraut, trotzdem spürt man deutlich einen Hauch von Fremdheit. So trägt selbst die eine oder andere stilistische Unebenheit zur besonderen Qualität Ihrer Übersetzung bei.

Nun aber genug geschwärmt. Bevor wir die Sache weiter vertiefen und uns über die Einzelheiten einer eventuellen Publikation austauschen, müssten wir ein paar grundlegende Fragen klären, so leid mir der Übergang zu administrativen Banalitäten auch tut. So muss ich Sie um die Information bitten, mit wem ich mich wegen der Übersetzungsrechte in Verbindung setzen muss. Liegen alle Rechte beim Autor bzw. bei der Autorin? Gibt es bereits Ausgaben in anderen Sprachen? Ich habe im Internet nichts dazu gefunden. Haben Sie sich das Exklusivrecht auf die deutsche Übersetzung vertraglich gesichert oder nur auf eine mündliche Zusage hin übersetzt? Haben Sie bereits den ganzen Roman übersetzt oder arbeiten Sie noch daran?

Falls Sie das ganze Manuskript haben, schicken Sie es mir bitte möglichst bald, das ist im Moment wohl das Wichtigste. Ich will es gleich lesen. Die erwähnten administrativen Fragen können wir zur Not auch später klären.

Wenn Sie sich telefonisch melden möchten: Meine Durchwahl ist -021.

Herzliche Grüße,
Frauke Sand

*

Ich unterdrückte den Wunsch, Nada sofort anzurufen. Zuerst wollte ich mich alleine freuen, alle Schwierigkeiten ausblenden und einfach genießen, dass meine Idee aufgegangen war. Viel zu bald würden Regenwolken am Horizont auftauchen, sich zunächst wie kleine Schatten vor die Sonne schieben, lange genug für einen frischen Windstoß, der den Wetterumschwung ankündigt. Ich hatte eine solche Mail seit Jahren herbeigesehnt, hatte in Gedanken mit Verlegern und Lektorinnen über günstige Rezensionen gesprochen und Ideen für Buchausstattungen gelobt oder kritisiert. Ich hatte in meinen Träumen umfangreiche Verträge unterschrieben und nach kurzem Zögern großzügige Zugeständnisse gemacht. Doch nun, als ein angesehener Verlag sich endlich interessiert zeigte, war ich mehr besorgt als begeistert. Vielleicht bereitete mir der Ton Sorgen, in dem Frauke Sand ihre Fragen aufgezählt hat, so beiläufig und souverän. Das ließ mich ahnen, dass sie genauso beiläufige und souveräne Antworten erwartete. Das war ein Problem.

*

Nada meinte, ich solle kein Idiot sein, sondern mich über Frauke Sands Interesse an »Matija Katun« freuen, ich hätte ja lange und fleißig genug dafür gearbeitet.

»Stell dir vor, wie du reagiert hättest, wenn man dir vor einem Jahr gesagt hätte, dass ... dass du ...«

Sie verlor den Faden.

Ich sagte, ich wisse, was sie sagen wollte. Sie wechselte ins Kroatisch und sagte es trotzdem noch einmal: »Wenn man dir gesagt hätte, dass diese Frauke dich so umgarnen wird. Heißt die wirklich so?«

»Natürlich freue ich mich«, sagte ich. »Aber ...«

»Verliere jetzt nicht den Mut. Du warst dir deiner Sache so sicher, weißt du noch?«

Ich wusste noch. Wir hatten in Baredi alles durchgesprochen, Nada hatte mich übungshalber gründlich ausgefragt, es war wie in einer amerikanischen Anwaltsserie, wenn der Verteidiger seinen Klienten auf das Kreuzverhör vorbereitet. Danach waren wir beide ziemlich zuversichtlich. Allerdings war Nada in Verlagsangelegenheiten in etwa so unbedarft wie ich, vielleicht sogar noch unbedarfter. Ich hielt es ihr vor. Sie antwortete, diese Unbedarftheit – ich musste ihr damals das Wort erklären, sie schrieb es sich auf – müsse nicht in jedem Fall einen Nachteil bedeuten. »Wir können aus unserer Naivität Profit schlagen, wenn wir die Sache nur richtig anpacken.«

Ich fragte, wie das gehen sollte, aber sie sagte nur: »Bauchgefühl.«

»Meinst du, auch ich sollte meinem Bauchgefühl folgen?«, fragte ich.

»Auf gar keinen Fall! Bei dir ist der Kopf ein bisschen schlauer.«

Ich bat sie, mich über die Ratschläge ihres Bauchs auf dem Laufenden zu halten.

*

Ich kochte mir einen Kaffee, schaltete mein Handy aus, setzte mich an den Schreibtisch und öffnete das Manuskript. Ich las es sehr langsam und sehr kritisch durch, korrigierte die eine oder andere holprige Stelle und ergänzte ein paar Fußnoten. Auch beseitigte ich einige Unschärfen in den Dialogen, insbesondere in jenen zwischen Aldo und seinen Brüdern. Allerdings hütete ich mich davor, alle Unebenheiten zu glätten. Es kostete mich viel Überwindung, ruckelnde Sätze drinzulassen und einige bis dahin einwandfreie Formulierungen mit Absicht zu vermurksen, aber ich rief mir immer wieder in Erinnerung, worauf es bei dieser Geschichte ankam. Sehr oft schwankte ich bei der Lektüre zwischen

Zweifel und Zuversicht. Wenn sich die beiden Haltungen sportlich gemessen hätten, hätte ich die Zuversicht unterstützt, aber mein Geld auf den Zweifel gesetzt. Der Wettkampf wäre wohl unentschieden ausgegangen.

*

Am Wochenende schickte ich meine Leseprobe und das Exposé an noch einen Verlag, dieses Mal an einen großen. Ich verstand selbst nicht, warum ich das tat. Vielleicht wollte ich Frauke Sands Begeisterung breiter abstützen. Vielleicht zweifelte ich, ob mein Text wirklich so gut war, wie Frauke und Nada dachten. Vielleicht wollte ich auch ausschließen, dass es Nada an Objektivität fehlte und Frauke an Kompetenz. Es fiel mir nicht leicht, mich durch das Dickicht aus Zweifeln zur Freude durchzuschlagen. Vor allem abends verfiel ich in eine fieberhafte Unruhe und fand nur mit Mühe in den Schlaf.

*

Meine Stellvertreterin Brigitte wollte sich in der Schule mit mir treffen, aber als ich das »Sphères« vorschlug, ließ sie sich rasch umstimmen. Sie gab mir zwei USB-Sticks mit Arbeitsunterlagen, Notizen, Prüfungen und anderem Unterrichtsmaterial. Dann erzählte sie gut gelaunt von den lebhaften Diskussionen, gehaltvollen Aufsätzen, Klassenlektüren, von einer Autorenlesung, die sie im Mai organisiert hatte. Ich beneidete sie im Stillen um ihren Enthusiasmus, erinnerte mich an meinen und fragte mich, wohin der sich verzogen hatte. Brigitte schwärmte von den Kolleginnen und Kollegen, die allesamt »so unglaublich hilfsbereit« gewesen seien. »Christa ist ein Schatz«, sagte sie, »ihre Ruhe ist ansteckend. Bei Linus war ich mir nie sicher, ob er über administrative Maßnahmen redete oder ein Gedicht aufsagte.«

»Vermutlich tat er beides zugleich«, sagte ich.

»Daher der Spitzname?«

»Genau.«

»Wie auch immer: Wenn du wieder um einen Bildungsurlaub ansuchen solltest, würde ich deine Bewerbung sehr unterstützen«, sagte sie. »Aber hoffentlich finde ich vorher eine Stelle. Denk an mich, wenn bei euch etwas frei wird.«

Ich versprach es. Sie fragte, was genau ich in Istrien getrieben hatte. Die Leute im Team hätten ihr nichts Brauchbares sagen können, Weiterbildung sei ein weiter Begriff. »Ich hoffe, du verstehst, wie ich das meine«, fügte sie eilig hinzu.

»Keine Sorge. Ich sehe das ähnlich«, sagte ich und erzählte von meiner Beschäftigung mit dem Istrorumänischen und vom Sprachkurs in Rijeka. »Eigentlich wollte ich Istrorumänisch lernen, um mithilfe einer sterbenden Sprache einen lebendigeren Unterricht zu bieten. Aber dann bin auf einen Roman gestoßen«, fügte ich hinzu. »In Žejane. Das ist ein Dorf in Istrien, wo Istrorumänisch gesprochen wird. Eine Variante, die es nur noch dort gibt.«

»Wow, so cool«, sagte Brigitte. »Was ist das für ein Roman? Worum geht es?«

»Eine Geschichte aus alten Zeiten. Ein Bauer hat drei Söhne. Seine Frau verschwindet, er kommt damit nicht klar, seine Wut richtet sich immer mehr gegen den jüngsten Sohn.«

»Wow. Klingt gut. Und du konntest den Roman lesen?«

»Ja. Ich habe ihn übersetzt.«

Brigitte lehnte sich zurück und runzelte die Stirn. »Wie übersetzt?«

»Ins Deutsche. Na gut, ein Freund hat mich unterstützt, Žejanisch ist seine Muttersprache«, sagte ich.

»Trotzdem«, sagte Brigitte. »Wie hast du das bloß geschafft? Zuerst überhaupt die Sprache, ich meine, in einem Jahr, nur schon das ist ja unglaublich. Und dann gleich ...«

Ich zuckte mit den Schultern. »Ich kann mich fürs Sprachenlernen begeistern, immer noch. Istrorumänisch ist eine faszinierende Sprache. Oder eigentlich mehrere Sprachen, je nach Region. Und dann hat mich der Roman in seinen Bann gezogen.«

»Und jetzt? Wird die Übersetzung publiziert?«

»Das ist der Plan. Aber ich weiß nicht, ob das wirklich klappt. Die Verlage ...« Ich seufzte, um meine profunde Kenntnis der verlegerischen Unwägbarkeiten anzudeuten.

»Und wann ist das Buch in Kroatien…«, begann Brigitte. Da läutete ihr Telefon, sie schaute aufs Display, verdrehte die Augen und sagte, sie müsse leider rangehen. Während sie telefonierte, suchte ich nach einer Antwort auf ihre angeschnittene Frage. Zum Glück dauerte Brigittes Telefonat so lange, dass ich guten Gewissens auf meine Uhr tippen und mit einer Geste andeuten konnte, ich müsse leider, leider gehen. Brigitte nahm das Telefon vom Ohr und flüsterte: »Sorry, ich melde mich in den nächsten Tagen.« Ich nickte und ging. Fortuna hatte ganze Arbeit geleistet, ich nahm mir vor, ein Gläschen Klekovača auf ihr Wohl zu trinken.

*

Der große Verlag meldete sich noch in derselben Woche. Der Ton des Cheflektors missfiel mir, ich empfand ihn als blasiert. Selbst der Dreivierteltakt in seinem Namen irritierte mich: Leif Telaar. Seine Signatur hatte den Umfang und den Charakter einer kurzen Autobiografie. Er sehe in meiner Übersetzung, schrieb Telaar, »ein gewisses Potenzial«, wenn dieses auch »nicht alleine in der literarischen Qualität begründet« sei. Vielmehr reize ihn »die abenteuerliche Herkunft« des Originaltextes, die sich, »sowohl gezielte wie auch zielführende Marketingmaßnahmen vorausgesetzt, möglicherweise für eine erfolgreiche Publikation verwerten ließe«. Ich solle ihm bitte zeitnah das komplette Manuskript schicken. Sobald er es gelesen habe, würden wir das weitere Vorgehen besprechen – vorausgesetzt natürlich, dass auch der Rest des Textes ihn überzeuge. Falls er das Exposé richtig gedeutet habe, gebe es da noch »ein paar Kleinigkeiten zu klären«.

*

Ich schickte das komplette Manuskript an Sand und an Telaar. Sie grüßte ich herzlich, ihn freundlich. Sollten Frauke Sand und Leif Telaar auch nach der Lektüre des vollständigen Textes interessiert sein, würde ich mit ihnen reden müssen und dann entscheiden, wem ich den Zuschlag geben soll. Leider glaubte ich inzwischen immer weniger daran, dass mir ein souveräner Auftritt gelingen würde. Ich überlegte, wie viele Details notwendig waren, damit ich glaubhaft begründen konnte, warum ich den Namen des Autors oder der Autorin nicht nennen konnte. Da musste ich mir schleunigst etwas einfallen lassen. Warum ist das Buch bislang weder auf Žejanisch noch auf Kroatisch erschienen? Das Erstere ließ sich einfach erklären, es gab ganz schlicht keine lokalen Verlage. Das Letztere war schwieriger. Warum war das Manuskript mir angeboten worden, aber keinem kroatischen Verlag? Ich hatte zwar eine Idee, aber sie überzeugte mich noch nicht.

Ich war unsicher, und das war nicht gut.

In Istrien schien alles klar, die Fragen berechenbar, die Antworten plausibel. Würde mir in Opatija eher etwas einfallen? Mit Blick auf das Pinienwäldchen und das Meer, vor allem auf Nada? Vielleicht müsste ich zum Nachdenken wieder hinfahren, vielleicht wäre ich dort unbekümmert genug, alles zurechtzurücken. Aber in wenigen Tagen war wieder Unterricht, ich musste mich mit dem Gedanken an meinen Brotjob versöhnen, so schwer mir das auch fiel.

*

Ich rief meinen Vater an. Julia meldete sich: »Ingmar! Wie gut, dich zu hören. Wie geht es dir denn?« Ohne meine Antwort abzuwarten, erzählte sie, dass mein Vater am Schreibtisch sitze und irgendwelche Papiere hin und her schiebe.

»Notizen für sein Buch?«, fragte ich.

»Ja, vermutlich. Hat er dir davon erzählt?«

»Er nicht, aber Anna. Etwas über einen entfernten Mond, wenn ich sie richtig verstanden habe.«

»Ja«, sagte Julia. »Und irgendwelche Kohlenstoffverbindungen. Sprich ihn bei Gelegenheit darauf an, er wird sich freuen.«

»Genau darum rufe ich an«, sagte ich.

»Wegen der Kohlenstoffverbindungen? Wie seltsam.«

»Nein, wegen der Gelegenheit. Habt ihr morgen Abend Zeit? Ich habe ein paar Rezepte aus Istrien mitgebracht und würde etwas davon gerne an euch testen.«

»Alles für die Forschung«, sagte Julia.

»Was für eine Forschung?« Mein Vater war offenbar neben sie getreten und hörte mit.

»Die kulinarische«, sagte Julia. »Ingmar lädt uns zum Abendessen ein. Morgen Abend ist gut, oder?«

»Sicher«, sagte mein Vater. »Ich habe mich schon gefragt, wann ich endlich mehr über seine Zeit in Istrien erfahre. Und über seine Übersetzung. Ich lasse grüßen.«

Ich hörte das vertraute Quietschen der Wohnzimmertür, als er sie hinter sich zuzog. Julia und ich waren wieder alleine.

»Hat er wirklich meine Übersetzung erwähnt?«, fragte ich.

Julia lachte. »Ja, hat er. Seltsam, wie?« Dann wurde sie ernst. »Ingmar, dein Vater hat sich...«, sagte sie leise und verstummte wieder. Ich presste das Telefon gegen das Ohr.

»Er hat sich was?«

»Er hat sich verändert. Ich muss dich vorwarnen. Du hast ihn fast ein Jahr lang nicht gesehen. Sein neues Leben, die Emeritierung...«

»Was ist damit?«

»Er kommt damit nicht klar, glaube ich. Und er ist...«

»Was ist er?«

»Am besten hörst du das morgen von ihm selbst. Falls er darüber reden will. Ich wollte nur nicht, dass du...« Ihre Stimme brach.

Ich gab auf. »Ich verstehe, danke.« Doch ich verstand gar nichts.

»Dann also bis morgen. Ich freue mich«, sagte Julia, nun wieder gefasster, und beendete das Gespräch. Ich stand noch eine ganze Weile da und sah auf das Telefon in meiner Hand. Ich gebe zu, dass ich in diesem Moment eher neugierig als besorgt war. Prof. Dr. Konrad Saidl in einer Lebenskrise? Die Kohlenstoffverbindungen auf Enceladus – der Name fiel mir in diesem Augenblick wieder ein – als ein erhoffter Ausweg? Sollte ich Tante Jo anrufen? Ich beschloss, damit zuzuwarten, bis ich mir selbst ein Bild von der Veränderung gemacht hatte.

*

Ich hatte Pljukanci mit Steinpilzen gekocht, eine Pasta-Spezialität, die ich in Istrien oft in Restaurants und noch öfter zu Hause genossen hatte. Die Zubereitung war einfach, doch auf dem Teller sah das Gericht aufwendig und, was wichtiger war, ausreichend fremdartig aus. Julia sagte, sie habe keinen großen Hunger mitgebracht, doch der Duft aus der Küche sei unwiderstehlich.

Mein Vater hatte stark abgenommen. Seine Gesichtshaut spannte sich über seine Wangenknochen wie vergilbtes Papier, sein Blick war trüb, seine Stimme schwach. Er bemühte sich eine Spur zu offensichtlich um eine gerade Haltung, und ich fragte mich, ob er immer noch Schmerzen hatte oder ob er sich bloß zu deutlich an sie erinnerte. Julia sah ständig besorgt zu ihm hinüber, vermutlich glaubte sie, dass mir das entging.

»Der Wein ist sehr gut«, sagte mein Vater. »Ist er auch aus...«

Ich hatte keine Lust auf Small Talk. »Sag mal, wie geht es dir wirklich?«, fragte ich. »Was hast du für eine Diagnose bekommen.«

»Tja«, sagte mein Vater und senkte den Blick. Julia legte ihm die Hand auf den Unterarm.

»Sie haben im Krankenhaus viele Tests gemacht«, sagte er. »Und dann wieder vor zwei Wochen beim Kardiologen. Blutdruck, Elektrokardiogramm, Röntgen, MRT. Das volle Programm.« Er nahm einen Schluck Wasser. »Alles in allem... wie soll ich sagen? Mit meinem Herzen stimmt etwas nicht. Dr. Rath...« Er verstummte.

»Was sagt Dr. Rath?«

»Nun ja, nicht viel. Er blieb ziemlich vage.«

»Was hat er gesagt?« Langsam wurde ich ungeduldig.

Julia schaltete sich ein: »Er sagte, die Symptome würden auf die Möglichkeit einer Herzinsuffizienz hindeuten. Aber es seien noch weitere Tests nötig.«

»Wie ernst ist das?«, fragte ich hilflos.

»Na ja«, sagte mein Vater.

»Sie wissen es nicht«, sagte Julia. »Dr. Rath sagte ausdrücklich, es sei noch nicht klar...«

»Ich habe Medikamente bekommen. Irgendwelche Blocker. Ich soll mehr zu Fuß gehen, weniger essen, mich mehr freuen und weniger aufregen. Eventuell kriege ich sogar einen Herzschrittmacher. Aber heilbar ist die Krankheit ...«

»Bitte, Konrad«, unterbrach ihn Julia. »Wir wissen noch zu wenig, es sind, wie gesagt, weitere Tests nötig. Und selbst wenn sich die Diagnose bestätigen sollte, muss das nicht bedeuten ...«

Mein Vater nahm ihre Hand. »Wir wissen genug«, sagte er. »Aber wir wollen uns nicht irremachen lassen.« Er wandte sich wieder an mich: »Erzähl du uns lieber von Istrien und von diesem Roman, den du übersetzt hast.«

Ich zögerte, unsicher, ob ein Themenwechsel angebracht war. Aber mein Vater sah mich so erwartungsvoll an, dass ich nachgab. Ich erzählte, wie ich durch einen Einheimischen auf die Geschichte von Matija Katun gestoßen war und wie sehr mir Mauro, Pepo, Zora und auch Nada bei der Übersetzung geholfen hatten.

»Ich staune, wie rasch du die Sprache gelernt hast«, sagte mein Vater. »Ich meine, du warst immer sehr begabt, aber das übertrifft alles.«

»Die Sprache zu lernen ist das eine«, sagte Julia, »aber dann gleich einen Roman zu übersetzen, das ist ... wow!«

Ich merkte, dass ich sie wohl ein wenig bremsen musste, so gut mir ihr Lob auch gefiel. Also wiederholte ich, dass ich sehr viel Unterstützung bekommen hatte. Außerdem sei Žejanisch eine romanische Sprache, mein Steckenpferd sozusagen. »Viele grammatikalische Strukturen waren mir von Anfang an vertraut. Auch der Wortschatz ist für einen Romanisten zugänglicher.«

»Ist der Wortschatz reich?«, fragte Julia.

Das komme darauf an, erklärte ich, ob man nur die Wörter romanischen Ursprungs zähle oder auch kroatische dazurechne, die inzwischen zum Sprachfundus gehörten. Überhaupt sei der slawische Einfluss natürlich sehr stark. Um den Eindruck von Kenntnisreichtum zu unterstreichen, erwähnte ich die Auffälligkeit mit dem Verbalaspekt, der ja gerade beim Übersetzen von Literatur für Nuancenreichtum sorge.

Mein Vater verstand offensichtlich nicht, wovon ich sprach, aber anders als sonst reagierte er nicht mit blasiertem Desinteresse, sondern hörte gespannt zu.

»Ich übersetze ja Sachtexte«, sagte Julia, »aber ich kann mir denken, dass es bei einer literarischen Übersetzung genau darauf ankommt: das Besondere zu erkennen. Nicht ... wie soll ich sagen? Das Erwartbare?«

»Genau«, dozierte ich. »Auch muss man den Ton treffen. Wie ein Musiker. Und dann in der Tonart bleiben. Bei besonders herausfordernden Textstellen entscheiden, was man in die Zielsprache hinübertragen muss und was auf der Strecke bleiben darf. Die Hierarchie der Invarianzforderungen herstellen, wie es in der Translationswissenschaft heißt.«

Das Fachsimpeln tat gut, ich entspannte mich.

Julia bestätigte, dass auch sie immer wieder vor solchen Entscheidungen stehe, nur seien sie beim Übersetzen von Literatur vermutlich schwieriger zu treffen, da der Inhalt von der Form nicht zu trennen sei.

»So habe ich das noch nie gesehen«, sagte mein Vater und nickte nachdenklich. »Wann soll deine Übersetzung erscheinen?«, fragte er. Ich sagte, das sei noch nicht klar, ich müsse erst einmal die Reaktionen der Verlage abwarten und auswerten. »Hoffentlich bald«, fügte ich hinzu. »Wenn möglich, bereits im nächsten Jahr.«

»Wunderbar«, freute sich Julia.

»Beeindruckend«, sagte mein Vater.

Ich wechselte das Thema: »Und dein Buch? Die Kohlenstoffverbindungen auf Enceladus?«

»Du erinnerst dich?« Mein Vater warf Julia einen Blick zu, als möchte er sich vergewissern, dass sie es auch mitbekommen hatte. Ich verschwieg, dass ich vom Buch nicht von ihm, sondern von Anna gehört hatte. »Klar«, sagte ich stattdessen. »Enceladus und Europa.«

Er nickte. »Enceladus und Europa, so ist es. Ich sammle immer noch das Material, sortiere meine

Notizen, stelle einen groben Plan auf. Das Thema ist nicht neu, bereits 2005 hat uns Cassini wichtige Daten übermittelt, nur wussten wir damals nicht … Auch gibt es seit ein paar Jahren mehrere vielversprechende Arbeiten dazu.« Plötzlich schien er verwirrt, griff nach seinem Weinglas. »Ich möchte zunächst einen … Überblick über den Stand der Forschung … Aber ich weiß nicht, vielleicht …« Er verstummte, hob das Glas an die Lippen, als möchte er trinken, stellte es wieder zurück. Julia tätschelte seine Hand. »Das wird alles wieder«, sagte sie leise. Er entschuldigte sich, stand mit Mühe auf und verschwand auf die Toilette. Julia und ich blieben alleine. Sie beugte sich vor: »Dein Vater misst diesem neuen Buch viel mehr Bedeutung bei, als er zugibt. Es geht nicht um die Lebensspuren auf dem Enceladus, sondern um das Lebenswerk von Konrad Saidl.«

»Warum ist dieses eine Buch so wichtig?«, fragte ich. »Er hat doch schon so viele geschrieben.«

»Die Diagnose hat ihm Angst eingejagt, er ist sehr verunsichert«, flüsterte Julia. »Es ist, als möchte er beweisen, dass er immer noch einen Beitrag leisten kann. Und als möchte er sein Werk abrunden.« Sie seufzte und sah sich um. »Er spielt das alles herunter. Aber ich merke, dass es ihn bewegt. Bitte entschuldige meine Offenheit.«

Ich sagte, ich sei ihr dankbar. Wir hörten die Tür.

»Weißt du, er spricht viel von dir«, fügte Julia leise hinzu. »Du hast ihn schwer beeindruckt.«

*

Für einmal war ich mir nicht sicher, ob Tante Jo mit ihrem Vorwurf an meinen Vater wirklich recht hatte. Das war kein Selbstmitleid. Das war Verunsicherung: der Abschied von der Uni nach so vielen Jahren, die Probleme mit der Gesundheit, und das zum ersten Mal in seinem Leben. Die Beschwerden bremsten ihn nicht nur bei der Arbeit am neuen Buch, sondern zwangen ihn, weniger Einladungen zu Symposien und Gastvorträgen anzunehmen. Und dann war da auch dieser Sohn, der ihm immer noch die längst fällige Doktorarbeit verweigerte und stattdessen eine altertümliche Geschichte aus einer märchenhaft anmutenden Sprache übersetzt hatte. Vaters Desinteresse an meiner literarischen Arbeit hatte mich immer schon frustriert, aber mittlerweile hatte sich mein Groll in etwas verwandelt, womit ich leben konnte. Es war nicht schön, aber berechenbar und auf eine seltsame Art bequem. Vaters überraschende Wende überforderte mich. Wie konnte es sein, dass er meine schriftstellerische Arbeit beinahe offensiv ignoriert hatte, aber sich nun, praktisch über Nacht, für meine Übersetzung begeisterte? Dabei kannte er den Text nicht einmal, er wusste bloß, dass ich an einer Romanübersetzung saß.

Was war geschehen?

Nada hätte gesagt, ich solle mich einfach freuen, und sie hätte recht und unrecht zugleich, wie meistens. Manchmal zog mich ihre Unbekümmertheit an, doch manchmal war sie mir sehr fremd. Ich hätte mich gern mit Anna beraten, aber ich traute mich nicht, sie anzurufen. Nicht weil ich befürchtete, dass sie wegen neulich noch immer sauer war, sondern weil ich mich ihrer Gleichgültigkeit nicht aussetzen wollte.

*

Am Morgen darauf rief ich Frauke Sand an.

»Ach, lieber Herr Saidl, wie schön, dass Sie sich melden«, sagte sie. »Inzwischen habe ich die Geschichte vom Bauern und seinen Söhnen verschlungen. Die Sache mit der Erbschaft, wow! Und dann dieser Freund. Ein seltsamer Typ. Hätte ich das mit der armen Mila erahnen müssen?«

»Na ja ...«, begann ich. Aber sie unterbrach mich: »Ich schlage vor, dass wir uns treffen, dann können Sie mir das erklären. Und wir reden auch über alles Weitere. Ich könnte schon nächste Woche nach Zürich kommen. Hätten Sie Zeit?«

Ich war überrumpelt. Von Standardabsage zu persönlichem Treffen in nur ein wenig mehr als einem Jahr? Das ging ja schnell. Ich sprach das natürlich nicht aus und hoffte, dass sie mir meine gespielte Gelassenheit abkaufte. In mir duellierten sich Verbitterung und Genugtuung, der Ausgang des Kampfes stand bereits nach kurzer Zeit fest.

»Ich schaue mal, wie es nächste Woche aussieht«, sagte ich und öffnete meinen Kalender. »Was sagen Sie zu Mittwochnachmittag? Nach 14 Uhr? Wenn Sie am selben Tag zurückmüssen und einen Vormittag vorziehen, dann schlage ich ...« – ich tat, als müsste ich überlegen – »den Freitag vor.«

»Lieber Mittwoch«, sagte Frauke Sand. »Wo soll ich hinkommen?«

*

Mein Telefon spielte Harfe, das bedeutete eine Nachricht von Ségolène. Sie fasste sich immer sehr kurz, ohne Hallo und ohne Tschüss. Ich hielt das für unhöflich und für affektiertes Getue, so als möchte sie zeigen, wie unglaublich beschäftigt sie war. Die Harfe mit ihrer perlenden Tonfülle war meine Rache, so sinnlos wie wohltuend.

»Henri a été arrêté. Est-ce que je peux t'appeler?«

Ich rief sie an. Henri habe an einem Artikel über einen international gesuchten Waffenhändler gearbeitet, erzählte sie. In Spanien. Die Polizei beschuldige ihn nun, ebenfalls in dunkle Geschäfte verwickelt zu sein. Beihilfe zu Geldwäsche.

Ich hätte gerne gefragt, ob etwas dran sei, aber ich tat es natürlich nicht. Ségolène hätte einmal mehr grußlos aufgelegt und sich sehr lange nicht mehr gemeldet.

»Das klingt ziemlich absurd«, sagte ich. »Für seinen Job geht Henri weite Wege, aber so weite dann doch nicht.«

Ségolène seufzte. Ja, Henri übertreibe es manchmal mit der Recherche. Und er habe weiß Gott schon Gesetze gebrochen. Aber mit einem Verbrecher dieses Kalibers? Das passe nicht zu ihm.

Das klang nach Logik, nicht nach absolutem Vertrauen, fand ich, behielt es aber für mich.

»Was sagt die Polizei?«

»Nichts. Weil laufende Ermittlungen.« Ségolène klang eher genervt als besorgt.

»Und euer Anwalt?«

»Weniger als nichts. Er müsse die Vorwürfe prüfen.«

»Vielleicht gehört das zu Henris Job«, sagte ich. »Sich mit Menschen einzulassen, die etwas zu verbergen haben.«

»Vielleicht«, sagte Ségolène. »Aber ...«

Ich unterbrach sie: »Und dann muss man das Spiel dieser Leute mitspielen. Sonst kommt man nicht an sie heran.«

»Genau das verstehe ich nicht«, sagte sie. »Henri ist ein sehr schlechter Lügner. Wenn ich es schon merke, dann merkt es ein Schwerverbrecher erst recht.«

Ich sagte, Schwerverbrecher seien manchmal eitel und belohnen Lob mit Vertrauen.

Ségolène lachte. »Du hast immer schon gerne Thriller gelesen. Seltsam, dass du nie einen schreiben wolltest. Oder ist dein Roman ein Thriller?«

Ich verneinte und merkte, dass ich überhaupt keine Lust hatte, über »Sprosse um Sprosse ins Nichts« zu reden.

»Kann ich etwas tun?«, schob ich in ihr Schweigen hinein.

»Nein, nein, Erwan wird schon eine Lösung finden. Unser Anwalt. Das ist nicht Henris erste Krise dieser Art. Du hilfst mir nur schon, indem ich mit dir darüber reden kann.«

»Jederzeit«, sagte ich. »Manchmal denke ich, ich hätte etwas Nützlicheres studieren sollen. Jura, aus aktuellem Anlass. Oder Medizin. Auch das wäre im Moment sinnvoller als Romanistik.

»Wer ist krank?«, fragte Ségolène.

Ich erzählte von Vater und seinen Herzproblemen. »Er darf sich nicht ärgern«, fügte ich hinzu.

»Das klingt auf den ersten Blick besorgniserregend«, sagte sie. »Aber anderseits hat Konrad eine große Begabung, Belastungen aus dem Weg zu gehen. Wenn er sich überhaupt mal geärgert hat, dann höchstens über dich.«

»Danke«, sagte ich.

»Gern. Aber jetzt im Ernst: Er ist in guten Händen. Julia hält ihm den Rücken frei. Anna bereitet ihm Freude mit ihrem Talent und ihrem sonnigen Gemüt. Und ... na ja, du bist auch noch da.«

Ich wusste darauf nichts zu sagen.

Ségolène fuhr fort: »Und wie war dein Bildungsurlaub?«

Ich erzählte in knappen Worten, was ich in Istrien gemacht hatte.

»Wow, großartig«, sagte sie. Für ihre Verhältnisse war das eine Gefühlseruption. »Siehst du, das wird Konrad gefallen. Es ist gut, dass du nicht Medizin studiert hast, so kannst du mehr für ihn tun.«

Ich wollte etwas erwidern, was das Ende des Telefonats auslösen würde. Ségolène kam mir zuvor: »Du, Ingmar, Erwan ruft an, ich muss ...« Sie unterbrach die Verbindung, bevor ich eine erbauliche Phrase zu Henris Fall fand.

Ich sei »auch noch da«?

Merkte sie es nicht, oder war es ihr egal? Was war schlimmer?

*

Das »Neumärt« war gut besucht, wie oft am frühen Nachmittag, aber es war nicht laut, das war wichtig. Frauke Sand saß am Fenster und sah irgendwelche Papiere durch. Ich erkannte sie sofort, auf dem Foto auf der Webseite des Verlags sah sie nur wenig jünger aus. Die Kaffeetasse neben ihrem Schreibblock war bereits leer.

»Ach, da ist er ja, der Herr Saidl«, sagte sie, als ich an ihren Tisch trat. Sie nahm ihre Lesebrille ab und stand auf.

»Habe ich mich verspätet?« Ich sah auf die Uhr.

»Nein, nein, ich bin immer zu früh. Eine nervige Macke.« Sie drückte mir energisch die Hand.

»Nervig nur für Sie selbst, nehme ich an«, sagte ich.

Sie lachte. »Auch für die Gastgeber, wenn ich bei jemandem zu Hause eingeladen bin.«

Wir setzten uns, sie sagte, wie sehr sie sich freue, mich endlich persönlich zu treffen. Ich murmelte etwas, was wohl »ebenfalls« bedeuten sollte, und stellte die in solchen Situationen übliche Frage nach ihrer Reise. Sie sagte, sie habe die Zeit für ein paar Notizen zu »unserem Buch« genutzt. Ich winkte der Bedienung und bestellte uns Kaffee und Kuchen. Frauke Sand blätterte in ihrem Notizblock.

»Die Geschichte von Matija ...« Sie betonte das I, nicht das A, aber ich wollte noch nicht eingreifen. »Also ... wie bereits am Telefon angedeutet, bin ich von ihr sehr angetan.«

Ich nickte und lehnte mich zurück. Frauke Sand hatte inzwischen die richtige Seite gefunden und las vor: »Altertümlich ... aus der Zeit gefallen ... brutal und beschaulich zugleich, wie ein Märchen.«

Wieder nickte ich, sie fuhr fort:

»Allerdings ...« Wieder suchte sie eine Stelle in ihrem Block. »Allerdings ist ... Moment ... die Konstellation mit den drei Söhnen und der Erbschaft nicht neu. Auch der Konflikt zwischen Vater und Sohn gehört zu den häufigsten Motiven der Weltliteratur, auf die eine oder andere Art. Man kennt es auch aus Märchen.«

Ich überlegte, worauf sie hinauswollte. Möchte sie absagen und wollte mich vorbereiten? Aber warum dann die Reise nach Zürich? Als hätte sie meine Gedanken gelesen, blickte sie von ihren Notizen auf. »Was sehr gelungen ist: Der Roman ist auf eine gefällige Art extravagant. Was ihm an künstlerischer Ausgefeiltheit abgeht, wird durch das Archaische, Ursprüngliche aufgewogen. Ich kenne das Original nicht. Aber in Ihrer Übersetzung klingt der Roman so ... so authentisch, ja, das ist das richtige Wort, dass ich nur ahnen kann, wie tief Sie in den Text eingetaucht sind.«

Ihre Rede war verdächtig gestelzt, das irritierte mich. Aber ich bemühte mich um eine freundliche Miene und sagte, dass ich genau diese Authentizität gesucht hatte.

»Man merkt«, sprach sie weiter, »dass die Erzählstimme aus einer anderen Welt kommt. Aber man sieht das dem Text nicht nur nach, man liebt ihn genau darum.«

Man? Warum so unpersönlich? Sie klang, als würde sie mit ihrem Chef reden und sich nicht zu weit aus dem Fenster lehnen wollen. Nicht wie eine Verlegerin, die ihrem Autor erklärte, warum sein Buch gut war. Oder in diesem Fall: einem Übersetzer.

»Ich gebe zu, so genau habe ich mir das nicht überlegt«, heuchelte ich und behielt meine Verwunderung für mich. »Aber ich freue mich sehr über Ihr positives Urteil.«

»Dieses ausgefallene sprachliche Setting spielt natürlich eine wichtige Rolle«, fuhr sie fort. »Zu wissen, dass man die erste deutsche Übersetzung eines Werks der istrorumänischen Literatur in den Händen hält, das ist schon, nun ja, berührend.«

Ich sagte, es sei nicht nur das erste solche Werk, sondern möglicherweise auch eines der letzten. Die ohnehin bescheidene literarische Produktion versiege, das literarische Erbe sei sehr schmal. »Es ist ein Rennen gegen die Zeit«, schloss ich mein Statement mit einem Seufzer ab.

Sie nickte nachdenklich. »Umso schöner, dass wir nun Matija Katuns Geschichte vor uns haben«, sagte sie und betonte den Namen wieder falsch. Ich nahm mir vor, sie beim nächsten Mal zu korrigieren. Dann klappte sie ihren Block zu, legte die Hände flach auf den Tisch und sah mich an. »Aber nun erzählen Sie, wie Sie auf diesen Schatz gestoßen sind«, sagte sie. »Darauf freue ich mich schon die ganze Zeit.«

*

Nada war nicht überrascht, dass mir Frauke Sand meine Erklärungen abgekauft hatte. Das sei zu erwarten gewesen, sagte sie. Frauke wolle das Buch, es gefalle ihr und sie sei nicht in der Absicht nach Zürich gekommen, mir nicht zu glauben. »Entspann dich, du Schweizer, die erste Hürde ist ... wie sagt man? Übersprungen?«

»Überwunden. Hoffentlich hast du recht.«

»Natürlich habe ich recht«, sagte Nada auf Kroatisch, was nicht überzeugender, aber verwegener klang.

»Vor ein paar Monaten hast du mir Teer und Federn in Aussicht gestellt«, sagte ich. »Woher nun der Optimismus?«

»Du hast das im Griff«, sagte sie. »Außerdem habe ich den Eindruck, dass du dir deine Geschichte inzwischen selbst glaubst. Wenn das so weitergeht, fange auch ich an, sie zu glauben. Was soll da noch schiefgehen?«

»Erinnerst du dich an deine Erwartung, dass wir aus meiner Naivität Profit schlagen würden?«, fragte ich.

»Klar«, sagte Nada. »Und? Ist es so weit?«

»Ich glaube, dein Bauchgefühl lag richtig. Einfache Antworten sind die besten.«

»Dass ich das noch erleben durfte«, freute sich Nada.

*

Ségolène schrieb, Henri sei zwar nicht mehr in Haft, dürfe aber Spanien nicht verlassen. Die Anschuldigungen seien schwerwiegend, Henri habe am Telefon mutlos gewirkt. Sie wisse nicht, ob sie nun zu ihm fahren solle. Einerseits wäre das für ihn sicher wichtig, anderseits habe sie zurzeit zu viel zu tun, sie könne sich keine freien Tage leisten.

Offenbar wollte sie einen Rat von mir. Das rührte mich. Ségolène, die immer alles wusste und zu allem eine Meinung hatte, wollte von mir wissen, was sie nun tun sollte. Ich riet ihr, nach Madrid zu reisen und Henri beizustehen. Das sei wichtiger als die Arbeit.

»Und wenn er tatsächlich schuldig ist?«, fragte sie in ihrer nächsten Mail.

Einem ersten Impuls folgend wollte ich schreiben: Dann erst recht. Aber ich ließ es sein, Ségolène hätte es entweder gar nicht oder sonst falsch verstanden. Ich schrieb nur, sie solle sich die Zeit irgendwie organisieren, zu Henri fahren und sich anhören, was er zu sagen hatte. Dabei dachte ich an Aldo, Matija und Mila und überlegte, ob es im richtigen Leben tatsächlich einfacher war, großherzig zu sein, als in Romanen.

*

Leif Telaar schlug ein Zoom-Treffen vor. Irgendwann in der zweiten Wochenhälfte, er würde sich nach mir richten. Ich hätte ein Telefonat vorgezogen, dann hätte ich ins »Café Noir« oder in »Sphères« gehen können. Aber das erzählte ich Telaar nicht, er musste nicht mehr wissen als unbedingt nötig. Ich beriet mich kurz mit Nada, sie schärfte mir ein, entschlossen aufzutreten: »Nun bist du am Drucker.«

»Drücker.«

»Meinetwegen. Hauptsache, du lässt dich nicht verunsichern«, ermahnte sie mich und legte auf.

*

Als ich Telaar auf meinem Bildschirm sah, bestätigte sich der Eindruck, den mir seine Mail vermittelt hatte: Ich mochte ihn nicht. Seine blasiert halb geschlossenen Lider, die Lesebrille auf der Nasenspitze, obwohl er nicht las, sondern mit mir sprach, die protzige Bücherwand – er gab sich große Mühe, wie ein Verleger oder Cheflektor auszusehen, der sonst mit literarischen Größen abhing und sich heute leider Gottes mit einem Niemand abgeben musste. Unter den in sorgfältiger Unordnung aufgereihten Büchern hinter seinem Rücken erkannte ich eine bibliophile Ausgabe der gesammelten Werke von Hermann Hesse. Das machte es nicht besser.

»Guten Tag, Herr Saidl«, näselte er. »Danke, dass Sie es einrichten konnten.«

Ich nickte.

Er fuhr fort: »Das Manuskript ist ... äh ... wie gesagt nicht uninteressant, wir erwägen in der Tat, es in unser Frühlingsprogramm aufzunehmen. Im kommenden Jahr, versteht sich.«

Das verstand sich, wieder nickte ich, wir hatten ja Ende Januar.

Er wartete nicht ab, ob ich etwas sagen würde, sondern wiederholte, was bereits in seiner Mail gestanden hatte: Der Grund fürs Interesse sei nicht alleine die literarische Qualität, »wenn auch ... äh ... offensichtlich vorhanden«, sondern die Umstände, unter denen ich an das Manuskript gekommen sei.

Seine Äh-Pausen verstärkten den Eindruck von Selbstgefälligkeit, ich spürte sie körperlich. Es ärgerte mich, dass ich nicht gelassener sein konnte, aber ich hoffte, dass er meine Wortkargheit missverstand und sie für Gemütsruhe hielt.

»Bevor wir nun definitiv entscheiden, ob wir das Manuskript kaufen, müssten wir uns mit dem Autor unterhalten. Oder mit der Autorin. In Ihrem Exposé gehen Sie auf diese Frage nicht ein. Mir ist noch nicht klar, mit wem ich den Vertrag abschließen würde. Sie sind der Urheber der Übersetzung, aber nicht der Rechte-Inhaber am Original.«

Er lächelte, wohl um seine Bemerkungen abzuschwächen. »Oder haben Sie sich womöglich die Exklusivrechte gesichert?«

Ich bejahte und erzählte, dass der Verfasser oder die Verfasserin unbekannt sei. Wie im Exposé erwähnt, hätte ich das Manuskript von einem Journalisten aus Rijeka beziehungsweise aus Žejane bekommen. »Er vermutet einen längst verstorbenen entfernten Verwandten dahinter. Die Rechte am Original sind frei, das Manuskript ist alt, mein Bekannter hat es zwischen anderen Familienunterlagen und Gegenständen gefunden. Die ältesten Dokumente reichen ins späte 18. Jahrhundert zurück.«

Telaar korrigierte den Sitz seiner Brille und runzelte die Stirn. »So weit? Und niemand hat sich je darum gekümmert? Oder ein Museum eingeschaltet?«

»Ich nehme an, dass niemand darin etwas Bedeutungsvolles sah. Das Manuskript selbst ist nicht so alt«, sagte ich, »ich würde es eher in der ersten Hälfte des 19. Jahrhunderts verorten.«

»Immer noch alt genug«, sagte Telaar. »Und dieser Herr ... äh ... wie ist sein Name? Er hat das Manuskript gefunden und will es nun verwerten? Ich nehme an, das Original existiert nur als Handschrift.«

»Der Mann heißt Dorić. Und ja, es ist handschriftlich, aber gut lesbar.«

»Ich verstehe«, sagte Telaar. »Zurück zu meiner Frage ...«

Dorić habe die Verwertung mir überlassen, sagte ich und legte eine kleine Dosis Ungeduld in meine Stimme. »Exklusiv. Er würde es begrüßen, wenn das Buch erscheinen würde, es wäre ein Beweis, dass eine žejanische Literatur möglich ist beziehungsweise existiert.«

Telaar lehnte sich zurück und nahm die Brille ab. »Verzeihen Sie, dass ich so direkt frage, aber wäre nicht eine Originalausgabe ein besserer Beweis? Warum die Übersetzung? Ich meine, aus der Perspektive dieses Herrn ...«

»Dorić. Weil das Žejanische inzwischen von sehr wenigen Menschen gesprochen wird. Niemand verlegt Bücher in dieser Sprache, weil es kein Publikum gibt. Damit die Sprache überlebt, braucht es Subventionen. Eine oder mehrere Übersetzungen in große Sprachen ...«

»Stimmt, das haben Sie erwähnt«, unterbrach mich Telaar. »Nun ja, ich verstehe das. Aber wir können die Übersetzung nur publizieren, wenn wir vom Roman überzeugt sind. Das sehen Sie sicher nicht anders.«

»Natürlich«, sagte ich. »Ich habe den Roman auch nicht wegen seiner kulturhistorischen Bedeutung übersetzt.«

»Sondern?«, fragte er.

Eine neue Welle der Abneigung erfasste mich, ich musste tief durchatmen.

»Sondern weil er mich begeistert hat. Weil ich ihn gut finde. Weil er gelesen werden muss. Weil ...«

»In Ordnung, in Ordnung, ich verstehe«, sagte Telaar und lächelte. Ich war froh, dass wir uns nur virtuell trafen.

»Der Fall ist außergewöhnlich«, fuhr er fort. »Ich muss zugeben, dass ich immer noch nicht sicher bin, wie ich ihn handhaben soll«, sagte er. »Von wem würde ich die Lizenz kaufen? Ist es überhaupt eine Lizenz, wenn wir das Buch als Erste veröffentlichen?«

Ich hatte die Zusage von Frauke Sand in der Tasche und stülpte meine Ungeduld nach außen: »Herr ... äh ... Telaar, so kompliziert ist die Sache auch wieder nicht. Sie können den Vertrag mit mir abschließen, da ich den Text übersetzt und Ihnen angeboten habe.«

»Und Dorić ...?«

»Er ist, wie gesagt, an einer Publikation sehr interessiert. Allerdings möchte er nicht als Autor in Erscheinung treten, denn das ist er nicht.« Ich legte die Hände flach auf die Tischplatte, das sollte Entschlossenheit und Endgültigkeit andeuten. »Dorić hat das Manuskript mir anvertraut, ich habe es übersetzt, Sie können es veröffentlichen.«

Telaar sah mich überrascht an. »Das ist nicht der übliche Weg. Sie verstehen, dass ich mir das noch einmal ...«

Ich fiel ihm ins Wort: »Ihr Verlag ist im Übrigen nicht der Einzige, der an ›Matija Katun‹ interessiert ist. Machen Sie mir ein Angebot, ich werde es prüfen und mit den anderen Angeboten vergleichen.«

Er zog die Augenbrauen hoch und die Mundwinkel nach unten.

»Ist das so?«

»So ist das«, bestätigte ich.

»Nun gut, ich verstehe. Sie hören sehr bald wieder von mir. Dürfte ich inzwischen die Kontaktdaten von Herrn Dorić haben?«

»Das wäre zwecklos«, sagte ich. »Ich bin Ihr Ansprechpartner, wie für das Original so auch für die Übersetzung. Schicken Sie mir Ihr Angebot, dann sehen wir weiter.«

Ich klickte ihn weg.

War ich zu weit gegangen? Noch vor wenigen Wochen war ich sehr unsicher gewesen, ob ich imstande war, die Fragen nach der Herkunft, dem Autor und der Originalausgabe einigermaßen kohärent zu beantworten. Und nun behandelte ich den Cheflektor eines großen Verlags herablassender als er vermutlich seine Praktikanten. Ich würde mich zusammenreißen und vorsichtiger agieren müssen.

Warum habe ich Idiot ihm den Namen von Mauro verraten?

Die Autorinnengewerkschaft Ad*S bot Beratungen zum Verlagsrecht an. Ich griff zum Telefon.

*

»Liebe Grüße aus der Villa Emden.« Das Selfie war gelungen, Julia und mein Vater lachten fröhlich in die Kamera. Er hatte ein Glas in der Hand, und ich konnte nur hoffen, dass darin nicht wirklich Weißwein war. Julia schickte gleich eine Nachricht hinterher: Das Wetter sei prächtig, sie seien im Tessin und für morgen zum Frühstück mit Anna und Marco in Lugano verabredet, am Abend gebe Annas Orchester ein Konzert im LAC. Zu meiner Verwunderung versetzte mir die Nachricht einen Stich, ich merkte, dass ich gerne dabei gewesen wäre, beim Frühstück und beim Konzert. Ich wusste nicht einmal, was auf dem Programm stand, es ging mir gar nicht um die Musik.

Freute sich Anna überhaupt? Oder war der Besuch für sie eher eine unangenehme Verpflichtung, zumal sie vor jedem Konzert, das nahm ich an, nervös war? Die Gesellschaft meines Vaters wirkte selten beruhigend, Anna wird leiden, dachte ich, unsicher, ob aus Sorge oder Häme.

Vielleicht bildete ich mir das mit Annas Nervosität nur ein. Und vielleicht war ich bloß neidisch, dass sie etwas zusammen unternahmen und ich im verregneten Zürich meinen Französischunterricht vorbereiten musste.

Was, wenn mein Vater wieder Herzprobleme bekam? War das nicht leichtsinnig, ihn ins Konzert zu schleppen?

Ich schüttelte den Kopf, plötzlich über die eigene Scheinheiligkeit verärgert. Konnte es sein, dass es nicht bloß der Neid war, weil es in Zürich regnete? Und auch nicht, weil ich arbeiten musste? »Du bist eifersüchtig, du charakterloser Wicht«, schimpfte ich zunächst flüsternd, dann immer lauter. »Gib es zu, dann geht es schneller vorbei: Du weißt nicht, wie du mit dem neuen Konrad Saidl umgehen sollst. Und mit seinem plötzlichen Interesse an dir. Es war so wunderbar gemütlich in der Opferrolle, nicht wahr?«

Mein Telefon surrte. Leif Telaar, sagte das Display. Ich war noch nicht bereit, er wird morgen wieder anrufen müssen.

*

Rilke hielt vor der ersten Lektion eine kleine Rede und wünschte allen Anwesenden ein erfolgreiches neues Semester. »Im Besonderen möchte ich unseren Rückkehrer Ingmar begrüßen«, sagte er, »der seinen Bildungsurlaub, wenig überraschend, äußerst ersprießlich genutzt hat. Unter anderem hat er einen außergewöhnlichen literarischen Fund gemacht und ein Romanmanuskript aus dem Istrorumänischen ins Deutsche übertragen. Wir freuen uns, das Buch hoffentlich bald lesen zu können, und harren ungeduldig weiterer Einzelheiten.«

Alle applaudierten und sahen mich an, offenbar wurde nun auch von mir eine Ansprache erwartet. Ich sagte, ich hätte Glück gehabt, auf dieses besondere Manuskript gestoßen zu sein. Auch hätte ich in Istrien viel Unterstützung bekommen, ohne die ich die Übersetzung wohl kaum geschafft hätte. Der Rest meiner Rede entfiel auf die Versicherung, wie sehr ich mich freute, wieder zurück zu sein und unterrichten zu dürfen, und auf die Hoffnung, meine neuen Erfahrungen und Kenntnisse nutzbringend anwenden zu können. Christa kaufte mir die Freude nicht ab, das konnte ich ihr deutlich anmerken. Carola wirkte unsicher, wahrscheinlich dachte sie an den Vorfall von damals und fragte sich, ob ich mich inzwischen wirklich besser im Griff hatte. Einige Kolleginnen und Kollegen teilten offensichtlich Carolas Bedenken, aber sie schwiegen. Ich nahm an, dass den meisten alles ohnehin egal war, und das war mir sehr recht.

*

Lieber Herr Saidl,

danke für das offene Gespräch neulich in Zürich. Ihr Vertrauen freut mich. Die Geschichte von Matija Katun, die Sie so sorgfältig und liebevoll ins Deutsche übertragen haben, wird bei uns ein gutes Zuhause finden. Sie haben mir erklärt, um was für ein Juwel es sich handelt, und ich werde alles daransetzen, dass es möglichst, viele Leserinnen und Leser erreicht. Damit das Buch in diesem Herbst erscheinen kann, möchte ich Ihren Vertrag noch vor Monatsende aufsetzen. Dazu müssten wir allerdings ein paar Fragen klären. Oder eigentlich ist es nur eine Frage: Wie machen wir das mit Ihrem Honorar? Die Rechte am Original sind frei, eine Lizenzgebühr entfällt. Wenn Sie einverstanden sind, schlage ich vor, dass wir Sie dafür mit 8 % an den Verkaufseinnahmen beteiligen, nicht mit dem für Übersetzerinnen und Übersetzer üblichen tieferen Ansatz von 2 oder 3 %. Dazu biete ich Ihnen eine Garantiezahlung von 4000 Euro an. Was meinen Sie dazu?

Über die Details der Vermarktung können wir noch reden. Vorläufig nur so viel: Wir würden uns bemühen, Lesungen und sonstige Auftritte zu organisieren, an denen Sie die Gelegenheit hätten, auch die besonderen Umstände zu erläutern, unter denen Sie das Buch gefunden und übersetzt haben. Das dürfte sich positiv auf den Verkauf auswirken.

Wenn Sie mit meinen Vorschlägen einverstanden sind, setze ich den Vertrag auf, Sie bekommen ihn morgen oder übermorgen.

Herzliche Grüße
Ihre Frauke Sand

*

Liebe Frau Sand
Danke für Ihre Mail. Ich habe über die Frage des Honorars nachgedacht. Vielleicht könnten wir es ein wenig anders handhaben: Da, wie Sie sagen, eine Lizenzgebühr entfällt, schlage ich vor, dass Sie eine einmalige Zahlung von 4000 Euro an das Museum für die istrorumänische Sprache und Kultur im kroatischen Šušnjevica überweisen. Das Museum setzt sich mit Fleiß und Kreativität für die Erhaltung der istrorumänischen Dialekte ein.

Ich gebe zu, dass ich zu wenig über die Gepflogenheiten Ihrer Branche weiß und darum unsicher bin, ob dieser Vorschlag überhaupt realisierbar ist. Lassen Sie mich trotzdem erklären, wie ich darauf gekommen bin: Indem Sie die Lizenzgebühr an das Museum überweisen, helfen Sie direkt und unkompliziert mit, das Istrorumänische vor dem Aussterben zu bewahren. Das Museum kann das Geld sicher gut gebrauchen, doch das wäre nicht der einzige Nutzen. Die Publikation eines Werks der istrorumänischen Literatur würde dem Museum helfen, Subventionen zu beantragen, auf die es dringend angewiesen ist. Auf der anderen Seite ließe sich die Meldung, dass Sie nicht nur die erste deutsche Übersetzung eines istrorumänischen Romans veröffentlichen, sondern darüber hinaus das Überleben der Sprache finanziell unterstützen, möglicherweise für die Vermarktung des Buches verwenden.

Vielleicht übersehe ich da etwas, als Übersetzer bin ich, wie gesagt, in solchen Fragen wenig bewandert. Es bleibt mir zu hoffen, dass Sie mit meinem Vorschlag trotzdem etwas anfangen können.

Mit dem vorgeschlagenen Honoraransatz bin ich im Übrigen einverstanden.

Sobald wir das alles geklärt haben, können wir das Administrative hinter uns bringen und uns dem Buch selbst widmen.

Ich möchte Ihnen nicht verschweigen, dass auch andere Verlage Interesse an »Matija Katun« angemeldet haben. Allerdings würde ich das Buch am liebsten in Ihrem Programm sehen, vorausgesetzt natürlich, dass wir uns über die genannten Konditionen einig werden.

Herzliche Grüße

Ingmar Saidl

*

Ich war mit meiner Mail an Frauke Sand sehr zufrieden. Die Beratung zu Verlagsvertrag und Übersetzungsrechten beim Berufsverband Ad*S hatte sich als nützlich erwiesen. Zwar verstand ich nach wie vor weit weniger vom Lizenzgeschäft, als es meine Mail vermuten ließ. Aber ich musste nicht viel wissen, die Grundlagen genügten.

Beim Verlagsverband SBVV, wo ich ebenfalls mit der Bitte um eine Beratung angeklopft hatte, erfuhr ich, dass es einen »Fall« wie diesen noch nie gegeben habe. Das war mir sehr recht. Je besonderer, desto besser. Meine Beraterin sagte, der Verlag, der schließlich den Zuschlag bekommen würde, sollte das Einzigartige an meiner Übersetzung in den Vordergrund stellen. Mein Vorschlag sei also auch für den Verlag nützlich. Unter dem Strich würde der Verlag weniger ausgeben und wahrscheinlich mehr einnehmen. Vor allem würde er sich als ein Verlag präsentieren, der sich nicht scheut, neue Wege zu gehen, statt den Windschatten des Bewährten zu suchen. Mir gefiel die Formulierung, ich nahm mir vor, sie Frauke Sand ans Herz zu legen. Oder Leif Telaar, falls ich es mir doch anders überlegen sollte.

*

Henri sei wieder zu Hause, schrieb Ségolène. Allerdings sei er aus der gemeinsamen Wohnung ausgezogen und habe sich ein Zimmer genommen, ihre Ehe brauche eine Pause.

Anscheinend war sie neulich nicht zu Henri nach Spanien gefahren. Er tat mir leid. Sie auch, ohne dass ich hätte erklären können, warum. Henri hatte an einer Geschichte gearbeitet, und offenbar hatten die Behörden die Beziehung zwischen seinen Mitteln und dem objektiven Zweck anders beurteilt als er selbst. Ich wusste zu wenig und wollte nicht vorschnell urteilen, aber ich nahm an, dass – was auch immer geschehen war – Ségolène eher die Ansicht der Behörden teilte. Ich war froh, dass ich der Versuchung widerstanden hatte, Ségolène in meinen Plan einzuweihen.

Sie fragte, ob ich am Freitag nächste Woche in Zürich sei. Sie habe einen Termin an der Uni und würde mich gerne auf einen Kaffee treffen. Sie möchte mehr von meinem Bildungsurlaub und dieser Übersetzung hören.

*

Ich schrieb Telaar eine Mail und schlug in etwa das Gleiche vor wie in meiner Antwort an Frauke Sand. Er antwortete umgehend, dass er meinen Vorschlag gut finde, dass er allerdings Kontakt zum Museum und zu Mauro Dorić aufnehmen möchte, das müsse ich doch verstehen. Auch möchte er aus Gründen des Marketings und der Werbung das Original sehen, eine handschriftliche Fassung aus dem 19. Jahrhundert sei doch etwas sehr Besonderes, sein Verlag möchte sich die Gelegenheit nicht entgehen lassen, damit für die Publikation zu werben. In welcher Form das geschehen könnte, sei noch nicht ganz klar, aber ich möge doch bitte die Kontakte herstellen.

*

Ségolène wollte wissen, worum es im übersetzten Roman ging und ob ich viel ändern und anpassen musste. Ich sagte, das Gegenteil sei der Fall gewesen, ich wollte die Fremdheit des Originals nicht glätten.

»Wird das ein Vorteil oder ein Problem für die Verkäufe sein?«, fragte sie.

»Ich hoffe, ein Vorteil«, sagte ich. »Aber das war nicht ausschlaggebend.«

»Sondern?«

»Sondern mein Eindruck, dass es sich beim Manuskript um etwas Besonderes handelt. Einfach und komplex zugleich. Raffiniert und doch volkstümlich. Und dann ist es eben das erste und vielleicht letzte Werk der istrorumänischen Literatur. Da greift man dann sicher nicht ein.«

»Ich verstehe«, sagte Ségolène. Ich war nicht sicher, ob sie es wirklich tat.

Es gehe um einen Vater und seine drei Söhne, erzählte ich. Und um Missgunst und Verrat, aber auch um Liebe. Alles in einem besonderen Setting. Die Gegend sei karg, die Menschen gewohnt, einander zu misstrauen.

Ségolène wurde nachdenklich. »So viel anders ist das heute auch nicht«, meinte sie schließlich. »In Romanen kann man immerhin auf ein Happy End hoffen.«

»Nicht immer. Romane enden nach eigenen Regeln. Überraschend und logisch zugleich. Im richtigen Leben hingegen ...«

»Im richtigen Leben vermisst man oft die Logik«, sagte sie mit einem traurigen Lächeln. »Ich konnte das noch nie gut: ohne Logik durchs Leben gehen. Das hast du mir früher übel genommen.«

Ich wollte protestieren, aber sie hob die Hand. »Nein, nein, du musst dich nicht rechtfertigen. Du hattest ja recht.«

»Du auch«, sagte ich.

»Das war unser Problem«, sagte sie. »Wenn jemand von uns unrecht gehabt hätte, hätten wir uns heftig gestritten und immer wieder tränenreich versöhnt. Da wir aber beide recht hatten, haben wir uns still getrennt. Ist das nicht noch trauriger?«

Ich wusste nichts zu sagen. Vielleicht, das ging mir in diesem Augenblick durch den Kopf, war das eine Ségolène, die ich immer schon mehr geahnt als gekannt hatte.

Als sie schließlich in die Straßenbahn stieg und mir noch einmal zuwinkte, wurde mir schwer ums Herz. Ich atmete tief durch. Kein Selbstmitleid, Ingmar, sagte ich zu mir. Und kein Fremdmitleid. Ségolène wird ihre Melancholie abschütteln, du weißt, dass sie darin viel besser ist als du.

*

In den Frühlingsferien kam Nada nach Zürich. Ich zeigte ihr die Altstadt, wir stiegen auf den Uetliberg und gingen am See spazieren. Sie wollte mein Lieblingscafé sehen, ich war unentschlossen, welches ich auswählen sollte. Schließlich fiel die Wahl auf das »Sphères«, denn das war nicht nur ein Café, sondern auch eine Buchhandlung. Wir setzten uns in den Wintergarten und sahen den Spatzen zu, die sich um die Krümel unter den Tischen zankten.

»Bald steht auch dein Buch hier im Regal«, sagte Nada. »Ich sehe es schon: ›Matija Katun und seine Söhne, übersetzt von Ingmar Saidl‹.«

»Na ja, nicht ganz«, sagte ich. »Mein Name wird nicht so prominent erwähnt. Im Innenteil schon. Den alle überblättern.«

Sie sah mich erstaunt an. »Du sollst das nicht einfach so hinnehmen. Sag ihnen, dass du auf den Umschlag willst.«

Ich lachte. Nada tat beleidigt: »Da gibt es nichts zu lachen. Ohne dich gäbe es das Buch nicht, sie sollen tun, was du sagst.«

»So läuft das aber nicht«, entgegnete ich. »Auf dem Umschlag steht, wer das Buch geschrieben hat. Nicht, wer es …«

»Eben«, fiel sie mir ins Wort.

Ich sah sie nur an und hob die Augenbrauen.

»Mist«, sagte sie. »Ich verstehe.«

Es werde trotzdem ein Erlebnis sein, das Buch im Regal zu sehen. Auch ohne meinen Namen.

»Bist du sicher?« Nada sah mich über den Rand ihrer Kaffeetasse an. »Wird es dich nicht ... würmen, dass du ...?«

»Wurmen.«

»Wurmen.«

»Nein, es wird mich nicht wurmen. Inzwischen steht zu viel auf dem Spiel. Eitelkeit wäre fehl am Platz.«

Nada schwieg.

»Nun wurmt aber dich etwas«, sagte ich. »Spuck es aus.«

»Ich glaube, du unterschätzt das. Den Anblick deines Buches im Regal ohne deinen Namen darauf.«

»Aber nein«, sagte ich. »Sonst hätte ich gar nicht damit angefangen. Und überhaupt: Warum sollte der Name auf dem Umschlag wichtig sein? Es geht darum, dass mein Plan aufgegangen ist.«

»Es geht auch darum, dass du Autor bist. Wie viele Absagen hast du für ›Sprosse um Sprosse‹ bekommen? 38?«

»39.«

»Und mit dem Matija hat es sofort geklappt. Nur wird es niemand wissen. Das ... wägt 39 Absagen nicht auf.«

»Wiegt.«

»Meinetwegen. Aber du verstehst, was ich meine.«

Ich nickte und dachte, dass sie manchmal ziemlich anstrengend sein konnte. Vor allem dann, wenn sie aussprach, was auch ich dachte.

*

Nada und mein Vater verstanden sich auf Anhieb. Er lachte über ihre Scherze, die beabsichtigten und die zufälligen, und schmunzelte über ihre »charmanten« Grammatikfehler. Ihr gefielen seine Anekdoten über die Weltraumforschung und den akademischen Betrieb. Julia und ich hörten den beiden zu und schwankten zwischen Freude und Erstaunen. Nach dem Essen tranken wir unseren Kaffee draußen auf der Terrasse, der Aprilabend war mild.

Mein Vater fragte Nada, ob sie Istrorumänisch spreche.

»Nein, nein, das können nur sehr wenige Leute«, sagte sie. »Und Ingmar.«

»Erstaunlich, nicht wahr?«, sagte mein Vater. »Dass er darauf gestoßen ist. Und dann diesen Roman gefunden hat.«

Ich sagte, Nada sei da nicht völlig unbeteiligt gewesen. Sie habe mich ja überhaupt erst nach Žejane gebracht.

»Das war ein Zufall«, sagte sie und erzählte von unserem Ausflug im vorletzten Sommer.

»Ach so war das«, sagte mein Vater. »Das hat er nicht erzählt, unser Ingmar.«

Nada beeilte sich zu erklären, dass sie sich nie fürs Žejanische und die anderen Dialekte interessiert habe. »Ingmar hat ganz alleine erfasst, dass das etwas Besonderes ist. Ich hatte keine Ahnung.«

Ich kam mir in die Kindheit versetzt vor, als man über meinen Kopf hinweg meine Fortschritte und Schulnoten lobte. Nada merkte es und schob einen Scherz nach: »Allerdings war er vielleicht gedopt, Pepo sparte nicht mit dem Klekovača.«

»Ist das der Schnaps, den du uns mitgebracht hast?«, fragte mein Vater. »Ich hoffe, ich kann ihn irgendwann kosten. Falls mein Herz ...«

Julia legte ihm die Hand auf den Unterarm. »Das wird schon, Konrad. Du bist dem Schnaps näher als noch im vergangenen Herbst.«

»Nada hat euch auch ein feines Olivenöl mitgebracht«, warf ich ein. »Damit musst du dich nicht zurückhalten.«

»Genau«, sagte Julia. »Vorerst kein Schnaps und kein Stress. Dafür viel gesundes Essen und viel Vorfreude auf Ingmars Buch.«

Nada warf mir einen Blick zu, offenbar in Sorge, Zeichen von schlechtem Gewissen zu entdecken. Ich antwortete mit einem angedeuteten Nicken, sie lächelte und wandte sich wieder meinem Vater zu: »Sag mal, Konrad: Welcher ist dein Lieblingsplanet? Das wollte ich immer schon einen Weltraumforscher fragen. Nur kannte ich bis heute keinen.«

Mein Vater lachte herzlich. »Das hat mich noch nie jemand gefragt«, sagte er. »Das ist, als würdest du unseren Ingmar hier nach seiner Lieblingssprache fragen.«

»Das habe ich schon getan«, sagte Nada. »Ratet mal.«

Mein Vater zögerte keine Sekunde: »Žejanisch?«

»Das war zu einfach«, sagte Nada. »Und? Welcher ist nun dein Lieblingsplanet?«

»Kein Planet«, sagte mein Vater. »Sondern ein Mond. Der Titan. Kreist um den Saturn. Für die Astrobiologie unglaublich interessant. Ich hoffe, ich erlebe noch die Landung der Sonde Dragonfly.«

Ich fragte, wann es so weit sei.

»2034«, antwortete mein Vater.

»Na, das sollte schon klappen«, schätzte Nada. »Wie Julia sagt: Viel gesundes Essen und viel Freude über Ingmars Buch, und wir werden die Landung alle zusammen feiern. Bei einer Flasche Klekovača von Pepo Dorić.«

»Abgemacht«, sagte mein Vater. Er und Nada klatschten einander ab, Julia wischte sich über die Augen.

*

»Ich muss mich entscheiden.«

Wir frühstückten auf meinem Balkon, regnen sollte es erst am Abend. Wie schon bei unserem Morgenkaffee in Istrien sprachen wir Kroatisch. Das war nötig, ich wollte in Übung bleiben.

»Ob Sand oder Telaar?«, fragte Nada.

»Ja«, sagte ich. »Ob mittelklein und ziemlich fein. Oder riesengroß und ziemlich hochnäsig.«

Nada hielt mir ihre Kaffeetasse hin, ich schenkte nach, sie biss in ihr Marmeladenbrötchen. »Ein Luxusproblem«, sagte sie mit vollem Mund. »Du hast sicher gute Gründe, riesengroß und ziemlich hochnäsig im Spiel zu halten. Ich gebe zu, dass ich ...«

»Ich kann es erklären«, unterbrach ich sie, und wir mussten lachen, weil ich wie ein ertappter Ehebrecher klang.

»Dann erklär mal, ich bin gespannt.«

Telaars Verlag sei größer, sagte ich, und auch öfter im Feuilleton zu finden als jener von Frauke Sand. Er habe berühmte Namen im Programm, darunter sogar eine Nobelpreisträgerin.

Nada trommelte ungeduldig mit den Fingern auf die Tischplatte.

»Ich weiß, ich weiß, das muss nicht so viel bedeuten«, ich wechselte ins Deutsche, die Sache wurde mir zu kompliziert: »Aber ich habe noch einen Grund. Telaar hat Ansprüche und Forderungen. Seine Fragen zwingen mich, tiefer in die Geschichte hinter dem Roman einzutauchen. Ich muss mich mehr anstrengen. Und das könnte später wichtig sein. Wenn die Medien kommen. Und die Literaturkritik, hier und in Kroatien.«

»Du meinst, Sand wäre jetzt einfacher, aber Telaar würde dich zwingen, wach zu bleiben?«

»Wachsam. So ungefähr«, sagte ich. »Er ist jetzt mühsam, aber ich hätte alles besser beieinander, falls es später schwierig wird.«

Nada schüttelte den Kopf. »Ingmar, Ingmar, du bist ... unsagbar.«

»Unsäglich.«

»Auf jeden Fall unglaublich. Als Spinner. Musst du wirklich Probleme suchen, wo keine sind?«

»Wo noch keine sind.« Ich war nicht bereit lockerzulassen.

Nada auch nicht. »Falls Probleme auftauchen, wird uns etwas einfallen«, gab sie zurück. »Solange es keine gibt, brauchen wir uns keine Sorgen zu machen.«

Ich merkte an, das sei eine seltsame Logik.

»Die einzige Logik, die den Namen verdient.«

»Du hast gesehen, wie viel das Buch meinem Vater bedeutet«, sagte ich. »Falls ich auffliege ...«

»Das wirst du nicht. Nicht nach allem, was du bisher ... Wie heißt das?«

»Was ich zusammengeschwindelt habe?«, schlug ich vor.

»Nein«, sagte Nada. »Ein anderes Wort. Aber egal, du verstehst, was ich meine. Wie bist du mit Frauke Sand verblieben?«

Ich sagte, sie warte nur noch auf meine Unterschrift. Sie stelle keine schwierigen Fragen, habe das Buch für den Herbst in Aussicht gestellt, vielleicht sogar für den Spätsommer. Sie sei insgesamt sehr angenehm und unkompliziert. Auch würde sie ziemlich sicher meinen Vorschlag annehmen und einen Geldbetrag an das Museum der istrorumänischen Kultur überweisen. Anstelle einer Lizenzgebühr. Die würde ich ihr als Rechteinhaber zugunsten des Museums erlassen.

»Und ihr Verlag?«, fragte Nada.

»Unabhängig und gut aufgestellt. Aber eben: nicht groß«, sagte ich.

»Ich kenne mich nicht gut genug aus, um dir sagen zu können, was du tun sollst«, sagte Nada.

»Aber du wirst es mir trotzdem sagen.«

»Natürlich werde ich das. Du sollst zu Frauke.«

»Ich hoffe, wir übersehen nichts Wichtiges. Wenn sie den Schwindel entlarven, wird mein Vater ...«

»Was immer entlarven heißt«, sagte Nada, »es wird nicht passieren. Ich sehe Probleme eher in einer anderen Ecke. Aber die hat mit deinem Vater nichts zu tun.«

»Welche Ecke ist das?«

»Wir haben neulich im Büchercafé darüber gesprochen, weißt du noch?« Sie stand auf. »Jetzt will ich aber raus. Du hast mir eine Schifffahrt versprochen. Mutig von dir, immerhin wohne ich am Meer. Aber du sollst deine Chance bekommen, mich zu beeindrucken.«

Ich tat, als wäre ich kein bisschen nervös.

*

Dann ging alles sehr schnell.

Frauke Sand war mit meinem Vorschlag einverstanden. Ich würde 8 % vom Ladenpreis bekommen und das Museum in Istrien 4000 Euro. Sobald sie den unterschriebenen Vertrag bekommen habe, schrieb Frauke, würde sie mit dem Lektorat beginnen, dann könnte das Buch vielleicht schon im Spätsommer erscheinen. Das sei zwar sehr optimistisch, aber möglich. Vorausgesetzt, wir bringen das Lektorat schnell hinter uns.

»Können wir den Arbeitstitel ›Matija Katun und seine Söhne‹ als definitiven Titel behalten?«, fragte sie.

Mir war das sehr recht. »Ich habe mich schon so sehr an den Titel gewöhnt, dass ich mir keinen anderen denken kann«, sagte ich.

Sie lachte. »Das ist nicht immer gut, aber in diesem Fall passt der Titel bestens.«

Ich unterschrieb den Vertrag und meldete es sofort Nada und Mauro, dann auch allen anderen. Tante Jo sagte, sie habe es immer schon gewusst. Anna erinnerte mich an jenen Abend im KKL. Ob ich noch wisse, worüber wir gesprochen hätten? Das sei doch erst gerade gewesen, und nun ... »Glückwunsch, großer Bruder«, sagte sie, und ich hörte auch Marco etwas rufen. Julia scherzte, ich sei nun zu ihrem Berufskollegen befördert worden. Und mein Vater fand, ich hätte mich selbst übertroffen.

*

Gleich am übernächsten Tag bekam ich von Frauke Sand ein paar Entwürfe für die Umschlaggestaltung.

Das Foto von roten Äpfeln in einem Eimer gefiel mir viel besser als die Aquarellzeichnung eines Reiters. Frauke stimmte mir zu.

Das Lektorat war effizient und angenehm. Ich bekam die Korrekturen und Anmerkungen per E-Mail, sah sie durch, dann telefonierten wir. Für den zweiten Durchlauf kam Frauke Sand nach Zürich, wir arbeiteten den ganzen Nachmittag durch und aßen zusammen zu Abend. Bei einem Glas Wein gingen wir zum Du über.

Bereits Ende Mai hatten wir die endgültige Textversion. Als ich die fertigen Fahnen sah, kamen mir beinahe die Tränen. Frauke sagte, die Druckerei habe zugesichert, dass wir das Buch bereits Mitte August haben würden.

*

Ich war in diesen Frühsommerwochen sehr heiter, freute mich auf das Buch, auf den Sommer in Opatija, auf die Lesungen, die mir Frauke für den Herbst in Aussicht gestellt hatte. In der Schule gab es viel zu tun, weit mehr als sonst, aber nicht einmal die letzten Zeugnisnoten und die Abiturprüfungen konnten mir die Laune verderben. Meine Kolleginnen und Kollegen waren sehr angespannt, vor allem Rilke, der durch die Gänge schlich und niemanden grüßte, wohl aus Angst, in ein Gespräch verwickelt zu werden.

Ich korrigierte Aufsätze und Grammatiktests, nahm mündliche Prüfungen ab und hörte mir mit vorgetäuschtem Verständnis die Klagen der Kolleginnen und Kollegen über zu viel Stress an. In Gedanken war ich bei Matija, Aldo, Frane und Valentin, sie waren mein Schutzschild gegen die in dieser Jahreszeit für meine Berufsgruppe typischen Zweifel. Ich malte mir aus, wie es sein wird, das Buch in den Händen zu halten. Und dann stellte ich mir meine erste Signierstunde vor: Ich sitze an einem Tisch, links eine elegante Leselampe, rechts ein Glas Wasser, in der Hand halte ich eine Füllfeder bereit, vor dem Tisch haben sich zufriedene Menschen aufgereiht, die soeben meine Lesung gehört haben und nun darauf warten, ihr frisch erworbenes Buch personalisieren zu lassen. Ich lächle, signiere, blicke auf, frage die nächste Leserin, für wen das Buch gedacht sei ...

Irgendwann zwischen zwei mündlichen Prüfungen fiel mir ein, dass mich bei einer Signierstunde jemand bitten könnte, etwas auf Istrorumänisch ins Buch zu schreiben. Sofort notierte ich in Gedanken, bei Mauro ein paar passende Sätze zu bestellen. Die würde ich mir dann gut einprägen.

*

Einmal rief Frauke an, ich wäre beinahe vom Stuhl gefallen, weil ich dachte, das Buch sei schon da. Aber sie erkundigte sich bloß, ob der Verlag ein Belegexemplar ans Museum in Šušnjevica schicken solle oder ob ich das lieber selbst tun möchte. Die 4000 Euro seien, wie vereinbart, bereits überwiesen worden.

*

Leif Telaar hatte auf meine Absage spät, dafür sehr verärgert reagiert. Wenn er in seiner Mail überhaupt versuchte, seinen Unmut zu verbergen, so gelang ihm das sehr schlecht. Es sei ihm unverständlich, schrieb er, warum ich mich gegen einen der führenden Verlage im deutschsprachigen Raum entschieden hätte, und das nach allem, was wir bereits besprochen und worauf wir uns geeinigt hätten. Er sei für dieses »nicht über alle Zweifel erhabene Buch« weite Wege gegangen. Zwar habe er noch dies und jenes klären wollen, doch das könne nur in meinem Sinne gewesen sein.

Ich schrieb umgehend zurück und wiederholte, was ich bereits in meiner Absage geschrieben hatte: Dass ich mir die Angelegenheit gründlich überlegt und dann die beste Lösung für das Buch gefunden hätte. Denn nur darum sei es gegangen: den passendsten Verlag für »Matija Katun« zu finden. »Für mein zugegebenermaßen nur in Ansätzen vorhandenes Verständnis der Verlagsbranche«, versuchte ich mich in Understatement, »schien mir ein kleinerer Verlag passender, denn da wird das Buch eher auffallen. Sie werden verstehen, dass ich mit meiner Übersetzung auch einen Beitrag zur Erhaltung der istrorumänischen Sprache und Literatur leisten möchte. Darum ist das Auffallen wichtiger als die Auflage. So sehr mich ein Platz im Programm eines so renommierten und großen Verlags reizen würde, so müsste ich befürchten, dass meine Übersetzung in der Fülle der übrigen bekannten Titel und Namen untergehen könnte.«

Ich dankte noch für seine Bereitschaft, das Buch zu publizieren, für die klare und offene Kommunikation und für sein Verständnis für meine Entscheidung.

Damit war die Sache für mich erledigt, so dachte ich zumindest. Umso überraschter war ich, als wenige Minuten danach mein Telefon läutete. Ich erwog kurz, den Anruf zu ignorieren, aber dann siegte die Neugier.

»Herr Telaar?«, sagte ich gespielt aufgeräumt. »Gibt es noch etwas zu klären?«

»Ich denke schon«, sagte Telaar. »Mich lässt Ihre Übersetzung trotz der Absage nicht los. Natürlich muss ich akzeptieren, dass Sie das Buch einem anderen Verlag geben wollen. Ich weiß im Übrigen auch schon, welchem, die Szene ist klein. Aber ich werde meine Meinung, ob Sie tatsächlich den besten Verlag gefunden haben, für mich behalten.«

»Ich wüsste nicht…«, begann ich. Aber er sprach weiter: »Einfach, damit Sie es wissen: Ich werde nach Istrien reisen und mich dort ein wenig umhören. Ich möchte Näheres über diesen Roman erfahren.

Reine Neugierde, versteht sich. Es gibt einige Ungereimtheiten, denen ich nachgehen möchte. Unter anderem werde ich das Museum in ... ich hab's gleich ... Šušnjevica besuchen und mir ein eigenes Bild davon machen.«

Ich versuchte dagegenzuhalten, aber es wollte mir kein einziger, auch nur halbwegs schlauer Satz einfallen.

»Herr Saidl?«, sagte Telaar. »Noch dran?«

Ich stammelte, dass ich nicht verstehe, was er damit bezwecke, ich hätte ihm doch alles erklärt.

»Wie gesagt: Ich möchte das alles sehen. Mit eigenen Augen. Das hatte ich für den Fall, dass wir den Zuschlag bekommen, ohnehin vor. Nun haben Sie sich bedauerlicherweise anders entschieden. Aber ich will trotzdem ...«

»Es gibt da nicht viel zu sehen und zu hören«, sagte ich und merkte sofort, wie dumm das klang. Gleich versuchte ich mich zu korrigieren: »Ich meine, nichts, was Sie nicht bereits wüssten.«

»Nun, das können Sie getrost mir überlassen«, sagte Telaar, und ich hatte den Eindruck, dass er dabei lächelte. »Wissen Sie, es geht mir nicht nur um das Buch, das Sie uns in Aussicht gestellt und dann wieder entzogen haben. Ich möchte mir unabhängig von meiner Programmgestaltung ein Bild von der ... Angelegenheit machen. Zu diesem Zweck werde ich übrigens mit Frau Helena Faragun reden, der Museumsleiterin. Und auch Herrn Dorić treffen, mit ihm habe ich mich bereits verabredet. Sollte dabei eine wichtige ... Erkenntnis herauskommen, die Ihr Buch betrifft, werde ich mich bei Ihnen melden. Alles Gute noch.«

Er legte auf.

Und jetzt? Mauro anrufen? Helena? Oder Nada? Gleich am Freitagnachmittag nach Rijeka eilen, in der Hoffnung, Telaar zuvorzukommen und vor allem Mauro persönlich zu briefen? Ahnt Telaar etwas? Aber woher? Was, wenn er das Original sehen wollte? Nun gut, Mauro musste es ihm nicht zeigen, dies umso weniger, als es das Manuskript gar nicht gab. Aber ob Mauro klar war, was er musste und durfte? War er abgebrüht genug, um mit Telaars Aufdringlichkeit fertigzuwerden?

Ich hätte mir gern gut zugeredet. Aber noch lieber hätte ich mich geohrfeigt. Beides wäre im Pausenzimmer eher unangebracht gewesen, zumal Christa gerade mit dem Rücken zu mir in der Kochnische stand. »Kaffee?«, fragte sie. Da ich nicht gleich antwortete, drehte sie sich um. »Ingmar? Du bist kreidebleich. Wessen Geist hast du denn gesehen?«

»Den Geist eines Lektors«, stammelte ich.

»Wann ist er gestorben?«, fragte Christa und drückte auf den Espresso-Knopf.

»Er lebt«, sagte ich. »Aber nicht mehr lange.«

*

Nada lachte. Ich fand das ärgerlich, aber wenn ihr das überhaupt auffiel, ging sie nicht darauf ein.

»Hey, schön, dass du anrufst«, sagte sie. »Wir sitzen gerade im ›Strauss‹ und reden über dein Problem. Zora lässt grüßen.«

Ich hörte Zora etwas sagen, worauf Nada wieder laut lachte.

»Ich grüße zurück. Und freue mich, dass ihr euch so gut amüsiert.«

Dabei hoffte ich, dass ich den Sarkasmus richtig bemessen hatte.

»Das tun wir«, sagte Nada. »Danke.«

»Nur wird mein Problem davon nicht kleiner. Ich meine, Lachen ist gesund und so. Aber Telaar meint es ernst.«

»Wirklich? Wir verstehen nicht ganz, warum dir das so viele Sorgen bereitet. Was kann schon passieren?«

»Mir ist einfach nicht wohl, wenn er in der Sache herumwühlt«, sagte ich. »Wer weiß, was er da alles ...«

»Ach was«, unterbrach mich Nada. »Das kommt alles gut. Auch Zora ist dieser Meinung.«

Langsam begannen mir die beiden auf die Nerven zu gehen. Nada merkte es offenbar, denn sie wurde ernst. Ich hoffte, dass sie es unterließ, Zora dabei zuzuzwinkern.

»Hör mal, Ingmar. Ich habe vorhin mit Mauro gesprochen. Er sagt, du brauchst nicht hierherzukommen, er schafft das schon alleine. Dieser Telaar hat ihn bereits angerufen und sich mit ihm verabredet.«

»Auf Französisch?«

»Englisch.«

»Loser.«

»Er wollte Mauro in der Redaktion in Rijeka aufsuchen.«

»O mein Gott!«

»Aber daraus wird nichts.«

»Gut.«

Sie kicherte. »Stattdessen wird Mauro mit ihm nach Žejane fahren.«

Das war ein Schock. »Nach Žejane? Warum das?« Ich verspürte einen sehr unangenehmen Anflug von Eifersucht, vermischt mit einer guten Portion Panik.

»Keine Sorge. Mauro hat Pepo und Kata und die anderen vorgewarnt. Pepo wird seinen drittbesten Klekovača servieren, Kata ihren scharfen Ajvar, Marija wird plappern, was das Zeug hält, vielleicht wird auch der Esel ihres Schwiegersohns vorbeikommen …« – hier prustete sie wieder los, Zora stimmte ein –, »und ich verspreche dir, dass dein Leif-is-Leif Telaar danach froh sein wird, wenn er sich noch an den eigenen Namen erinnert.«

»Aber was, wenn er nach dem Original fragt?«

»Mauro muss ihm gar nichts zeigen, das ist dir wohl klar, oder?«

»Ja, aber wenn er dann überall erzählt, es gebe kein Original, dann ...« Mir fiel das richtige Wort nicht ein.

Ich hörte Nada mit Zora tuscheln. Dann war sie wieder da: »Mauro hat gesagt, er werde ihm schon ein paar Seiten zeigen. Damit er Ruhe gibt. Und dich nicht mehr belästigt. Denn du hast ...«

Ich versuchte, sie zu unterbrechen, aber sie war schneller.

»... du hast alle Rechte erworben.«

»Aber was für Seiten will er ihm zeigen?«, schrie ich. »Welches Original?« Eine Nachbarin, die unten im Innenhof ihr Fahrrad putzte, schaute irritiert zu meinem Balkon herauf.

»Oje, schon so spät?«, sagte Nada. »Ich muss jetzt in den Laden, sorry. Ich erkläre dir das mit dem Original ein anderes Mal.«

Ich wollte protestieren, aber sie ließ mich nicht ausreden.

»Mach du dir mal keine Sorgen.« Sie wechselte ins Deutsche. »Mauro ist mit ... wie sagt man? ... mit ganzem Wasser gespült?«

Und dann war sie weg.

Die Nachbarin schaute wieder herauf. Ich winkte ihr zu, doch sie winkte nicht zurück.

*

Telaar hatte nicht geblufft, er war tatsächlich in Rijeka gewesen.

»Alles ist gut gegangen«, sagte Mauro. »Du brauchst dir keine Sorgen zu machen.«

Ich erwiderte, dass ich mir aber welche machte. Telaar solle aufhören zu wühlen, er habe überhaupt kein Recht, irgendwelchen angeblich offenen Fragen nachzugehen.

»Ganz meine Meinung«, sagte Mauro.

Ich wollte wissen, ob sie in Žejane gewesen seien.

»O ja.« Mauro kicherte. »Wir haben ihn mit unseren, wie soll ich sagen, kulturellen Besonderheiten bekannt gemacht. Er zeigte sich ziemlich ... angetan. Vor allem von Čájas Schnaps.«

»Hat er denn keine heiklen Fragen gestellt? Wieso du den Roman nicht früher gefunden hast und so? Oder warum es noch keine kroatische Ausgabe gibt?«

»Doch, doch, das hat er«, sagte Mauro. »Er wollte auch wissen, warum ich dir alle Rechte überlassen habe.«

Ich hielt den Atem an.

»Ich habe ihm erzählt, ich hätte schlicht den Wert des Manuskripts nicht erkannt. Dafür habe es einen Kenner wie dich gebraucht. Und als du mir die Augen geöffnet hättest und bereit warst, das Manuskript ins Deutsche zu übersetzen ... Was hätte ich denn sonst tun sollen, als deinem Plan zuzustimmen? Nur schon aus Dankbarkeit. Du seist der Erste gewesen, und dafür seien wir dir alle sehr verbunden. Deine Idee, die Lizenzgebühr dem Museum zu schenken, sei mir ein Beweis gewesen, dass es dir nicht in erster Linie ums Geld gegangen sei.«

»Und Kroatisch? Warum nicht zuerst Kroatisch?«

»Das war einfach. Ich sagte, es gebe keine Literaturübersetzerinnen oder -übersetzer aus dem Žejanischen ins Kroatische. Das ist nicht einmal gelogen. Und sollten sich irgendwann bald welche finden, wird uns schon etwas einfallen. Aber das wird nicht passieren. Man kennt sich hier, ich wäre so ziemlich der Einzige, der vielleicht so etwas schaffen würde. Und ich bin überhaupt nicht interessiert.«

»Warum?«

»Weil ich kein Übersetzer bin, ganz einfach«, sagte Mauro.

»Na ja, ich auch nicht«, sagte ich.

»Aber du kannst schreiben. Literarisch. Ich nicht. Mein Talent und noch mehr mein Interesse liegen im Journalistischen. Und das ist auch gut so.«

»Eigentlich muss er das alles nicht wissen«, sagte ich. »Unsere Vereinbarungen gehen ihn nichts an.«

»Das stimmt«, sagte Mauro. »Aber wir wollen ausschließen, dass er dir wieder lästig wird. Und so dachte ich ...«

»Eins noch: das Manuskript. Ich meine das Original. Was hast du ihm gezeigt?«

Mauro kicherte wieder. »Das ist das Beste von allem. Aber weißt du was? Das erzähle ich dir lieber, wenn wir uns sehen. Du kommst ja bald hierher, Nada ist schon ganz aufgedreht.«

Ich sagte, ich sei sehr gespannt auf das Original.

»Zu Recht, mein lieber Übersetzer. Du wirst nicht enttäuscht sein.«

»Wir feiern dann, nicht wahr?«

»Und wie!«, sagte Mauro und legte auf.

*

Am Freitag schaute ich noch kurz bei meinem Vater und Julia vorbei, um mich vor der Abreise nach Istrien zu verabschieden. Vater saß im Garten und las in einer Zeitschrift. Er war blass, die Hand, in der er das Blatt hielt, zitterte leicht. Nächste Woche nehme er wieder die Arbeit an seinem Buch auf, sagte er, er müsse sich nur dazu aufraffen. Er zeigte auf die Zeitschrift, es war, wenig überraschend, »Astrobiology«. In seiner Bibliothek hatte er die komplette Sammlung, von 2000 bis heute. Er hatte darin immer wieder Aufsätze publiziert und einige von ihnen später zu Büchern ausgeweitet. »Hier, dieser Text einer jungen amerikanischen Wissenschaftlerin«, sagte er und tippte auf einen Titel. »Er lässt mir keine Ruhe. Sehr interessanter Ansatz. Leider stellenweise ... nicht sorgfältig genug recherchiert.« Er sprach schleppend und leise, als kostete ihn jedes Wort große Anstrengung. Ich sah Julia an.

Sie schüttelte kaum merklich den Kopf. »Wie lange bleibst du in Istrien?«, fragte sie, und es war offensichtlich, dass sie bloß das Thema wechseln wollte.

»Nur zwei Wochen. Ich möchte hier sein, wenn das Buch erscheint.«

»Wir können es kaum erwarten«, sagte mein Vater, nun ein wenig energischer. »Wie hast du gesagt wird es heißen?«

»Matija Katun und seine Söhne.«

»Wie heißt das im Original?«, fragte Julia. »Ich möchte hören, wie die Sprache klingt.«

»Matija Katun ši aluj filj«, sagte ich. Zum Glück hatte ich die erste Seite des Manuskripts oft genug betrachtet und mir den Titel eingeprägt.

»Schön«, sagte Julia, und auch mein Vater nickte. »In meinen unkundigen Ohren klingt das wie Rätoromanisch.« Er stand mit einiger Mühe auf, um mir zum Abschied die Hand zu geben. »Das hättest du auch schnell gelernt, Ingmar. Aber Istrorumänisch, das ist sicher eine noch größere Leistung.«

Später, beim Abschied an der Tür, flüsterte Julia, ich solle mir keine Sorgen machen, meinem Vater gehe es besser, als es auf den ersten Blick aussehe. »Seit er nicht mehr lehrt und forscht, sucht er seine neue Rolle. Er ist nicht sehr gut darin. Aber auch nicht so schlecht, wie er es uns glauben lässt.«

»Und sein Herz?«, fragte ich. »Wie steht es wirklich damit?«

»Unverändert, glaube ich. Ich sorge dafür, dass er sich nicht aufregt und seine Medikamente nimmt.

Bald wollen wir wieder verreisen, darauf freuen wir uns beide. Neuerdings sorgst auch du für Freude, er spricht oft von dir.«

*

Wir trafen uns alle bei Pepo und Kata, um auf das Buch anzustoßen. Es gab Wein und Schnaps, Käse, Schinken und Oliven, und für einmal war selbst Kata mit ihrem Kuchen zufrieden. Endlich erfuhr ich, was Telaar anstelle des Originalmanuskripts zu sehen bekommen hatte: Mauros Großonkel Vlado war nach dem Zweiten Weltkrieg nach Australien ausgewandert, das hatte mir bereits Pepo erzählt. Von dort schickte er regelmäßig nicht nur Geld, sondern auch lange Briefe an Pepos Vater. »Mein Großvater hat alle Briefe aufbewahrt«, erzählte Mauro. »Ein ganz schöner Stapel. Ich musste sie nur aus den Umschlägen nehmen, ausfalten und aufeinanderlegen. Zum Glück hatte Vlado immer das gleiche Papier genommen. Nach über 70 Jahren sehen die Blätter überzeugend vergilbt aus. Dass das Papier nicht 170 Jahre alt war und dass es darin nicht um Matija in Žejane geht, sondern um Vlado in Sydney, das hätte dein Leif-is-Leif auch nüchtern nicht gemerkt. Vlado hatte natürlich auf Žejanisch geschrieben.«

»Und wieso ist das Original nun bei dir und nicht bei mir, dem Übersetzer?«, fragte ich.

»Weil du selbstverständlich alles kopiert und dann die Kopien verwendet hast. Nicht auszudenken, wenn du vor lauter geistiger Anstrengung Kaffee darüber vergossen hättest.«

»Das hat er gut hingekriegt, unser Mauro, nicht wahr?«, fragte Nada, die sich zu uns gesetzt hat.

»Großartig«, sagte ich. »Er hat beinahe selbst mich überzeugt.«

»Die Sache ist trotzdem weder ausgestanden noch harmlos«, sagte Mauro, nun auf einmal ernst. »Die Leute hier ahnen natürlich, dass wir etwas ... ausgeheckt haben, sie wissen nur nicht, was genau wir damit bezwecken. Helena in Šušnjevica ist auf unserer Seite, das mit der Spende war eine großartige Idee. Aber«, er knuffte mich in den Oberarm, »wichtiger als das Geld ist, dass wir dir hier den Rücken freihalten. Weil wir dich so richtig ins Herz geschlossen haben.«

»Und ich euch erst«, sagte ich.

Nada zwinkerte mir zu.

»Ich hoffe nur«, fuhr Mauro fort, »dass wir es nicht mit einem kroatischen Telaar zu tun bekommen. Ich könnte Schwierigkeiten kriegen.«

Ich wandte mich an Nada: »Was sagt dein Bauchgefühl?«

»Mein Bauchgefühl ist sehr optimistisch. Ich muss es aber pflegen, damit es so bleibt«, sagte sie und schnappte sich das letzte Stück Kuchen. Kata verschwand im Haus, um Nachschub zu holen.

*

Nada und ich arbeiteten vormittags im »O sole bio«, dann wieder ein paar Stunden nach der Mittagspause, mal mehr, mal weniger, je nachdem, ob es uns an den Strand zog. Die Arbeit im Laden machte mir Spaß. Inzwischen tat ich nicht nur so, als würde ich mich auskennen, sondern konnte wirklich erklären, was das Besondere am natürlich hergestellten Biska-Schnaps oder am Akazienhonig war. Zu Nadas Geburtstag am 1. August ließen wir den Laden zu und machten einen Ausflug nach Ljubljana. Es gefiel uns, dass niemand wusste, wo wir waren. Nada hatte sich zum Geburtstag gewünscht, dass unsere Handys den ganzen Tag ausgeschaltet blieben.

»Ich dachte gerade, dass alles anders gekommen wäre, hätte ich damals meinen Kugelschreiber nicht vergessen«, sagte ich.

Wir schlenderten die Ljubljanica entlang, der Abend war mild, wir hatten sehr gut, aber auch sehr viel gegessen.

»Ich bin bis heute nicht sicher, ob du ihn wirklich vergessen hattest«, sagte Nada.

»Tja, wenn man das wüsste. Wäre es dir lieber, ich hätte ihn dabeigehabt?«

»Tja, wenn man das wüsste.«

»Ich schlage vor, dass wir an deinem nächsten Geburtstag darüber reden«, sagte ich. »Same question next year, Miss Sophie?«

»Same question as every year, James.«

Wir setzten uns auf eine Bank. »Bald hältst du dein Buch in den Händen. Freust du dich oder machst du dir immer noch Sorgen.«

Ich tat, als müsste ich nachdenken.

»Ich freue mich«, sagte ich. »Aber weißt du noch, was du damals im April im ›Sphères‹ gesagt hast? Ich denke oft daran. Öfter, als ich möchte.«

»Ja, ich weiß. Ich will dir nicht die Freude verderben, Ingmar. Aber mein Bauchgefühl sagt mir, dass es ...«

»Dass es schlimmer wird?«

»Vielleicht.«

»Wenn ich mein unfähiges Bauchgefühl befrage, sagt es mir, dass ich keine Wahl habe. Es gebe kein Zurück, sagt es. Ich müsse das Spiel zu Ende spielen.«

»Vielleicht ist es gar nicht so unfähig, dein Bauchgefühl«, sagte Nada und sah mich von der Seite an. »Ich frage mich aber, wie das wird, wenn du dein Buch siehst und dein Name steht nicht auf dem Umschlag und nur du, ich und ein paar wenige Leute wissen, wer es wirklich geschrieben hat.«

»Du meinst«, sagte ich, »ob ich es schaffen werde, das Spiel zu Ende zu spielen?«

»Ja. Wirst du?«

»Wenn es nicht zwischen meinem Vater und mir so wäre, wie es ist ... wer weiß? Aber so? Ich habe wirklich keine Wahl.«

»Wegen deines Vaters.«

»Wegen meines Vaters.«

»Du bist ein ... wie heißt das? Schiefes Huhn?«

»Ja, das heißt genau so«, sagte ich und drückte sie an mich.

*

Frauke schrieb mir, meine Freiexemplare seien bereits unterwegs nach Zürich. Sie finde, das Buch sei sehr schön geworden, und sie hoffe, dass es mir auch gefallen würde.

Ich wollte es möglichst bald sehen, aber Nada bat mich, noch zwei Tage länger in Opatija zu bleiben, dann könnten wir zusammen nach Zürich reisen. Zora könne erst übermorgen in »O sole bio« einspringen.

Am letzten Abend vor der Abreise luden wir Marina, Mauro und Helena zum Abendessen ein. Er fragte, was bei mir überwiege: Sorge oder Freude. Marina fand seine Frage doof, sie sagte es auch ziemlich unverblümt. Er versuchte sich zu verteidigen, ich sprang ihm bei. Die Frage sei sehr berechtigt, sagte ich, und ich würde mit der Antwort nur zögern, weil ich mir darüber selbst nicht im Klaren sei.

Nada schüttelte verärgert den Kopf. »Du sollst dich freuen, du Idiot«, sagte sie und deutete eine Kopfnuss an. »Das ist die beste Zeit: Du hast lange an diesem Buch gearbeitet, es ist gut geworden, du hast einen guten Verlag ... Dein Vater freut sich und ist stolz auf dich. Okay, aus falschen Gründen. Aber Vaterstolz ist Vaterstolz, ich weiß, wovon ich rede.«

Helena und sie klatschten sich ab.

Ich nickte beschämt, Mauro zwinkerte mir zu, Marina grinste.

Es war ein schöner Abend.

*

Eric hatte das Paket in die Wohnung gestellt. Wir schnürten es nicht sofort auf, sondern entkorkten zuerst den Teran, den wir für diese Gelegenheit aus Opatija mitgebracht hatten. Nada schenkte ein, ich schnitt das Klebeband am Paket durch und hob den Deckel. Dann nahm ich das oberste Buch heraus und legte es auf den Tisch. »Matija und seine Söhne«. Roman. Und auf der Titelei: »Aus dem žejanischen Istrorumänisch von Ingmar Saidl.«

»Es sieht sehr gut aus. Elegant, sorgfältig gemacht ... Ansprechender Umschlag«, kommentierte Nada und hob ihr Glas. »Auf dein Buch!«

»Auf das Buch eines unbekannten Autors aus Žejane«, sagte ich. »Wie auch immer er heißen mag.«

»Ja, ja, das werden wir weiterhin so erzählen«, sagte Nada. »Aber wenn wir alleine sind, dann werden wir wissen, wie er heißt, der unbekannte Autor. Und wir werden ihn feiern.«

*

Am 21. August feierten wir Vaters 75. Geburtstag. Anna und Marco waren da, auch Tante Jo, Lisa und Felix und ein paar Kollegen von der ETH. Ich hatte Vater nicht verraten, dass Nada auch in Zürich war, er freute sich sehr, als sie hinter mir auftauchte.

Anna hatte ihre Geige mitgebracht und spielte Beethovens Romanze in F-Dur, das Lieblingsstück unseres Vaters. Nicht nur er hatte Tränen in den Augen. Julia sah immer wieder besorgt zu ihm, aber er wirkte trotz der Rührung gelassen. Als der Applaus verklungen war, trat er vor die Gäste und sagte, das sei eine wundervolle Überraschung gewesen. »Du hast uns dieses Stück zum ersten Mal vor 15? 20? Jahren vorgespielt, Anna.« Seine Stimme zitterte. »Jedenfalls warst du noch ein Kind. Und schon damals musste ich so tun, als hätte ich was im Auge. Danke dafür, dass du für mich und für uns alle immer wieder die Zeit anhältst.« Wieder brauste Applaus auf. Mein Vater wartete, bis es wieder ruhig wurde. Dann wandte er sich an mich: »Jetzt habe ich aber noch einen Wunsch. Vielleicht haben es noch nicht alle mitbekommen: Unser Ingmar hier hat eine kleine, aussterbende Sprache gelernt und sie ein Stück weit gerettet, indem er einen Roman übersetzt und uns so eine unbekannte Literatur zugänglich gemacht hat. Ich habe das Buch vorgestern bekommen und es in einem Zug gelesen. Und ich kann euch sagen, es ist großartig. Eine Geschichte über einen Vater, seine Söhne, sein Land und seine Mühe mit der eigenen Vergänglichkeit. Mehr will ich nicht verraten, stattdessen habe ich einen Wunsch an Ingmar.« Er drehte sich zu mir um. »Bitte lies uns ein paar Seiten aus deinem Buch vor. Ich sage ›aus deinem Buch‹, denn für mich ist in diesem Augenblick nicht wichtig, wer es im Original geschrieben hat. Für mich ist es dein Buch. Herzliche Gratulation, mein Junge.«

Alle applaudierten, ich stand verlegen da und murmelte immer wieder meinen Dank. Dann ging ich nach vorne, setzte mich auf einen Gartenstuhl und las die ersten fünf Kapitel vor, bis zur Geburt von Matijas und Milas Söhnen. Als ich fertig war, wollte ich mich unter die übrigen Gäste mischen, aber mein Vater stand wieder auf, kam auf mich zu und tat etwas, was er zuletzt vor mehr als 30 Jahren getan hatte: Er umarmte mich. »Wunderbar, Ingmar, ganz wunderbar«, sagte er laut. »Jemand anderes hat zwar die Geschichte erdacht, aber du hast ihr ein neues Kleid gegeben, wenn ich das so sagen darf. Ein Kleid, das ihr offenbar wie angegossen passt und das ihre Schönheit zum Ausdruck bringt.«

Ich war sehr froh, dass Nada da war, denn ich weiß nicht, wessen Blick ich sonst hätte suchen sollen.

*

Die erste Rezension erschien im Internet auf dem Sozialnetzwerk »Lovelybooks«. »Eine schöne Geschichte«, stand da, »mit überzeugenden Charakteren und unerwarteten Wendungen, allerdings auch sehr düster. Darum nur 4 Sterne.«

Danach kam die »Neue Zürcher Zeitung«. Die Rezensentin lobte »den archaisch anmutenden Erzählton, nur scheinbar einfach und gradlinig, in Wirklichkeit von einer Komplexität, die sich einem erst auf den zweiten Blick erschließt.« Es sei dem Verlag Sand & Kramer »hoch anzurechnen, dass er den Mut hatte, dieses außergewöhnliche, dem Zeitgeist widersprechende und diesen zugleich relativierende Buch einem breiten Publikum zugänglich gemacht zu haben.«

Auch der »Tages-Anzeiger« fand lobende Worte für den Plot und die Figuren, die »untrennbar mit den Besonderheiten der Zeit und des Ortes verbunden« seien. Immerhin erwähnte der Rezensent, dass die Übersetzung »Ingmar Saidl, ein Zürcher Romanist und Kantonsschullehrer« besorgt habe. Und weiter: »Eine beachtenswerte Errungenschaft, zumal Saidl hier Pionierarbeit geleistet hat.«

Der Medienverantwortliche von Sand & Kramer leitete eine Interview-Anfrage der »ZEIT« an mich weiter. Er schrieb, er habe »Matija« der »Frankfurter Allgemeinen Zeitung« und der »Süddeutschen Zeitung« ans Herz gelegt und erwarte deren Reaktion in den nächsten Tagen.

Die »WOZ« beklagte zwar den »romantisierenden Tenor« der Erzählung, attestierte ihr aber immerhin einen »subtil politischen Unterton, der – gerade infolge der Abwesenheit von tagespolitischen Spitzen – einen zeitlosen Wert« vermittle.

Leserättin auf Amazon gab nur einen Stern, weil das Buch »sexistisch« sei, während Magnus63 für »die starken Frauenfiguren« und »die gepflegte Sprache« 5 Sterne verlieh.

*

Am Montagmorgen sprach mich Rilke auf das Buch an. Ich hatte ihm gleich am ersten Schultag ein Exemplar geschenkt und mich bei dieser Gelegenheit noch einmal für seine Unterstützung bedankt.

»Du hattest nicht zu viel versprochen, Ingmar«, sagte er. »Deine Übersetzung ist ausnehmend gut gelungen, das sage ich mit aller gebührenden Zurückhaltung, da mir das Original nicht zugänglich ist. Unter uns gesagt: Damals, als du um den Bildungsurlaub ersuchtest, war ich nicht restlos überzeugt. Nun, nach der Lektüre des Romans, sehe ich, dass du die Zeit bestmöglich genutzt hast. Auch zum Vorteil der Schule. Du wirst deine neuen Sprach- und Kulturkenntnisse und deine Erfahrung mit der Übersetzungsarbeit einzusetzen wissen.«

Wieder einmal konnte ich mich nicht entscheiden, ob ich Rilkes Ausdrucksweise nervig oder in ihrer Folgerichtigkeit beeindruckend fand. Ich sagte, ich würde genau das tun, was ich damals in Aussicht gestellt hatte, und kleine, vom Aussterben bedrohte Sprachen im Unterricht behandeln. »Matija

Katun und seine Söhne« würden wir nur schon wegen der vielen Hintergrundinformationen durchnehmen, die ich würde liefern können.

Christa fragte, ob es noch mehr istrorumänische Manuskripte gebe, die ich übersetzen wolle. Offensichtlich sei ich gut darin. Und Carola wollte wissen, ob ich finanziell am Verkauf beteiligt sei, wie das sonst bei Autoren der Fall sei. »Und auch bei Autorinnen, natürlich«, beeilte sie sich hinzuzufügen. Sie hatte vor Jahren einen mäßig erfolgreichen Ratgeber über die schlimmsten Vorurteile gegenüber der Mathematik geschrieben, kannte sich also in Verlagsangelegenheiten aus. Ich wich auf andere Themen aus, es war mir nicht nach einem Gespräch über das Übersetzen, auch wenn ich natürlich verstand, warum alle mit mir genau darüber reden wollten.

*

Ségolène und Henri hatten sich getrennt. Sie teilte es mir via WhatsApp mit, kurz und sachlich. »Wir haben nicht die gleiche Auffassung von Wahrheit«, schrieb sie. Und weiter, vielleicht gewollt augenzwinkernd: »Henri sieht das gleich.«

Noch eine Trennung, bei der beide Seiten im Recht sind, dachte ich und schrieb zurück, wie leid mir das tue. Dass sie jederzeit anrufen könne, wenn sie jemanden zum Reden brauche, schrieb ich nicht. Sie würde es auch so tun, da gab es keinen Zweifel.

Ich schickte ihr ein signiertes Exemplar von »Matija Katun und seine Söhne«. Zunächst wollte ich etwas Originelles hineinschreiben, vielleicht etwas in der Art von »Pour Ségolène, qui, dans chaque histoire inventée, cherche la vérité«. Aber dann wurde mir klar, dass ich sie damit kränken würde, ob sie den Satz wörtlich oder ironisch verstünde. Also schrieb ich nur »Pour Ségolène«. Ich wusste nicht, wie gut ihr Deutsch mittlerweile war, unsere Sprache war immer schon Französisch gewesen. Sie hatte gelegentlich deutsche Bücher und, was mich noch mehr beeindruckte, deutsche Fachaufsätze gelesen, ich nahm an, dass sie auch mit »Matija« klarkommen würde. Dass wir beim Französischen geblieben waren, lag an einem seltsamen Gefühl von fehlender Vertrautheit, sobald wir einander in einer anderen Sprache begegneten.

*

Ich war Gast in der beliebten Radiosendung »Fundstück«. Entgegen meinen Befürchtungen war ich überhaupt nicht nervös. Ingmar, du alter Medienhase, kicherte ich in mich hinein, genieße den Moment, du hast ihn oft herbeigesehnt.

»Liebe Literaturbegeisterte«, legte die Moderatorin los, »ich begrüße Sie zu ›Fundstück‹, der Sendung, in der wir über literarische Entdeckungen reden. Mein Name: Henriette von Arx. Mein heutiges Fundstück: ›Matija Katun und seine Söhne‹, erschienen beim Verlag Sand & Kramer. Mein Gast: Ingmar Saidl, Übersetzer und Kantonsschullehrer aus Zürich. Er ist der Mann, dem wir das Buch verdanken. Herzlich willkommen, Herr Saidl.«

Ich dankte für die Einladung, die Moderatorin fuhr fort: »Das Wichtigste zuerst: Habe ich den Buchtitel richtig ausgesprochen?«

»Fast«, sagte ich und hoffte, dass man mein Lächeln hören würde. »Die Betonung liegt auf dem ersten A, nicht auf dem I. Matija. Der Nachname stimmt.«

»Immerhin 50 % richtig«, meinte Henriette von Arx und lächelte nun ebenfalls. »Normalerweise unterhalte ich mich in dieser Sendung mit Autorinnen und Autoren. Können Sie, Herr Saidl, unseren Hörerinnen und Hörern erklären, warum Sie hier sind und nicht der Autor?«

Ich lachte so aufrichtig, wie es mir in diesem Augenblick möglich war. »Aus zwei Gründen: Der Autor ist erstens unbekannt und zweitens tot.«

»In der Tat gewichtige Gründe. Und wie kommen Sie ins Spiel?«

»Das Manuskript von ›Matija Katun und seine Söhne‹ hatte lange unbeachtet in Žejane gelegen ...«

»Einem Dorf in Istrien.«

»Genau. Ich war zufällig darauf gestoßen und ... der Rest ist Geschichte. Oder besser: Roman.«

»Und wie stößt man zufällig auf so etwas?«

Ich erzählte, wie ich in Istrien mehr über das Istrorumänische erfahren wollte. »Die Sprache ist klein, linguistisch sehr spannend, aber auch vom Aussterben bedroht.«

»Sie sind Romanist, nicht wahr?«

»Genau. Daher mein Interesse am Istrorumänischen, einer romanischen Sprache, die nur noch in einigen wenigen Dörfern im Landesinneren gesprochen wird. Ein Freund, der selbst aus Žejane stammt, erzählte mir von einem alten Romanmanuskript, seit Generationen im Besitz seiner Familie. Ich las es und war sofort begeistert. Als ich vorschlug, die Geschichte ins Deutsche zu übersetzen, gab es in Žejane zunächst ein paar Bemerkungen zu meiner geistigen Gesundheit.«

»Warum?«

»Weil die Papiere alt sind und für die Leute dort bestenfalls einen sentimentalen Wert haben. Man sah darin nichts, was jemand mit allen Tassen im Schrank auf Deutsch lesen würde.«

»Sie waren offenbar anderer Ansicht?«

»Ja. Bereits nach wenigen Zeilen hatte ich den Eindruck, dass es sich um etwas Besonderes handelte.«

»War es nicht möglich herauszufinden, wer die Geschichte geschrieben hat?«, fragte sie. »Dieser Freund aus ... Žejane hat sie Ihnen einfach ausgehändigt?«

Das Manuskript sei alt und unsigniert, erzählte ich. Auch habe sich nie jemand darum gekümmert. »Die Leute hatten andere Sorgen, als irgendwelche alten Papiere vom Dachboden zu lesen.«

»Und dann kommt ein Schweizer Romanist daher und entdeckt in den alten Papieren ein außergewöhnliches literarisches Werk.«

»Ich hatte Glück. Nach der erwähnten anfänglichen Skepsis bekam ich viel Unterstützung. Nicht nur von Mauro, so heißt dieser Freund, der mir das Manuskript gezeigt hatte. Auch von den Leuten in der Gegend.«

»Sie sagten, Sie seien sofort begeistert gewesen. Erzählen Sie uns mehr.«

Ich unterdrückte einen Seufzer der Erleichterung. Das war fester Boden, kein dünnes Eis.

»Der Text hatte mich sofort in seinen Bann gezogen. Die Charaktere. Die knappen Beschreibungen. Die kargen Dialoge, in denen mehr zwischen als in den Zeilen steht. Eher schnelle Striche als differenzierte Persönlichkeitsstudien. Da und dort Stereotypen als Orientierungshilfe zwischen zwei Schicksalsschlägen...«

»Ja, das ist mir auch aufgefallen«, sagte Henriette von Arx. »Aber ich muss gestehen, dass ich mich oft gefragt habe, wie das wohl im Original aussieht. Wie stark haben Sie den Ton oder besser: die Tonart des Originals bewahrt beziehungsweise der Zielsprache angepasst?«

Die Frage passte mir nicht, ich wollte beim Buch bleiben, nicht auf das Übersetzen umschwenken.

»Ich wollte so viel bewahren, wie möglich. Und so viel anpassen, wie nötig«, wich ich auf die alte

Phrase aus. »Um auf Ihre Frage von vorhin zurückzukommen: Was mich auch begeistert hat, war die Sprache. Einfach und kunstfertig zugleich. Diese Mischung aus knorrig und subtil.«

»Das muss eine besondere Herausforderung beim Übersetzen gewesen sein«, sagte sie. »Zumal die Originalsprache so außergewöhnlich ist. Gab es Probleme, die Sie nicht überwinden konnten?«

Nicht schon wieder, dachte ich.

Alle Varianten des Istrorumänischen seien stark vom Kroatischen beeinflusst, dozierte ich, daher sei die Grammatik etwas eigenwillig. Auch enthalte das Original viele Redensarten, die seien etwas knifflig gewesen. Aber insgesamt hätte ich nicht in ein altertümliches Deutsch übersetzen wollen, denn auch das Original sei überraschend frisch und flüssig.

»Verraten Sie uns bitte ein Beispiel, etwas, worüber Sie lange nachdenken mussten.«

»Wie gesagt: Redensarten sind oft schwierig. Einmal wendet sich Aldo in seiner Verzweiflung an Ošor, den Arzt, und bittet ihn um Rat. Dieser antwortet mit einem Wortspiel um das Wort Mauer. Auch nach langem Überlegen wollte mir keine Übersetzung einfallen. Also erfand ich eine Redensart. Jetzt sagt Ošor: ›Solange du vor der Mauer stehst, kannst du den Horizont nicht sehen.‹ Das hat eine völlig andere Bedeutung als im Original, aber es passt zu Ošors Ausdrucksweise.«

»Interessant«, sagte Henriette von Arx. »Verraten Sie uns eine Stelle, mit der Sie im Nachhinein nicht zufrieden sind?«

Ich seufzte. »Es gibt eine Szene, als Aldo Abschied nehmen muss und Pava ihrer jüngeren Schwester Agata eine schadenfreudige Bemerkung zuruft. Agata antwortet wörtlich: ›Bosheit schärft das Messer, das ins eigene Fleisch schneidet.‹ Da hatte ich überlegt, ob ich das übernehmen oder anpassen sollte. Schließlich habe ich die geläufigere Redensart ›Wer dem anderen eine Grube gräbt, fällt selbst hinein‹ verwendet. Inzwischen sehe ich ein, dass ich einen Fehler gemacht habe. Sollte es eine weitere Auflage geben, werde ich auf die wörtliche Übersetzung zurückgreifen.«

»Das klingt, als wären Sie immer noch nicht fertig«, sagte Henriette von Arx und deutete an, dass das Interview bald fertig war.

»Nein, leider nicht. Ich habe noch ein paar Kleinigkeiten entdeckt. Aber die verrate ich Ihnen natürlich nicht.«

»Zum Schluss noch eine Frage, die sicher auch viele Hörerinnen und Hörer stellen würden: Wird der Erfolg des Romans Folgen für das Überleben des Istrorumänischen haben? Sie haben neulich in einem Interview für die ›ZEIT‹ betont, wie dramatisch die Lage ist.«

»Es würde mich sehr freuen, wenn der Roman dem Istrorumänischen zu mehr Beachtung und dann auch zu mehr Unterstützung verhelfen würde«, sagte ich. »Immerhin handelt es sich um das erste literarische Werk aus der Region, das seinen Weg ins Ausland gefunden hat. Aber für irgendwelche zuverlässigen Analysen ist es noch zu früh. Vorerst freue ich mich einfach darüber, dass wir die hiesige Literaturszene um ein gutes Buch bereichert haben.«

»Das ist ein passendes Schlusswort. Besten Dank für das Gespräch, Ingmar Saidl. Und Ihnen, liebe Hörerinnen und Hörer, lege ich dieses beeindruckende Buch und das literarische Ereignis der Saison ans Herz: ›Matija Katun und seine Söhne‹, erschienen beim Verlag Sand & Kramer.«

*

Julia rief an und erzählte, dass Vaters Exemplar von »Matija Katun und seine Söhne« voller bunter Zettel ist und dass er ihr immer wieder daraus vorliest.

Was, wenn er die Wahrheit wüsste? Wäre sein Stolz noch größer, oder wäre er maßlos enttäuscht? Ich ahnte die Antwort, sie gefiel mir nicht.

*

Die Schweizer Buchpremiere fand Mitte September im Zürcher Literaturhaus statt, die deutsche Mitte Oktober auf der Frankfurter Buchmesse. In Zürich war ich auf dem Podium, in Frankfurt im Publikum.

Das Gespräch im Literaturhaus drehte sich weniger um das Buch und mehr ums Übersetzen. Ich gab mein frisch erworbenes Wissen wieder, so gut und so entspannt es mir möglich war. Wie erwartet, bat man mich um ein paar Beispiele für die Besonderheiten der istrorumänischen Sprache, und ich musste wiederholt Stellen zitieren, die mich vor besonders große Schwierigkeiten gestellt hatten. Um nicht die Beispiele aus der Radiosendung zu wiederholen, hatte ich zwei, drei andere Stellen vorbereitet. Natürlich war ich besorgt, dass jemand auftauchen könnte, der oder die Istrorumänisch sprach. Die Wahrscheinlichkeit war gering, aber man konnte nie sicher sein. Nach der Veranstaltung reihten sich viele Leute vor dem Büchertisch nebenan auf, ich legte schon mal vorsorglich meine Füllfeder auf den Tisch. Doch es kamen nur fünf Personen zu mir herüber, darunter ein Mann, der sein soeben gekauftes Buch fest an die Brust gedrückt hielt, als fürchte er, ich würde es gewaltsam signieren. Er sagte, er sei oft in Istrien gewesen, habe aber noch nie von »diesem Schejane« gehört. Ich nickte hilflos und sagte, vielleicht möchte er das nächste Mal hinfahren. Er runzelte die Stirn und entfernte sich grußlos. Den anderen Vier schrieb ich »Va pozdraves din jirima« ins aufgeschlagene Buch und setzte meinen Namen darunter. Sie fanden das »lieb«, alle wollten wissen, wie man den Satz aussprach.

Hinterher kam der Buchhändler zu mir und bat mich, auch sein Exemplar zu signieren. Wahrscheinlich war ihm meine Enttäuschung wegen vorhin nicht entgangen. »Machen Sie sich nichts draus«, sagte er. »Die Leute haben keine Vorstellung davon, wie wertvoll Ihre Arbeit ist. Sie sind bloß auf Autorinnen und Autoren fixiert.« Ich winkte ab und sagte, das sei doch völlig okay, ich sei glücklich, dass das Buch so viel Beachtung finde.

*

In Frankfurt hatte Frauke versucht, mir zu erklären, warum die Moderatorin, eine ziemlich bekannte Literaturkritikerin, mich nicht ins Gespräch einschließen wollte. Sie sagte etwas von »Schwerpunkt auf dem Literarischen« und »keine Ablenkung durch Fragen zur Interkulturalität oder zum Übersetzen«. Ich versuchte, Gleichgültigkeit zu mimen. Als es losging, setzte ich mich in die letzte Reihe und bemühte mich um ruhige Atmung und einen blasierten Gesichtsausdruck. Die Moderatorin sagte ein paar Worte über das Buch und die Verlegerin, diese lächelte etwas angestrengt. Neben ihr saß ein Literaturprofessor von der Uni Bonn. Sobald die Moderatorin ihn ansah, begann er sich über den »scheinbar naiven, jedoch in Wirklichkeit hoch literarischen Umgang mit den Topoi in der südosteuropäischen Literatur« auszulassen. Frauke nickte und setzte immer wieder zu einer Erwiderung oder Ergänzung an, doch der Professor ließ sich nicht stören. Als er endlich Luft holen musste, merkte die Moderatorin an, dass der Stoff von »Matija Katun« sie an Shakespeares »King Lear« erinnere, also gar nichts Südosteuropäisches. Der Professor schaute beleidigt, die Moderatorin beeilte sich zu ergänzen, dass die erwähnte Verbindung auch ein Zufall sein könne. Die Diskussion wurde lebhafter, Fraukes Lächeln breiter und echter. Ich versuchte mit allen Mitteln, nicht wütend zu werden und mir einzureden, dass ich in der Tat ins Publikum und nicht auf das blaue Sofa gehörte. Es wollte mir nicht gelingen. Auf dem Podium war man sich nicht einig, ob der Stoff nun originell oder wohlbekannt war und wer da wen beklaut hatte. Worüber Einigkeit herrschte: Die Umsetzung sei einmalig. »Eine wahre Entdeckung«, sagte die Kritikerin, »gut geschrieben, geschickt aufgebaut, mit einer raffinierten Figurenführung.« Und der Professor, wieder versöhnt, sagte, er müsse als Deutscher neidlos anerkennen, dass solche Bücher in der deutschsprachigen Literatur »kaum zu finden, vielleicht gar nicht möglich« seien.

Ich ging. Dabei glaubte ich Fraukes Blick im Rücken zu spüren. Vermutlich nichts als Einbildung.

*

Christa hatte mit ihrer Klasse »Matija« gelesen. Die Gespräche seien sehr lebhaft gewesen, erzählte sie. Ob ich bereit wäre, in ihre Deutschstunde zu kommen und mit der Klasse über das Buch zu diskutieren?

»Sehr gerne«, sagte ich. »Wann?«
»Freitag um 13.45?«
»Passt.«

»Wir wollen über das Übersetzen von literarischen Werken reden. Über die Handlung und die Figuren haben wir bereits gesprochen. Es ginge uns darum, wie man ein solches Werk übersetzt. Und dann noch aus einer so ... besonderen Sprache.«

Ich nickte.

»Das wäre sicher sinnvoller als ein Gespräch darüber, wohin Mila verschwunden ist und warum Matija seinen Lieblingssohn verstoßen hat und so.«

»Klar«, sagte ich. »Aber wenn sie doch Fragen haben ...«

»Das werden sie nicht. Ich habe ihnen erklärt, dass sie dich nicht Dinge fragen sollten, über die nur der Autor Bescheid wissen könnte.«

Ich spürte den Kloß im Hals etwas deutlicher.

»Auch der Autor könnte nicht alles erklären«, sagte ich lahm. »Du weißt ja, wie es ist mit ...«

Christa lachte. »Ich weiß. Angeblich fragte man früher im Literaturunterricht, was der Autor damit sagen wollte.«

»So dumm«, sagte ich und kam mir dumm vor.

»Und trotzdem muss ich gestehen, dass ich gern wüsste, was sich der anonyme Autor da oder dort überlegt hat«, sagte Christa. »In unserem Fall nicht möglich.«

»Wohl wahr«, sagte ich traurig.

»Aber auch so wird das sicher spannend.« Sie stand auf und warf sich ihre Tasche über die Schulter. »Danke, dass du dir die Zeit nimmst.«

*

Mein Vater musste wieder ins Krankenhaus. Julia sagte, er habe Atembeschwerden bekommen und heftig husten müssen, zwei Symptome, vor denen Dr. Rath ausdrücklich gewarnt hatte. Wir waren erleichtert, als sie ihn bereits am Tag darauf entließen. Sein Herz sei geschwächt, beschied man uns, aber die Situation habe sich nicht wesentlich verschlechtert.

»Das war eine schöne Veranstaltung neulich im Literaturhaus«, sagte er. Wir saßen draußen im Garten, der Nachmittag war mild. »Nur hätte ich mir mehr Fragen gewünscht. Über Schwierigkeiten, mit denen du kämpfen musstest. Deine Leistung. Die Leute sollten sich eine Vorstellung davon machen, was dir da Großes gelungen ist. Ohne dich gäbe es das Buch gar nicht, und sie tun so, als ob ... als ob ...«

Julia setzte sich zu uns.

»Wie war es in Frankfurt?«, fragte sie. »War eure Veranstaltung gut besucht?«

»Ziemlich gut«, sagte ich. »Allerdings ging es da weniger um meinen Beitrag. Sie haben über das Buch selbst gesprochen. Und über den ›King Lear‹.«

»›King Lear‹? Was hat der mit deinem Buch zu tun?«, fragte Julia.

Ich erzählte von der Moderatorin, der ein paar Ähnlichkeiten mit Shakespeare aufgefallen seien.

»Ähnlichkeiten?«, mischte sich mein Vater ein. »Werfen sie deinem unbekannten Autor ein Plagiat vor?«

»Nein, nein, auf keinen Fall«, sagte ich. »Es ging darum, dass sich literarische Stoffe wiederholen. Und wie man die gleichen Motive sowohl in vermeintlich kleinen Literaturen wie auch in der Weltliteratur findet.«

»›King Lear‹? Stimmt, jetzt, da du es erwähnst, sehe ich es auch«, sagte Julia. »Vielleicht hat dein geheimnisvoller Autor Shakespeares Drama gekannt. Würde das den Roman auf- oder abwerten?«

Ich dachte an den Nachmittag zurück, an dem uns Pepo die Geschichte vom Bauern und seinen drei Söhnen erzählt hatte. Wer hat von wem abgeschrieben? Pepo von Shakespeare? Wohl kaum. Shakespeare von Pepos fernem Vorfahren? Schon eher. Und ich von ihnen beiden? Ganz bestimmt.

»Eher aufwerten«, sagte ich.

*

Lieber Ingmar,
wir haben uns in Frankfurt nicht mehr gesehen, das tut mir leid. Du warst noch vor Ende unserer Veranstaltung verschwunden. Warum? Ich hoffe, dass du dich nicht über die ausufernden Redebeiträge dieses Professors geärgert hast. Er hat das Buch insgesamt sehr gelobt, was bei ihm angeblich sehr selten vorkommt. Ich glaube, er hat es nicht ertragen, dass die Moderatorin und nicht er auf die Idee mit dem »King Lear« gekommen war. Gerade gestern ist eine Rezension in der »FAZ« erschienen, in der dieser Ge-

danke aufgegriffen wird. Du findest den Text in der Anlage. Ich wüsste gern, ob du das auch so siehst. Kann es sein, dass der Autor Shakespeares Drama gekannt hatte? Oder war das ein Zufall? Lass uns bald darüber reden, ja?

Eigentlich wollte ich dir etwas anderes erzählen: Am Donnerstag hatte ich einen Termin mit Iris Lambert, sie ist Lektorin bei Gallimard. Du weißt schon, der große französische Verlag. Sie fragte mich, an wen sie sich wegen der französischen Rechte an »Matija Katun« wenden soll. Ich sagte ihr, dass die Familie des mutmaßlichen Autors das Original dir überlassen hatte. Du kriegst also bald Post aus Paris. Es kann natürlich sein, dass sich niemand findet, der oder die aus dem Istrorumänischen ins Französische übersetzen kann. In diesem Fall müsste Gallimard von uns die Rechte an deiner Übersetzung kaufen. Bitte schreib mir, was du mit Iris vereinbart hast.

Möglicherweise möchte auch Penguin Random House aus Spanien die Rechte erwerben. Und eine Agentin aus den USA hat mich am Rande der Veranstaltung auf »Matídscha« angesprochen. Sie sagte, sie würde sich noch vor Ende Oktober melden.

Herzlich,
deine Frauke

*

Gallimard meldete sich in der Tat. Iris Lambert schrieb, dass der Verlag gerne eine Lizenz auf meine Übersetzung erwerben möchte. Ich verwies sie an Sand & Kramer. Frauke war »entzückt«. Mir gefiel der Gedanke, dass ich meinen Roman in einer anderen Sprache lesen würde, dazu in einer, in der ich mich so mühelos wie gerne bewegte. Endlich würde auch Mauro den Roman seines imaginären fernen Verwandten lesen können. Und auch Ségolène, falls sie mit der deutschen Ausgabe doch nicht zurechtgekommen war.

»Ist dir klar«, fragte Nada, »dass dein Name im französischen Buch nicht vorkommen wird?«

»Natürlich ist mir das klar«, sagte ich und hoffte, dass ich genügend überzeugend klang. Tatsächlich hatte ich das mit dem Namen überhaupt nicht bedacht und musste es erst mal verarbeiten. Aber das wollte ich nicht einmal Nada verraten.

»Dann ist ja gut«, sagte sie. »Ich habe mir Sorgen gemacht.«

Sie konnte manchmal wirklich anstrengend sein.

*

Frauke schrieb, dass nicht Penguin Random House, sondern Ediciones Altera ein Angebot für die spanischen Rechte gemacht habe. Kurz darauf hätten sich der italienische Verlag Feltrinelli, ein koreanischer Verlag mit einem sehr komplizierten Namen und Gyldendal aus Dänemark gemeldet. Der Zagreber Verlag V.B.Z. bewarb sich um die kroatischen Rechte. Zu Fraukes großer Überraschung wollte er ebenfalls meine Textfassung verwenden. Auf ihre – für meine Begriffe überflüssige und auch seltsame – Nachfrage hin beschied ihr V.B.Z., dass es einfacher sei, einen Übersetzer aus dem Deutschen als aus dem Žejanischen zu finden. Zwar seien alle Istrorumäninnen und Istrorumänen zweisprachig, doch der Verlag möchte kein Risiko eingehen, indem er eine nicht professionell erstellte Übersetzung verwendete.

Der Argon Verlag kaufte die Audiorechte.

Mit der Zeit hörte Frauke auf, mich über jede neue Sprache oder Umsetzung zu informieren. Auch dass ein bekannter Filmproduzent sich die Rechte gesichert hatte, schrieb sie mir erst Wochen später, als ich ausdrücklich danach gefragt hatte.

Zwar wurde meine Textfassung durchwegs für alle Übersetzungen verwendet, aber da ich nicht der Autor war, tauchte mein Name nirgendwo mehr auf. Frauke hatte mir alle Rechte auf meine Übersetzung abgekauft, auch die Film- und Audiorechte. Der Verlag überwies mir pünktlich meinen Anteil an den Lizenzhonoraren, ich teilte ihn mit dem Museum in Istrien, nur schon um Helena und Mauro bei Laune zu halten.

Aber damit hatte es sich auch. Das Interesse meines Vaters ließ nach, er fragte immer seltener nach meinem Buch, dafür erzählte er öfter von seinem.

Die ausländischen Ausgaben ohne meinen Namen kümmerten ihn nicht.

Der Erfolg von »Matija Katun und seine Söhne« fand ohne mich statt.

*

Tante Jo bat mich, sie ins Kunsthaus zu begleiten. Sie mochte die niederländische Porträtmalerei des 17. Jahrhunderts, vor allem Frans Hals, dessen Selbstporträt sie immer zuerst sehen wollte. Sie war nicht gut zu Fuß, ihre Hüfte machte immer noch Probleme, trotz der beiden Operationen, also nahmen wir es sehr langsam und gemütlich. Vor ihrem Lieblingsgemälde erklärte sie mir auch dieses Mal, was Frans Hals so besonders machte, und sie zeigte, wie immer, auf das Gemälde nebenan: »Jan Corneliusz Verspronck. Ein Schüler von Frans Hals. Siehst du, wie die junge Frau auf dem Bild amüsiert zu uns herüberschielt?«

Ich winkte der jungen Frau zu, was Tante Jo mit einem: »So ist's recht« kommentierte.

Auch das war eine unserer »Saidlereien«, so wie die Scherze über die Selbstzentriertheit meines Vaters. Tante Jo erzählte gerne einschlägige Geschichten aus ihrer gemeinsamen Kindheit. Früher tat sie es in Anwesenheit meines Vaters, in den letzten Jahren nur noch, wenn er sie nicht hören konnte.

Nach dem Besuch bei den Alten Meistern setzten wir uns ins Kunsthaus-Café. Tante Jo war erschöpft.

»Wenn das mit deinem Buch so weitergeht«, sagte sie, »bist du bald reich genug, um mir den Frans zu kaufen. Dann hängen wir ihn in mein Wohnzimmer, und ich kann mich vom Sofa aus mit ihm unterhalten.«

»Schön wär's«, sagte ich. »Aber als Übersetzer bekomme ich nicht so viel wie ein Autor.« Außerdem werde man nicht alleine von Buchverkäufen reich, sondern vor allem dank Lesungen und anderen Auftritten.

»Dann sollst du halt Lesungen machen«, sagte Tante Jo.

Ich zuckte mit den Schultern: »Auch da habe ich als Übersetzer das Nachsehen.«

»Hättest du nicht behaupten können, dass du das Buch geschrieben und nicht übersetzt hast?«, fragte sie und sah mich an, als wäre sie soeben auf die beste Idee aller Zeiten gekommen. »Deine Freunde in Istrien hätten sicher dichtgehalten. Und da der wahre Autor längst tot ist, hätte auch er nichts gesagt.«

Ich war sprachlos. »Aber Tante Jo«, krächzte ich, als ich endlich wieder reden konnte. »Das wäre ein Betrüg, ich meine Betrug.«

»Ach was Betrug.« Sie wischte meinen Einwand mit einer Handbewegung beiseite. »Es ist auch ein Betrug, dass alle mit diesem Buch reich werden, nur du nicht. Und dann ist es nicht nur das Geld. Sie verweigern dir auch die Anerkennung.«

Ich sagte, das mache mir nichts aus. Das Buch trage ein wenig zur Erhaltung der istrorumänischen Dialekte bei, das sei das Wichtigste. Und selbst Vater interessiere sich inzwischen mehr für »Matija Katun« als für meine Doktorarbeit.

»Sei nicht naiv, Lieblingsneffe«, sagte sie. »Konrad hat sich kein bisschen geändert. Du hast ihn mit deiner Übersetzung beeindruckt, seine Herzprobleme haben ihn vielleicht ein wenig nachdenklicher gemacht. Aber das wird nicht nachhalten.«

»Und wenn ich das Buch geschrieben hätte? Oder wenn mein Romanmanuskript oder meine Kurzgeschichten damals einen Verlag gefunden hätten? Denkst du, dass er das höher werten würde?«

»Für eine Weile bestimmt. Und nur, falls du gute Kritiken bekommen hättest«, sagte Tante Jo und legte mir die Hand auf den Unterarm. »Es tut mir leid, Ingmar. Aber egal, ob du deine Bücher übersetzt oder schreibst, Konrad schätzt letztlich nur seine eigenen.«

*

Nada seufzte: »Du wolltest in diesem Fall der Übersetzer und nicht der Autor sein, weil du etwas beweisen wolltest. Nun hast du es bewiesen. Und siehe da: Es ist genau so, wie du es vorausgesagt hat. Vielleicht sogar noch mehr als das.«

»Wie meinst du das?«, fragte ich.

»Na ja, ich weiß nicht, ob ich mich da hineinwagen sollte.«

Ich hörte ihrer Stimme an, dass sie lächelte.

»Wage dich hinein«, sagte ich. »Ich will es wissen.«

»Ach, Ingmar. Du hast ein gutes Buch geschrieben. Es verdient den Erfolg und die ganzen Rezensionen und die Preise, die es erst noch bekommen wird.«

»Aber?«, fragte ich.

»Aber wir wissen beide, dass es so brillant auch wieder nicht ist. Nicht sein kann. Du hast es in einem Jahr niedergeschrieben. In einem Jahr! Und das nicht als Autor, sondern als Übersetzer.« Sie lächelte nicht mehr, ich spürte, wie sie den Atem anhielt.

»Das verstehe ich nicht«, sagte ich.

Sie seufzte und wechselte ins Deutsche. »Du wolltest nicht den genialen Roman schreiben, der wegen seiner Qualität die Bestsellerlisten erobert. Sondern zeigen, dass auch mittel ... Wie heißt das?«

»Mittelmäßige«, half ich aus.

»... mittelmäßige Bücher Erfolg haben, wenn die Umgebung stimmt. Oder die Herkunft oder ... was weiß ich ... das Storytelling drum herum. Das waren doch deine Worte.«

»Und?« Ich ahnte, worauf sie hinauswollte, aber ich wollte es von ihr hören.

»Was und? Dein Plan ist perfekt aufgegangen. Ein, Verzeihung, mittelmäßiges Buch wird nun so was von abgefeiert. Auch wegen seiner Entdeckungsgeschichte.«

»Du findest es also nicht gut?« Ich wusste, dass sie recht hatte, und ich wusste auch, dass ich mich wie ein beleidigter Teenager aufführte. Und doch konnte ich nicht anders.

»Aber natürlich finde ich es gut«, rief Nada. »Aber nicht genial. Und das ist genau richtig. Das ist genau, was du wolltest. Siehst du das nicht?«

Ich sagte, ich hätte begonnen, den Rezensionen zu glauben. »Du hättest diese Literaturkritikerin hören sollen. In Frankfurt. Und dann die Diskussion im Literaturklub hier im Fernsehen.«

»Genau dafür habe ich ja Verständnis, das sage ich ja. Aber du solltest dich nicht gramen? grämen?, sondern freuen, dass dein Plan aufgegangen ist. Es gibt einen Bestseller, in dem dein Name steht ...«

»Im Innenteil«, warf ich ein.

»... in dem dein Name steht und den alle loben. Deine Worte, deine Sätze, deinen Plot. Dass du nicht auf dem Cover stehen wirst, wussten wir von Anfang an. Das war ja der Plan.«

Ich weigerte mich immer noch zuzugeben, dass sie recht hatte.

»Das Geld ist auch nicht ganz unwichtig«, sagte sie. »Für dich und für Helenas Museum.«

»Ja, ja, schon gut. Da ist was dran.« Ich versuchte, nicht verärgert zu klingen. »Ich wollte einmal ein erfolgreiches Buch schreiben. Und nun habe ich es geschafft und irgendwie doch nicht.«

Nada schwieg.

»Ich höre, was du denkst«, sagte ich. »Gar nicht nett von dir.«

»Sorry, Ingmar. Manchmal bist du wirklich ...«

»Ein schiefes Huhn, ich weiß.«

»Tu nichts Dummes, hörst du? Spiel das Spiel noch eine Weile mit, dann wird man aufhören, von ›Matija Katun‹ zu reden, und du kannst ein neues Buch schreiben. Eines mit deinem Namen auf dem Umschlag.«

Ich murmelte etwas, was nach Zustimmung klingen sollte. Wir legten auf.

War ich einem Buch mit meinem Namen auf dem Umschlag tatsächlich näher gekommen? Ich hatte eine dumpfe Ahnung, dass dies nicht der Fall war.

*

Im »Spiegel« erschien ein Interview mit Frauke. Der Redakteur hielt ihr vor, in ihrem Bestseller habe der bekannte französische Linguist und Experte für südosteuropäische Sprachen Albert Jospin Ausdrücke und Wendungen gefunden, die weder in die Zeit noch in die Region passten. Frauke schlug sich sehr souverän: Es handle sich um ein literarisches, kein wissenschaftliches Werk. Man könne von einer fiktionalen Geschichte keine sachliche Korrektheit erwarten. Wer es dennoch tue, verkenne das Wesen der Kunst. In wissenschaftlichen Kreisen sei das leider keine Seltenheit.

Ich musste schmunzeln, auch wenn ich den Hieb mit dem Zweihänder für unnötig hielt.

Der Redakteur bohrte nach: Ob sie die Ungereimtheiten wider besseres Wissen überspiele, weil sie ihre Verkaufszahlen nicht gefährden wolle?

Frauke: »Nein, ich überspiele nichts, und schon gar nicht wider besseres Wissen. ›Matija Katun und seine Söhne‹ ist eine gute Geschichte, die alles enthält, was gute Geschichten brauchen. Ich wiederhole: Nur Kunstbanausen würden in einer fiktionalen Geschichte die sachliche Richtigkeit suchen. Und auch das nur in Geschichten aus vermeintlich kleinen Kulturen und unbedeutenden Sprachen. Oder hat der Experte auch die Werke der französischen Literatur des 19. Jahrhunderts unter die Lupe genommen? Oder der englischen? Diese Haltung entspricht einer Denkart, die ich gerne für überwunden halten möchte.«

Ob die eine oder andere Ungenauigkeit dem Übersetzer anzulasten sei, wollte der Redakteur wissen.

Frauke: »Wer einen istrorumänischen Text aus dem 19. Jahrhundert ins Deutsche des 21. Jahrhunderts überträgt, kommt ohne Anpassungen nicht aus. Und auch nicht ohne Zugeständnisse an die heutigen Lesegewohnheiten. Im Zweifelsfall ist die Verständlichkeit wichtiger als die Authentizität. Auch Monsieur Jospin müsste das wissen.«

Wow. Frauke on fire! Natürlich war das Unsinn, und natürlich ging es ihr um die Verkaufszahlen. Aber der Redakteur fragte nicht weiter.

*

Dank dem großen Interesse im Ausland wurde mein Buch sogar in den Abendnachrichten erwähnt. Darauf folgten neue Rezensionen. Die einen lobten das Altertümliche, das »erstaunlich modern« wirke, die anderen das Moderne, das einen »verstörend altertümlichen Grundton« aufwies.

In der französischen Zeitung »Le Figaro« zeigte sich ein Kritiker »beeindruckt von der Sprachkunst des unbekannten Autors und von der Freude an der Suche nach dem treffendsten Wort«. Ich fühlte mit der französischen Übersetzerin mit und war versucht, sie zu kontaktieren. Doch zum Glück konnte ich mich gerade noch beherrschen.

Es gab aber auch einige wenige negative Urteile. Im »Deutschlandfunk« beklagte der Kritiker »die so affektierte wie anstrengende Suche nach dem Auffälligen, das im vorliegenden Fall eher heimelig als künstlerisch daherkommt«. Und weiter: »Die zugegebenermaßen ungewöhnliche Herkunft des Originalmanuskripts ist noch kein Qualitätsmerkmal.«

Ich schwankte zwischen Ärger und Genugtuung.

*

Ségolène gefiel die deutsche Version besser als die französische. Sie sagte, sie habe es anders erwartet, Französisch sei ja auch eine romanische Sprache und näher am Original. Aber ihrer Meinung nach sei mein Text eindringlicher und auch eleganter.

»Vielleicht ist meine Version sogar besser als das Original«, versuchte ich es mit Selbstironie. »Das soll es geben.«

»Ziemlich peinlich für die Autoren und Autorinnen, nicht wahr?«, sagte Ségolène.

»Wie man es nimmt«, sagte ich. »Wer schreibt, erschafft Figuren, baut den Plot und die Spannung auf, führt die Erzählsprünge zusammen. Wer übersetzt, kann nur mit der Sprache glänzen, alles andere ist bereits vorgegeben.«

»So habe ich das noch nicht gesehen.« Ségolène schwieg und schien nachzudenken. »Dann hattest du einen leichteren Job als dein unbekannter Autor.«

»Er war auf mehreren Ebenen kreativ, ich nur auf der einen«, sagte ich.

»Aber du musstest seinen Gedanken auch dort folgen, wo du die Geschichte anders erzählt hättest. Das erfordert Selbstdisziplin.«

»Selbstdisziplin? Ich weiß nicht, ob ich dir folgen kann«, sagte ich.

»Ich nehme an, dass du dich mehr als einmal zusammennehmen musstest, um die Geschichte nicht anders zu erzählen. Das wäre unredlich, aber verständlich gewesen. Niemand hätte es gemerkt.«

»Vielleicht habe ich es getan«, sagte ich.

»Nein, das glaube ich nicht. Du bist zu wenig eitel«, sagte Ségolène. »Henri hätte es getan.«

»Und mein Vater?«

»Dein Vater ganz bestimmt.«

Wie so oft nach Gesprächen mit Ségolène blieb ich etwas ratlos zurück. Ob ich ihre Direktheit mit Scharfsinn verwechselte? Und ihre Urteile für Lob hielt, wo sie in Wirklichkeit ätzender Spott waren. Warum hatte ich meinen Vater nicht in Schutz genommen? Vielleicht aus Feigheit. Vielleicht weil ich wusste, dass Ségolène recht hatte.

*

Mauro erzählte, dass V.B.Z. die Übersetzung von »Matija« bereits in den Medien angekündigt hatte. Ein paar Tage danach habe sich Helena um die Finanzierung eines neuen Projekts für ihr Museum beworben. Nach der Buchankündigung seien die Chancen wesentlich gestiegen. »Ich habe bereits Anfragen für Interviews bekommen, stell dir vor«, fuhr er fort. Er sei dabei, seine Geschichte für die Medien fit zu machen.

Ich sagte, ich sei sicher, dass ihm das problemlos gelingen würde. Und das nicht nur, weil er ja selbst Journalist sei.

Inzwischen glaubte ich das sogar.

»Hey, Ingmar, deine Idee ist voll aufgegangen. Weit besser, als ich erwartet habe«, freute sich Mauro. »Nichts für ungut.«

»Danke, ich weiß, wie du das meinst«, sagte ich und war froh, dass er mich nicht sehen konnte. Er hätte nicht verstanden, warum ich mich nicht wirklich freute. Ich selbst verstand es zwar, aber ich zögerte noch, es mir selbst zu gestehen.

*

Lieber Ingmar,
du hast die Honorarabrechnung für das vergangene Jahr bekommen, ich nehme an, dass auch du mit dem Erfolg von »Matija Katun« zufrieden bist. Inzwischen sind sechs weitere ausländische Ausgaben in Vorbereitung: Türkisch, Polnisch, Ungarisch, Japanisch, Arabisch und Slowenisch. Der slowenische Verlag möchte allerdings nicht die deutsche, sondern die kroatische Textversion verwenden, also die Übersetzung der Übersetzung. Wir werden ihm eine Sublizenz verkaufen.

Wie zu erwarten war, lässt die Anzahl der Rezensionen nach, das Buch ist ja seit einer ganzen Weile auf dem Markt. Hast du den Artikel in der »SZ« gesehen?

Ich wollte dich noch etwas anderes fragen: Wir möchten in der Herbstsaison des kommenden Jahres den Roman »Les jours perdus« der französischen Autorin Juliette Malherbe herausbringen. Kennst du das Buch? Es geht um eine junge Frau, die bis zur Selbstverleugnung versucht, nicht so zu werden wie ihre Mutter.

Möchtest du die Übersetzung übernehmen? Das würde mich sehr freuen. Der Roman ist nicht sehr umfangreich, der Termin für die Abgabe des Manuskripts wäre Ende Januar.

Wenn du das Buch nicht hast, lege ich es gerne in die Post für dich. Bitte gib mir bald Bescheid, dann können wir uns über alles Weitere unterhalten.

Herzlich,
Frauke

*

Annas Orchester trat in Zürich in der Tonhalle auf. Wir waren alle da, Tante Jo und mein Vater saßen sogar nebeneinander. Julia wirkte angespannt, wie üblich, wenn Aufregung drohte. Auf dem Programm standen Beethovens »Pastorale« und, nach der Pause, Bruckners Vierte. Tante Jo freute sich vor allem auf Bruckner, ich eher auf Beethoven, mein Vater wirkte abwesend. Nach dem Konzert wollten wir auf Anna warten und dann alle zusammen in einer Bar etwas trinken, aber meinem Vater ging es nicht gut, er hatte Schweiß auf der Stirn und sagte, er möchte sich hinlegen. Julia wollte die Ambulanz rufen, aber er winkte ab und bat, nach Hause gefahren zu werden. Ich war fürs Krankenhaus, Tante Jo zuckte die Schultern, Julia war den Tränen nahe. Schließlich setzte Vater sich durch, wir bestellten ein Taxi, die beiden fuhren nach Hause. Tante Jo und ich gingen in die Bar, sie konnte nicht mehr stehen. Nach einer

Viertelstunde kam Anna nach. Ich erzählte ihr, was passiert war, Tante Jo sagte, es habe schlimmer ausgesehen, als es aller Wahrscheinlichkeit nach sei. Anna schien ihr zu glauben, ich blieb mit meiner Sorge allein. Tante Jo lobte das Konzert. Anna erzählte von sehr aufwendigen Proben, der Dirigent sei »unglaublich fordernd« gewesen, bis hart an die Grenze des Unerträglichen.

»Das hat man euch nicht angesehen«, sagte Tante Jo. »Ihr habt sehr frisch gewirkt. Und auch heute hast du alle an die Wand gespielt, meine Liebe.«

Diese Saidlerei war so alt wie Annas Musikkarriere und immer wieder eine kleine Zeitreise.

»Dein Buch ist ziemlich erfolgreich«, sagte Anna zu mir. »Marco und ich haben uns die Literatursendung im Fernsehen angeschaut. So viel Lob ...«

»Der eine Kritiker war aber recht ... na ja ... kritisch«, wandte ich ein.

Tante Jo schaltete sich ein: »Er hat die Handlung kritisiert, fand sie irgendwie vorhersehbar, wenn ich mich richtig erinnere. Dich hat er nicht erwähnt.«

»Genauso wenig wie die Kritikerin, die das Buch gelobt hat«, sagte ich. »Aber das ist okay, ich habe es ja nicht geschrieben.«

»Weißt du, was ich gerade gedacht habe?«, sagte Anna. »Dass wir uns in unseren Rollen gar nicht so unähnlich sind. Wir ... wie soll ich sagen? Wir machen zugänglich, was andere erdacht haben.«

Tante Jo nickte und sagte, das treffe es ziemlich genau.

Ich winkte ab. Sie könne doch, sagte ich, ihre Interpretation von Mendelssohns Violinkonzert nicht mit meinen unbeholfenen Versuchen, einen einfachen Text eines vermutlich sehr einfachen Autors ins Deutsche zu übertragen.

»Na ja«, räumte Anna mit einem Lächeln ein. »Mendelssohn geht vielleicht wirklich nicht. Aber es gäbe andere.« Sie und Tante Jo tauschten einen Blick und lachten.

Dann wurde Anna wieder ernst: »Ich habe das Buch gelesen. Es ist wirklich eine gute Geschichte. Vor allem die Figur von diesem Aldo. Die Nähe zu seiner Mutter, die er später auf den Vater überträgt. Und der Vater, dieser Finsterling, der stößt ihn zurück. Das hat mich umgehauen. Wer immer das erfunden hat ...«

»Es braucht aber auch viel Akribie? Disziplin?, um das zu übersetzen«, sagte Tante Jo. »Und sich dabei nicht vors Original zu drängen. Da hat Anna mit ihrem Vergleich schon recht.«

Wir verabschiedeten uns. Tante Jo nahm ein Taxi, sie war sehr erschöpft. Anna musste in ihr Hotel zurückeilen, das Orchester reiste am nächsten Tag sehr früh weiter nach Stuttgart, wo die große Deutschlandtournee beginnen sollte.

Ich ging zu Fuß nach Hause und fühlte mich aufgewühlt und traurig zugleich. Es war mir danach, irgendwelche Versprechen und Vereinbarungen in hohem Bogen über Bord zu werfen und mir einfach den Frust von der Seele zu reden.

Zum Glück war es bald Mitternacht und für Dummheiten dieser Art zu spät.

*

Ich sagte Frauke für die Übersetzung ab. Ich sei dafür nicht der Richtige, schrieb ich. Und weiter: »So sehr ich mich über den Erfolg von ›Matija Katun und seine Söhne‹ auch freue, so merke ich, dass mich das Übersetzen an sich zu wenig interessiert. Unser Buch ist schön geworden, es verdient vermutlich den Erfolg, auch im Ausland. Aber ich möchte es dabei belassen und künftig das tun, was schon immer meine Leidenschaft war: schreiben.« Schließlich dankte ich ihr fürs Verständnis. Ich sei sicher, dass sie genügend fähige Übersetzerinnen und Übersetzer aus dem Französischen zur Auswahl habe. Ich selbst würde bald ein neues Projekt in Angriff nehmen, dieses Mal ohne Istrien, ohne alte Manuskripte und ohne kleine Sprachen. »Und auf jeden Fall ohne Shakespeare«, fügte ich noch hinzu und hoffte, dass ich damit eine versöhnliche Schlussformel gefunden hatte.

*

Frauke hatte mir die Frage des Englischübersetzers von »Matija Katun« weitergeleitet.

»Ich übersetze deine Übersetzung«, schrieb er. »Auf den ersten Blick kein Unterschied zu meinen anderen Übersetzungen. Aber zu wissen, dass es hinter meiner Vorlage noch ein weiteres Manuskript gibt, lässt mir keine Ruhe. So zum Beispiel bei den Redensarten. Ich frage mich, wie viele du wörtlich übersetzt und in den Fußnoten erklärt hast und für wie viele du gleich deutsche Entsprechungen gefunden hast. Zum Beispiel ›Wer dem anderen eine Grube gräbt ...‹: Dafür gibt es bei uns ›Harm set, harm get‹, allerdings kommt mir das im Zusammenhang mit dem Streit zwischen Agata und Pava zu schwach vor. In der Sendung ›Fundstück‹ hast du das žejanische Original mit Bosheit und Messer erwähnt. Das gefällt mir viel besser. Darf ich das für meine Übersetzung übernehmen oder wäre das eine unzulässige Abweichung von der Vorlage? Und falls ich darf: Gibt es noch andere Stellen im Buch, in denen du vom Original abgekommen bist und frei übersetzt hast? Wenn es nicht zu viel verlangt ist: Kannst du mir solche Textstellen nennen, damit ich dann entscheide, ob ich die žejanische oder die deutsche Version für meine Übersetzung verwenden will?«

»Natürlich darfst du«, schrieb ich zurück. »Das mit dem Messer und dem eigenen Fleisch ist viel stärker. Meine Version ist ein Fehler, ich habe Agatas Warnung, wie in ›Fundstück‹ erwähnt, unnötigerweise abgeschwächt.«

Ich nannte noch ein paar Stellen, in denen ich mich angeblich vom Original entfernt hatte. Es machte Spaß, mit Worten und Redensarten zu spielen, Versionen zu erfinden und dann zu überlegen, für welche sich Simon, so hieß der Englischübersetzer, wohl entscheiden würde. Doch wie viel schöner wäre es, dachte ich, mit sprachsensiblen, schlauen Menschen wie Simon nicht als Übersetzer, sondern als Autor zu diskutieren. In diesem Moment wünschte ich mir so sehr, offenlegen zu dürfen, dass ich Agatas giftigen Spruch selbst erfunden hatte. Denn das war es, was ich immer schon tun wollte: Sätze erfinden und sie erfundenen Menschen in den Mund legen, und dann zusehen, wie Möglichkeiten zu Wirklichkeiten werden.

*

Mein Vater war ins Spital eingewiesen worden.

»Es ist nicht gut«, sagte Julia, und ich hörte deutlich, dass sie versuchte, nicht zu weinen.

»Was sagt der Arzt?«, fragte ich.

»Dass Konrads Zustand stabil ist. Und dass man ihm vielleicht einen Herzschrittmacher einsetzen muss. Aber es braucht noch ein paar Untersuchungen.«

»Kann ich etwas für dich tun?«

»Nein, danke, Ingmar. Ich glaube, ich möchte allein sein. Entschuldige.«

»Ich verstehe«, sagte ich. »Mir ginge es nicht anders.«

»Das Konzert neulich, das war vielleicht zu viel. Die Musik und Anna mittendrin. Konrad war sehr bewegt, auch wenn man es ihm nicht ansah. Er hat sich nie für Kunst interessiert, aber an dem Abend ...«

»Was war anders als im Sommer, als Anna bei euch zu Hause für ihn gespielt hat?«, fragte ich.

»Ich weiß es nicht. Vielleicht sie so zu sehen. Auf der Bühne, inmitten von anderen Musikern, so entrückt und konzentriert. Konrad hatte meine Begeisterung sonst nie geteilt.« Sie seufzte tief. »Anna hätte Solistin werden sollen. Mit ihrem künstlerischen Talent. So wie Johanna, wenn sie nicht ... Anna muss es von Johanna geerbt haben. Das Talent, meine ich. Sicher nicht von mir. Und von Konrad auch nicht. Er ist Wissenschaftler. Analytisch, strukturiert, genau. Manchmal denke ich, dass er das an dich weitergegeben hat. Dieses Talent, zu ordnen und zu deuten, was da ist. Vielleicht hast du im Grunde genommen genau darum diesen Roman so gut übersetzt.«

Anna, die Künstlerin. Kreativ und fantasievoll, aber nicht ehrgeizig genug. Ingmar, der Wissenschaftler. Klug und strukturiert, aber nicht schöpferisch genug. Das Muster war alt. Sollte ich es einfach akzeptieren? Wenn ja, dann gleich und ein für alle Mal. Akzeptieren, dass bei uns Saidls die Rollen klar verteilt waren. Oder sollte ich es durchbrechen? Wenn ja, dann mit aller Konsequenz. Einfach sagen, wie es wirklich war. Solange ich das nicht tat, hatte ich nicht wirklich gewonnen. Wie einer, der beim Schach den König matt setzt und dann die Partie aufgibt.

*

Lieber Ingmar

Schade, dass du »Les jours perdus« nicht übersetzen willst. Natürlich werde ich jemand anderes finden. Wir arbeiten seit Jahren mit einer sehr zuverlässigen Übersetzerin zusammen, sie wird sich über den Auftrag freuen. Ich hätte das Buch gerne dir anvertraut, weil du mit »Matija Katun und seine Söhne« eine tolle Arbeit abgeliefert hattest und auch, weil die Zusammenarbeit mit dir sehr angenehm war und ist.

Ich würde es sehr bedauern, wenn du tatsächlich nicht mehr übersetzen möchtest. Meiner Meinung nach bist du der geborene Übersetzer. Nicht jeder kann so sehr ins Original eintauchen und mit so viel Umsicht auf dessen Besonderheiten und auch Seltsamkeiten eingehen. Ich werde nie wissen, wie gut das Original ist. Aber ich weiß, dass du für die deutsche Version daraus das Beste herausgeholt hast. Wer so souverän mit Sprache umgehen und aus der einen Welt in die andere vermitteln kann, sollte auf diesem Pfad bleiben. Verzeih mir dieses etwas schiefe Bild, du verstehst wohl, wie ich das meine.

Herzlich

Frauke

*

Nada war dagegen.

»Komm erst mal hierher, wir trinken Teran und reden, und am 1. August fahren wir nach Ljubljana.

Same question as every year, erinnerst du dich? Ohne Handys.«

»Ich erinnere mich«, sagte ich und nahm einen tiefen Schluck aus meinem Weinglas. »Aber ich möchte zuerst diese Sache hier beenden. Dann wird auch der Teran besser schmecken, und ich kann Miss Sophie endlich die Wahrheit über den Kugelschreiber verraten.«

»Das kannst du auch so. Du hast die Sache beendet. Und zwar genau so, wie du dir das damals vorgestellt hattest.«

»Es ist anders als damals.«

»Gar nichts ist anders.« Nada wurde lauter. »Ich habe dich im Buchhandlungscafé gewarnt. Du meintest, es sei doch alles in Ordnung. Hauptsache, das Buch sei eine gute Werbung für Istrorumänisch.«

»Damals wusste ich nicht, dass mir der Erfolg des Buches den Weg zum Leben als Autor versperren wird. Du hast gesehen, was Frauke geschrieben hat.«

Ich merkte, wie mir der Wein in den Kopf stieg.

»Schreib einfach ein weiteres gutes Buch und beweise ihr das Gegenteil«, sagte Nada.

»›Matija Katun‹ ist das Beste, was ich je geschrieben habe. Er soll mir die Türen öffnen, nicht vor der Nase zuschlagen.«

»Und wie schlägt er dir die Türen zu? Das verstehe ich nicht.«

»Weil er mich als ›geborenen Übersetzer‹ abstempelt. Weil er ohne mich erfolgreich ist. Weil ich in Frankfurt im Publikum sitzen musste. Weil ...«

»Ist ja gut, das hatten wir alles schon«, seufzte Nada. »Du meinst, das Buch hat Erfolg, aber du nicht, richtig?«

»Genau so ist es.«

»Und das wird sich ändern, sobald du deiner Verlegerin sagst, dass du es geschrieben hast? Nur ihr?«

»Es reicht, wenn sie es weiß. Sonst kriegt Mauro Probleme. Und Helena.«

»Okay. Aber was, wenn Frauke alles ausplaudert? Wenn sie dich und Mauro und Helena bloßstellt?«

»Das wird sie nicht. Denn damit würde sie auch sich selbst bloßstellen. Dieser Telaar, Leif-is-Leif, weißt du noch? Ihr Erzfeind. Er würde triumphieren. Nur schon darum wird sie nichts sagen.«

»Und dann?«

»Was: und dann?«

»Was, wenn du es ihr gesagt hast? Was dann? Sie hält dicht, du giltst weiterhin als Übersetzer, dein Name steht weiterhin nicht auf dem Umschlag ...«

»Frauke wird wissen, dass ich schreiben kann. Sie wird ›Sprosse um Sprosse‹ noch einmal lesen. Und auch ›Handzeichen‹. Und wenn diese beiden Bücher nach wie vor nicht passen, dann wird sie mein nächstes Buch mit anderen Augen lesen. Und mir nie mehr sagen, ich solle ›auf dem Pfad des geborenen Übersetzers‹ bleiben.«

Ich war inzwischen ziemlich beschwipst, aber solange ich das wusste, konnte es nicht so schlimm sein.

»Weißt du, was ich glaube?«, sagte Nada, und ich hörte deutlich, wie ärgerlich sie war. »Ich glaube, dass dir das nicht reichen wird. Wenn nur Frauke das weiß. Ingmar, ich mag dich sehr, wahrscheinlich mehr, als du ahnst, aber deine dumme Unsicherheit, dieses ... dieses Verlangen nach Anerkennung und Lob als Schriftsteller, das ist unerträglich.«

Ich wollte sie unterbrechen, aber sie redete noch lauter weiter.

»Ich weiß, dass du ›Matija‹ geschrieben hast. Mauro weiß es. Zora weiß es. Pepo, Kata, Marija und ein paar Žejaner mehr wissen es. Und nun wird es bald auch Frauke Sand wissen, das wird sich offenbar nicht verhindern lassen. Aber weißt du was? Es wird nicht reichen.«

Wieder versuchte ich, etwas zu sagen. Aber meine Zunge war zu schwer, Nada ignorierte mich.

»Und weißt du, warum das nicht reichen wird? Weil der wichtigste Mensch es nach wie vor nicht wissen wird.«

»Mein Vater?«

»Dein Vater. Ihm kannst du es nicht sagen. Denn wenn er es erfährt, dann bist du in seinen Augen das, was du immer sein wolltest: ein großer Autor.

Aber du bist auch das, was du nie sein wolltest: ein großer Lügner. Das könnte ihn umbringen.«

»Unsinn«, sagte ich. »Ich denke gar nicht so ... so ...« Mir wollte das richtige Wort nicht einfallen.

»Wir werden sehen.« Nada seufzte. »Schlaf drüber. Wenn du morgen immer noch denkst, dass das eine gute Idee ist, sprich mit Frauke. Und komm bald hierher, du Idiot.«

»Nicht schiefes Huhn?«

»Doch, das auch.«

*

Am nächsten Morgen fuhr ich zu Frauke nach München. Ich hatte nicht, wie von Nada empfohlen, »darüber geschlafen«. Der Grund war einfach: Ich setzte meine Diskussion mit Nada in Gedanken fort und bekam kein Auge zu. In München rief ich Frauke an und bat um ein Treffen irgendwann am frühen Nachmittag, die Sache sei sehr wichtig. Sie war im Stress und leicht verärgert, die Programmkonferenz stand an. »Also gut«, sagte sie, »aber ich hoffe, dass es wirklich wichtig ist. Du hättest früher anrufen können, Ingmar.«

Wir verabredeten uns im Café »Jasmin«. Frauke war pünktlich. Wir setzten uns, gaben unsere Bestellung auf, Frauke klopfte ungeduldig mit den Fingern auf die Tischplatte. Sobald wir unsere Tassen vor uns hatten, legte ich los. Ich erzählte alles, ohne Ausflüchte und so klar, wie es mir möglich war. Natürlich entschuldigte ich mich dafür, sie belogen zu haben. Aber ich gab in knappen Worten zu bedenken, dass unser Buch ohne den Schwindel niemals so gut funktioniert hätte und auch der Nutzen fürs Istrorumänische nicht so groß gewesen wäre. Die Begeisterung, die Rezensionen, die Übersetzungen in mittlerweile 14 Sprachen, der ganze kommerzielle Erfolg seien ja echt, nur sei meine Rolle eine andere gewesen.

Ich fand meine Rede gut, und ich deutete Fraukes beharrliches Schweigen als ein Zeichen ihres Einverständnisses.

Für unser Buch würde sich nichts ändern, fügte ich hinzu. »Matija« solle nach wie vor als eine Übersetzung vertrieben werden, die wahre Urheberschaft bleibe unser Geheimnis. Allerdings sei ich an einem neuen Roman dran, und der soll dann unter meinem Namen erscheinen.

Dann lehnte ich mich zurück, selbstzufrieden und erleichtert.

Frauke sah mich noch ein paar Sekunden schweigend an. Dann lachte sie los. Sie lachte so laut, dass man zu uns herübersah. »Großartig«, prustete sie. »Herrlich. Was für eine Story.«

Ich beugte mich vor und fragte leise, was denn so lustig sei. Darauf warf sie den Kopf zurück und lachte noch lauter. Langsam wurde es peinlich, die Leute tuschelten bereits. Ich wartete und spielte mit meinem Kaffeelöffel. Schließlich wischte sie sich über die Augen und sah mich an. »Ingmar, du Lieber«, sagte sie, »das hast du dir sehr schön zurechtgerückt. Alle Achtung, tolles Storytelling. Dein eigenes Manuskript zu einer Übersetzung aus einer exotischen Sprache erklärt, weil gut fürs Marketing, deines und meines ... Wirklich großartig. Aber du vergisst eine Kleinigkeit: Ich weiß, wie du schreibst. Ich weiß, was du kannst. Und was nicht. Du hattest mir deinen anderen Roman geschickt, weißt du noch? Wie hieß das Ding? ›Die Leiter in den Abgrund‹ oder so ähnlich. Und deine Kurzgeschichten? Mit Verlaub: Die waren grauenvoll. Dieser Waschbär, so absurd, und der war noch das Beste am Ganzen. Nachdem du mir ›Matija‹ geschickt hattest, habe ich mir deine alten Sachen wieder angeschaut, sie waren noch in meiner Mailbox. Und nun willst du mir weismachen« – sie prustete wieder los –, »dass du so ein Wunder von einem Buch wie ›Matija Katun‹ geschrieben hast?«

»Genau das habe ich getan«, sagte ich, nun auch laut.

»Nein, Ingmar, das hast du nicht«, sagte Frauke ärgerlich. »Ich bin nicht doof. Der Roman ist so erfolgreich, dass du ihn dir nun aneignen willst. Du dachtest wohl, besser spät als nie. Der wahre Autor kann sich ja nicht wehren, er ist tot.«

Ich versuchte dagegenzuhalten. Vergeblich. Sie glaubte mir die Wahrheit nicht und hielt an der Lüge fest.

»Lass uns nie wieder darüber reden, ja?«, sagte sie und winkte der Bedienung. Als wir draußen standen, umarmte sie mich. »Ich verstehe selbst nicht, warum, aber ich bin dir nicht böse. Etwas befremdet schon. Aber nicht böse.«

Dann ging sie. Ich machte mich auf zum Bahnhof, und es war mir einerlei, ob ich den Zug noch erreichen würde.

Epilog

Seither sind vier Jahre vergangen.

Ich habe meinen Job gekündigt und lebe nun in Opatija. Nada und ich haben uns eine größere Wohnung genommen, nicht weit von »O sole bio«. Die Arbeit im Laden macht Spaß, vor allem mir. Seit wir den Verkaufsraum vergrößert und verschönert haben, läuft es so gut, dass wir sogar eine Teilzeitverkäuferin einstellen mussten. Sie kommt ursprünglich aus Žejane, und manchmal, wenn niemand zuhört, versuche ich mich mit ihr in der »limba de saka zi« zu unterhalten, der žejanischen Alltagssprache.

Auch nach Jahren wirft mein Buch ordentliche Honorare ab, zumal es tatsächlich fürs Fernsehen verfilmt worden ist. Nada und ich stecken das Geld in den Laden und leisten uns immer wieder kleine Reisen nach Lugano, Zürich oder Wien. Erst letzte Woche waren wir in Luzern, Anna und ihr Orchester haben wieder Mendelssohn gespielt, und nun ist auch Nada ein Fan.

Ségolène und Henri haben wieder zueinandergefunden. Sie werden uns wahrscheinlich im Spätsommer besuchen.

Das Museum in Šušnjevica konnte dank den Buchhonoraren und den großzügigeren Subventionen aus Zagreb und Brüssel sein Angebot ausbauen und bietet nun Kurse für Vlachisch und Žejanisch an. Ich besuche den Kurs für Fortgeschrittene, mein Kursleiter ist Mauro Dorić.

Tante Jo musste vor drei Jahren in ein Altenheim umziehen, sie war so schwach auf den Beinen, dass sie nicht mehr alleine wohnen konnte. Sie freute sich sehr, wenn wir sie besuchten, und sie versprach, zu uns nach Opatija zu kommen, sobald diese »leidige Hüfte« es erlaube. Daraus wurde nichts. Tante Jo ist letztes Jahr gestorben, einen Tag nach ihrem 83. Geburtstag.

Mein Vater hat einen Herzschrittmacher bekommen, er kommt damit erstaunlich gut klar. Sein Buch über die Kohlenstoffverbindungen auf Enceladus wird in wissenschaftlichen Kreisen rege diskutiert, Julia hat alle Hände voll zu tun, ihm Vortragsreisen auszureden.

Meine Kündigung und den Umzug nach Opatija hat er erstaunlich positiv aufgenommen. Er sei immer schon der Meinung gewesen, dass ich nicht in den Schulbetrieb gehöre, sagt er und geht nicht weiter darauf ein. Ich frage nicht nach.

Ich schreibe keine Bücher mehr, »Matija Katun und seine Söhne« wird mein letztes Werk bleiben. Aber ich übersetze immer wieder aus dem Französischen und Kroatischen. Auch für Sand & Kramer.

Dank

Die Geschichte von Ingmar und Nada, Mila und Matija ist fertig erzählt. Nun da sie nicht länger mir allein gehört, möchte ich mich bei einigen Menschen bedanken, die mich in den vergangenen zwei Jahren beim Erfinden und Schreiben unterstützt haben.

Ich danke meiner Verlegerin Anne Rüffer für ihre Freundschaft und ihr Vertrauen in meine Arbeit.

Vesna Polić Foglar danke ich für den entscheidenden Tipp, Ingmar Saidl mit dem Istrorumänischen bekannt zu machen. Die Begeisterung, die sie damit in mir geweckt hat, wird nicht auf den vorliegenden Roman beschränkt bleiben.

Prof. Dr. August Kovačec, Viviana Brkarić und Robert Doričić haben mir mit vielen Informationen über die vlachische und žejanische Sprache geholfen und auch die eine oder andere Übersetzung beigesteuert. Dafür danke ich ihnen. Mein Besuch im Museum »Vlaški puti« in Šušnjevica war ein unvergessliches Erlebnis.

Marlène Baeriswyl und Urs Reif haben mir ihre »La Tschuetta« in Valbella zur Verfügung gestellt, damit ich in Ruhe schreiben konnte. Ich danke ihnen für ihre Großzügigkeit und für ihre Freundschaft.

Schließlich danke ich meinem guten Freund Charles Lewinsky für all die anregenden Gespräche und für seine so geistreichen wie scharfsinnigen Einfälle. Er sorgt dafür, dass ich niemals vergesse, was für einer wunderbaren und zugleich seltsamen Arbeit wir nachgehen, wenn wir Geschichten erzählen.

Karl Rühmann, im Frühling 2025